에드거 앨런 포
an Poe 1809.1.19.~1849.10.7

19세기 가장 독창적인 시인, 소설가, 비평가. 추리소설의 창시자이자 공포소설의 완성자, 새로운 시 이론의 개척자로서 후대 문학계에 지대한 영향력을 미친 미국 근대문학의 선구자이다.

1809년 보스턴에서 태어났으며, 두 살 무렵 아버지와 어머니가 모두 세상을 떠나자 버지니아의 부유한 상인 존 앨런에게 입양되었다. 버지니아 대학에 입학해 고대어와 현대어를 공부했지만 도박에 빠져 빚을 지면서 양부와의 관계가 소원해졌다. 1년 만에 학교를 그만두고 가명으로 시집 《테멀레인 외 다른 시들》(1827)을 출간했으나 주목받지 못했고, 두 번째 시집 《알 아라프, 테멀레인 외 다른 시들》 역시 큰 주목을 받지 못했다. 웨스트포인트사관학교에 입학한 후 계속되는 양부와의 불화로 파양당하고, 학교에서도 일부러 퇴학당했다. 그 후 단편 집필을 시작, 1832년 필라델피아 신문에 처음으로 다섯 편의 단편이 실리고, 이듬해 단편 〈병 속의 수기〉가 볼티모어 주간지 소설 공모전에 입상하면서 두각을 나타내기 시작했다. 양부 존 앨런이 유산을 전혀 남기지 않고 사망하자 경제적 궁핍으로 인해 잡지사 편집자로 취직했고, 이 무렵 사촌여동생인 버지니아 클렘과 결혼했다. 음주 문제로 잡지사를 그만두고, 장편 《낸터킷의 아서 고든 핌 이야기》(1838)와 단편집 《기괴하고 기이한 이야기들》(1839)을 발표했다. 새로운 잡지사에서 일자리를 구했으나 곧 해고당하고 아내 버지니아도 폐결핵에 걸리자 절망으로 폭음에 빠져들었다. 이 시기에 〈모르그 가의 살인〉, 〈검은 고양이〉, 〈황금 벌레〉 등 다수의 유명 단편들을 집중적으로 발표했고, 1845년 시 〈까마귀〉로 화제가 되면서 같은 해 시 창작에 관한 에세이 〈작법의 철학〉을 발표했다. 소설과 시뿐 아니라 비평 활동도 활발히 했으며, 신랄한 비판으로 문단과 마찰이 심했다. 1847년 버지니아가 병으로 세상을 떠나자 정신적으로 더욱 피폐해졌다. 1849년 10월 볼티모어 거리에서 인사불성 상태로 발견되어 병원으로 이송되었으나 의식을 회복하지 못하고 40세의 나이로 사망했다.

20년이 채 안 되는 활동 기간 동안 포가 남긴 문학적 유산은 훗날 아서 코넌 도일, 쥘 베른, 프란츠 카프카, 스티븐 킹, 호르헤 루이스 보르헤스, 에도가와 란포 등 시대와 국적을 초월한 수많은 대가들에게 지대한 영향을 미쳤다. 현대 장르문학의 개척자일 뿐 아니라 지금도 영화, 뮤지컬, 음악 등 대중문화 전반에 끊임없이 영감을 주는 에드거 앨런 포를 기리기 위해 미국에서는 '에드거 상'을 제정해 매년 그의 업적을 기리고 있다.

한스 팔의 전대미문의 모험

EDGAR ALLAN POE

한스 팔의
전대미문의
모험

에드거 앨런 포

권진아 옮김

시공사

일러두기

1. 이 책은 에드거 앨런 포의 단편소설 중 〈The Unparalleled Adventure of One Hans Pfaall〉을 포함한 14편의 환상·비행소설을 우리말로 옮긴 것이다.
2. 번역 대본으로는 미국 더블데이 출판사에서 나온 《The Complete Stories and Poems of Edgar Allan Poe》(1966)와 랜덤하우스 빈티지 출판사에서 나온 《The Complete Tales and Poems of Edgar Allan Poe》(1975)를 사용했다.
3. 지은이의 주와 옮긴이의 주는 본문 하단에 숫자로 표시했으며, 말머리에 [원주]라고 밝힌 것은 지은이 주이고, 그 밖의 것은 옮긴이 주이다.

차 례

한스 팔의 전대미문의 모험

내 멋대로 휘두르는
엄청난 환상을 가슴 가득 품고서
불타오르는 창과 공중을 나는 말과 함께
나 황야를 헤매노라.
_톰 베들램의 노래

최근 로테르담에 대한 이야기를 들어보면, 이 도시는 학문적으로 굉장히 흥분한 상태처럼 느껴진다. 사실 너무나 뜻밖인 데다 굉장히 신기하고 기존의 견해와는 전혀 다른 현상이 그곳에서 일어나고 있어서, 머잖아 유럽 전역이 발칵 뒤집혀 모든 물리학 분야가 들끓고 논리와 천문학이 드잡이를 하며 경쟁하게 되리라는 확신이 들었다.

*월 *일(날짜가 확실하지 않다), 건전한 도시 로테르담의 거래소 대광장에 굉장히 많은 사람들이 딱히 이렇다 할 목적도 없이 모여들었다. 시기에 비해서 매우 따뜻한 날이었고, 바람 한 점 불지 않았다. 모인 사람들은 새파란 하늘에 잔뜩 흩어져 있는 하얗고 커다란 뭉게구름이 간간히 기분 좋은 소나기를 뿌리는 것이 싫지 않았다. 그럼에도 불구하고 정오 무렵, 사람들 가운데 작지만 뚜렷한 동

요가 일어나기 시작했다. 이어서 만 명이 떠들어대기 시작했다. 그 직후, 만 명이 하늘을 향해 고개를 쳐들었고, 만 명의 입가에서 만 개의 담배 파이프가 떨어지더니, 나이아가라 폭포에나 비견할 만큼 큰 외침 소리가 길고 요란하며 맹렬하게 로테르담의 시내와 주위에 가득 울려 퍼졌다.

이 소란의 근원은 곧 밝혀졌다. 앞에서 말한 윤곽이 또렷한 거대한 구름 덩어리 뒤에서 여러 가지 재료로 이루어졌으나 대체로 고체처럼 보이는, 정체를 알 수 없는 물질이 파란 하늘에 나타났는데, 어찌나 이상한 형태로 제멋대로 얼키설키 만들어져 있는지 아래서 입을 딱 벌리고 서서 바라보는 건장한 시민들은 도무지 그것이 무엇인지 알 수도 없었고 그저 한없이 놀랄 뿐이었다. 도대체 그것은 무엇일까? 로테르담의 악령들을 전부 불러 모은다고 해도 그것이 무슨 징조인지 알 수 있었을까? 아무도 알 수 없었다. 상상조차 할 수 없었다. 시장인 쉬페르뷔스 폰 윈데르뒤크[1] 씨에게도 그 미스터리를 풀 수 있는 실마리는 없었다. 할 일이 없어지자 모인 사람들은 다들 파이프를 조심스레 다시 입에 물고 그 현상에서 계속 눈을 떼지 않은 채로 담배를 한 모금 빨고 멈춘 뒤, 뒤뚱거리며 주위를 돌아다니다가 앓는 소리를 크게 한 번 냈다. 그리고 다시 뒤뚱거

---

[1] 윈데르뒤크Underduk는 영어로 'underdog', 즉 이길 가능성이 없는 약체팀이나 약자를 연상시킨다.

리며 제자리로 돌아가 걸음을 멈추고는 마지막으로 담배를 한 번 더 빨았다.

그러나 그 사이에도 그토록 많은 사람들의 호기심을 자극하고 그토록 많은 연기를 피어오르게 한 그 물체는 이 멋진 도시를 향해서 점점 더 가까이 내려왔다. 몇 분 지나자 물체는 정확히 살펴볼 수 있을 정도로 가까워졌다. 그것은 마치…… 그렇다! 그것은 분명 기구의 일종이었다. 다만 로테르담에서는 절대 본 적 없는 그런 기구였다. 왜냐하면 지저분한 신문지만 가지고 만든 기구가 있다는 얘기는 아무도 들어본 적 없기 때문이다. 분명 네덜란드 사람 중에는 그런 이야기를 들어본 사람이 없다. 하지만 여기, 사람들 코밑에, 아니, 정확히 말하면 코보다 좀 위에, 바로 그런 물체가 떠 있었으며, 확실한 소식통에 따르면 기구는 그런 용도로 사용한 전례가 없는 재료로 만들어져 있었다. 그것은 로테르담 시민의 상식에 대한 심한 모욕이었다. 기구의 형태는 더욱 비난받아 마땅했다. 커다란 광대 모자를 거꾸로 뒤집어놓은 모양에 불과했기 때문이다. 더 가까이에서 살펴보면, 꼭짓점에 커다란 술이 달려 있었고, 위쪽 가장자리 혹은 원뿔의 받침대에는 양의 목에 다는 것과 비슷한 작은 종이 빙 둘러 매달려 베티 마틴 노래 곡조에 따라 끊임없이 딸랑거리고 있었기 때문에 광대 모자와 더욱 닮아 보였다. 하지만 그보다 더한 것이 있었으니, 이 기이한 장치 끝에 연결된 파란 리본에는 챙이 엄청나게 넓고 반구형 정수리 부분은 검은 밴드와 은색 버클로 장식된 거대한 비버 모자[2]가 곤돌라 조로 매달려 있었다. 하지만 놀랍게도 로테르담의 수많은 시민들은 예전에 그것과 같은 모자를 여러 번 본 적이 있다고 맹세했다. 실제로 모인 사람들은 다들 그 모자를 낯익은 눈으로 바라보았다. 그레텔 팔 부인은 그것을 보자마자 반가워 탄성을 지르며 자기 남편의 모자라고 단언했다. 그렇다면 이는 좀 더 지켜봐야 할 상황이었다. 팔이 실제로 5년 전 갑자기 동료 셋과 함께 도저히 이해할 수 없는 방식으로 로테르담에서 종적을 감췄으며, 지금 이야기하는 날까지 그들의 행방을 알아내려고 갖은 애를 써봤지만 아무 소용이 없었기 때문이다. 실은 얼마 전 사람의 것으로 보이는 뼈가 이상한 쓰레기 다수와 함께 로테르담 동쪽의 후미진 곳에서 발견되었다. 그래서 몇몇 사람들은 그 지점에서 흉악한 살인이 일어났고, 피해자는 아마도 한스 팔과 동료들일 것이라고 짐작하기도 했다. 다시 이야기로 돌아가자.

기구(그 점은 의심할 여지가 없었다)가 이제 땅에서 100피트가 안 되는 곳까지 내려왔으므로, 아래 모인 사람들은 거기 타고 있는 사람을 잘 볼 수 있었다. 굉장히 특이한 사람이었다. 키는 채 2피트도 되지 않았다. 하지만 비록 작기는 해도, 기구 밧줄에 연결되어 있는 가슴 높이의 원형 테가 막아주지 않는다면 균형을 잃고 쓰러

---

2   17세기에 유행한 비버 털로 만든 모자.

져 곤돌라에서 떨어지기에는 충분한 키였다. 이 작은 사람은 비율에 맞지 않게 체격이 딱 벌어져서 전체적인 모습이 굉장히 우스꽝스러울 정도로 동글납작해 보였다. 물론 발은 보이지 않았다. 손은 엄청나게 컸다. 머리카락은 회색이었는데, 하나로 모아 뒤로 넘겨놓았다. 코는 굉장히 길고 구부러져 있었으며 염증으로 불그스레했다. 눈은 크고 번득이며 예리했다. 그리고 턱과 뺨은 나이가 들어 주름이 자글거리기는 했지만, 넓고 통통해서 살집이 접혔다. 하지만 그의 머리 어디에도 귀처럼 생긴 것은 없었다. 이 작달막하고 기묘한 신사는 하늘색 새틴으로 지은 헐렁한 외투에 같은 천의 딱 붙는 바지를 입고, 무릎에는 은 버클을 두르고 있었다. 조끼는 샛노란 옷감으로 지은 것이었고, 하얀 태퍼터 모자는 머리 한쪽에 비스듬히 씌워져 있었다. 이 모든 것의 마지막을 장식하듯, 목을 감싼 새빨간 실크 스카프를 어마어마하게 큰 나비매듭으로 묶어 가슴 위로 얌전히 늘어뜨리고 있었다.

앞서 말했듯이 작달막한 노신사는 지표면에서 100피트까지 내려왔는데, 그 지점에서 불현듯 공포에 사로잡히더니 지상 가까이 내려오기를 거부하는 기색을 보였다. 그는 캔버스 주머니에 든 모래를 힘겹게 내버리고 기구를 정지시키더니 당황한 기색으로 외투 주머니에서 급히 커다란 모로코 수첩을 꺼냈다. 그는 수상쩍은 모습으로 수첩을 손에 쥐고서 굉장히 놀란 듯이 쳐다보았는데, 아마도 그 무게에 놀란 듯했다. 한참 만에 그는 수첩을 펼치더니 붉은

밀랍으로 봉인하고 붉은 테이프로 묶은 커다란 편지를 꺼내 쉬페르뷔스 폰 윈데르뒤크 시장의 발치에 정확하게 던졌다. 시장은 허리를 숙여 편지를 집어 들었다. 평정심을 잃은 데다 로테르담에서 더 이상 할 일도 없는지, 노신사는 당장 떠날 채비를 시작했다. 다시 떠오르기 위해서는 모래주머니 일부를 버려야 했는데, 내용물을 비우지도 않고 차례차례 냅다 던진 모래주머니 여섯 개가 재수 없게도 하나도 남김없이 시장의 등 위로 떨어지는 바람에 시장은 로테르담 시민 전체가 보는 앞에서 데굴데굴 여섯 번이나 굴렀다. 위대한 윈데르뒤크 시장이 이 노신사의 무례함을 처벌하지 않고 넘겼을 것이라고 볼 수는 없다. 오히려 여섯 번 구르는 동안 시장은 안간힘을 다해 내내 꼭 쥐고 있던, (별일이 없다면) 죽는 날까지 꼭 쥐고 있을 예정인 파이프를 여섯 번 이상 확실히, 아주 세게 뻐끔 거렸다.

한편 기구는 종달새처럼 도시 위로 솟아올랐고, 결국 구름 뒤에서 너무나 기묘하게 모습을 드러냈을 때와 마찬가지로 그 비슷하게 생긴 구름 뒤로 조용히 흘러 들어가더니 로테르담의 선량한 시민들의 호기심 가득한 시야에서 영영 사라졌다. 이제 모든 이의 시선은 편지로 향했는데, 그 편지가 내려오는 과정에서 일어난 일 때문에 폰 윈데르뒤크 시장의 인품과 위엄은 너무나 큰 타격을 받은 뒤였다. 하지만 시장은 구르는 동안에도 편지를 확보하는 중요한 목적을 잊지 않았다. 살펴본 바, 그 편지는 로테르담 천문대학의 학장과 부학장인 그 자신과 뤼바뒤브³ 교수 앞으로 왔으니, 가장 적당한 사람의 손에 들어온 셈이었다. 그들은 그 자리에서 편지를 개봉했고, 다음과 같이 특이하고 매우 심각한 내용이 들어 있음을 알게 되었다.

로테르담 시 국립 천문대학 폰 윈데르뒤크 학장님 및 뤼바뒤브 부학장님 귀하.

두 분께서는 풀무 고치는 일을 하는 한스 팔이라는 미천한 기술공을 기억하실지 모르겠습니다. 5년 전쯤 까닭 모를 사건으로 다른 세 사람과 함께 로테르담에서 사라진 사람 말입니다. 하지만 두 분께서 들어주신다면, 이 서신을 쓰고 있는 제가 바로 한스 팔 본인이라고 말씀드리고자 합니다. 제가 사라지던 당시 사우어크라우트라는 골목길 끝 네모난 작은 벽돌 건물에서 40년째 살고 있었다는 사실은 이곳 시민들 대부분이 잘 알고 있습니다. 제 선대 조상님들도 먼 옛날부터 거기 사셨고, 저와 마찬가지로 대대로 존경받고 벌이도 좋은 풀무 수리 일을 하셨지요. 사실대로 말씀드리자면, 모든 사람들의 머릿속에 정치병이 든 최근까지는 로테르담의 정직한 시민이라면 누구나 제가 하는 일을 부러워했으니까요. 신용도 좋았고, 일거리도 부족한 법이 없었으며, 돈도 선의도 풍족했습니다. 하지만 말씀드렸듯이, 저희들은

---

3 뤼바뒤브Rubadub는 영어로 'rub-a-dub', 즉 둥둥거리는 북소리를 의미한다.

곧 자유와 긴 연설, 급진주의, 그런 온갖 것들의 영향을 느끼기 시작했습니다. 세상에서 가장 좋은 손님이었던 사람들이 이제 우리는 안중에도 없어졌습니다. 다들 틈만 나면 혁명에 대한 글을 읽었고, 시대를 대표하는 지성과 영혼의 행진에 보조를 맞추려고 했습니다. 불에 부채질이 필요하면 신문이 쉽게 부채질을 해주었죠. 그래서 정부가 점점 더 약해질수록, 그에 비례해서 가죽과 쇠는 분명 더 견고해진 것 같았습니다. 얼마 안 되는 사이에 로테르담 전체에 바느질이나 망치질이 필요한 풀무가 하나도 남지 않았으니까요. 그런 상태로는 더 버틸 수가 없었습니다. 저는 곧 찢어지게 가난해졌고, 먹여 살려야 하는 처자식이 있으니 결국 부담을 견디다 못해 삶을 끝낼 가장 편한 방법을 생각하며 하루하루를 보냈지요. 그러는 사이에도 들어오는 빚 독촉 때문에 깊이 생각할 겨를도 없었습니다. 저희 집은 말 그대로 아침부터 밤까지 빚쟁이들이 에워싸고 있었습니다. 그중 특히 세 사람이 심했는데, 저희 집 문을 계속 지키고 서서 고소를 하겠다고 협박을 하는 바람에 걱정스러워 견딜 수가 없을 정도였어요. 저는 그 셋을 손아귀에 넣을 수만 있다면 최악의 복수를 해주겠다고 맹세했지요. 제가 그때 곧바로 나팔총을 머리에 대고 쏘아 자살을 시도하지 않은 이유는 오로지 그 기대 때문이지 않았나 싶습니다. 분노를 삭이고 돈을 반드시 갚겠다는 약속과 감언이설로 비위를 맞추다 보면, 마침내 운명이 역전되는 순간 복수할 기회가 찾아올 거라고 생각했지요.

그러던 어느 날, 그 인간들을 따돌리고 평소보다 더 우울한 마음에 사람들 눈에 띄지 않는 길을 정처 없이 한참 걸어 다니던 중 어쩌다 어느 책 장수의 가판대에 다다랐습니다. 손님용 의자 하나가 옆에 있기에 그 자리에 버티고 앉아서, 영문은 알 수 없지만 손에 처음 닿는 책을 무작정 펼쳐 봤습니다. 그것은 베를린의 엥케 교수인지, 비슷한 이름의 프랑스 사람인지 둘 중 한 사람이 쓴 이론 천문학에 관한 소논문이었습니다. 저는 그런 문제에 대해서는 지식이 일천했지만 내용에 점점 더 빠져들었습니다. 실제로 두 번이나 연달아 읽고 나서야 정신을 차리고 주위를 둘러보았습니다. 해가 넘어가고 있더군요. 그래서 저는 집으로 향했습니다. 하지만 그 논문은 (낭츠의 사촌이 중요한 비밀이라면서 얼마 전에 알려준 공기역학의 발견과 함께) 제 머릿속에 지울 수 없는 인상을 남겼고, 저는 어두워진 거리를 따라 걸어가면서 그 논문을 쓴 저자의 무모하고 때로는 난해한 논리를 기억 속에서 찬찬히 되짚어보았습니다. 제 상상력에 특별히 영향을 준 부분이 몇 군데 있었거든요. 이 구절에 대해 사색하면 할수록 마음속에서 흥미가 점점 더 강하게 솟구쳤습니다. 대체로 교육도 별로 못 받았고 자연과학과 관련된 주제에 대해서는 특히 무지했지만, 읽은 내용을 제대로 이해했는지 자신이 없어진다거나 그로 인해 생겨나는 여러 가지 모호한 생각을 불신하기는커녕, 무지 덕분에 오히려 상상력이 더 강하게 자극되었습니다. 게다가 제대로 정리되지 않은 머릿속에서 생겨나서 그럴듯한 모습을 갖춘 그 조야한 생각이 실제로는 종종 힘도, 현실성도, 본능이나 직관에 내재하는 성질을 갖추지 못했을 수 있다는 의심을 하기에는 저는 허영심이 강했거든요. 혹은 굉장히 이성적이었거나요.

집에 도착하자 밤이 늦어 곧바로 잠자리에 들었습니다. 하지만 머 릿속이 너무 복잡해서 잠을 이루지 못하고 밤새 사색에 잠긴 채 누워 있었어요. 다음 날 아침 저는 일찍 일어나 부지런히 책 장수에게 돌아 가서 수중에 있는 얼마 안 되는 돈을 내고 기계학과 실용 천문학 책을 몇 권 샀습니다. 이 책을 들고 집에 무사히 돌아온 뒤 짬이 날 때마다 그 책을 숙독했고, 곧 이런 류의 학문에 상당히 정통해져서 악마가 불어넣어준 영감에서 나온 것인지 저의 천재성에서 나온 것인지 알 수 없는 설계를 실행에 옮기기에 충분하다고 여기게 되었습니다. 그러 는 사이사이, 저를 들볶아대는 빚쟁이 셋을 회유하느라 안간힘을 썼 지요. 그리고 결국 회유에 성공했습니다. 한편으로는 집에 있는 가구 를 팔아 그 인간들이 요구하는 돈의 일부를 갚아줬고, 또 한편으로는 제가 계획하고 있는 작은 일을 마치고 나면 나머지를 꼭 갚겠다고 약 속하면서 도와달라고 부탁했거든요. (무지한 인간들이라) 이런 방법 으로 어렵지 않게 제 목표에 끌어들일 수 있었습니다.

이렇게 준비를 다 해놓고는 아내의 도움을 받아 아무도 모르게 남 은 재산을 처분하고 여러 가지 구실을 대며 (말씀드리기 부끄럽지만) 영영 갚지 않을 요량으로 상당한 액수의 돈을 조금씩 나누어 빌렸습 니다. 그리고 이렇게 모은 돈으로 12야드 길이의 고급 옥양목 여러 장, 노끈, 다량의 생고무 광택제, 크고 깊게 맞춤 제작한 고리버들 바구니, 그리고 굉장히 큰 기구 제작과 장비에 필요한 몇 가지 물품을 띄엄띄엄 사들였어요. 아내에게 최대한 빨리 이 물건들을 조달하도록 시키고 구체적인 진행에 꼭 필요한 정보를 전부 알려주었죠. 그 사이에 저는 노끈으로 충분히 큰 그물을 만들고, 그것을 고리와 밧줄에 연결시켰습니다. 다음에는 고지대의 고층 대기에서 실험을 하는 데 필요한 여러 가지 도구와 재료를 사들였지요. 그러고는 기회를 엿보다 밤을 틈타 로테르담 동부의 외진 곳에 50갤런짜리 통 4개와 그보다 더 큰 통 하나를 포함한 5개의 튼튼한 통, 지름 3인치에 길이 10피트인 주석 관 6개, 다량의 **특정 금속 물질**, 혹은 이름을 밝힐 수 없는 **반금속 물질**, 흔히 쓰는 산 12병을 운반했습니다. 이 재료로 만들어질 기체는 저 이외에는 누구도 만든 적 없는 기체입니다. 아니, 적어도 비슷한 목적으로는 활용해본 적이 없는 기체지요. 여기서 말씀드릴 수 있는 것은, 그 기체가 오랫동안 환원 불가한 것으로 여겨졌던, **질소의 한 구성 성분으로 밀도가 수소보다** 37.4배 정도 **낮다**는 것뿐입니다. 그 기체는 무맛이지만 무취는 아닙니다. 순수한 상태에서는 초록색 불꽃을 내며 불에 타는데, 동물은 맡았다 하면 그냥 끝장입니다. 그 기체의 비밀은 어렵지 않게 모두 밝힐 수 있지만, 그 정보에 대한 권리는 프랑스 낭츠에 사는 한 시민이 가지고 있고, 제겐 조건부로 알려줬을 뿐입니다. 그 사람은 제 의도를 전혀 알지 못하고 어떤 동물의 피부막을 가지고 기구 만드는 법을 알려주었는데, 기체가 거의 빠져나갈 수 없는 피부막이었어요. 하지만 비용이 너무 많이 들어서, 생고무를 칠한 옥양목도 대체로 그만큼 튼튼하지 않을까 생각하며 고민을 했습니다. 이런 상황을 말씀드리는 것은 문제의 인물이 앞으로 제가 말씀드린 새로운 기체와 재료를 써서 기구를 날릴 가능성이 있는데, 이처럼 특이한 발명을 해낸 명예를 그 사람한테서 빼앗고 싶지는 않기 때문입니다.

기구의 풍선을 부풀리는 동안 50갤런 통들을 둘 자리에는 몰래 조그만 구덩이들을 팠습니다. 이런 식으로 판 구덩이들이 지름 25피트짜리 원을 이루도록요. 그리고 이 원의 한가운데에는 큰 통을 놓을 용도로 더 깊은 구덩이를 팠습니다. 그리고 작은 구덩이 5개에는 각각 대포화약 50파운드가 든 양철통을, 더 큰 구덩이에는 화약 550파운드가 든 통을 넣고, 이 크고 작은 통들을 보이지 않게 도화선으로 단단히 연결시켰습니다. 그리고 양철통 하나에 4피트 정도 되는 도화선의 끝을 집어넣고 구덩이를 덮은 뒤, 50갤런 통을 그 위에 올려놓고 도화선의 반대쪽 끝은 통 밖으로 보일락 말락 하게 1인치 정도만 꺼내놓았죠. 그 후에는 나머지 구덩이를 다 메운 다음 갤런들이 통들을 그 위 정해진 위치에 두었습니다!

앞에서 열거한 물건 외에도 그림 씨가 개선시킨 공기 압축기도 창고에 옮겨다가 감추어놓았습니다. 하지만 공기 압축기를 제 목적에 맞게 맞추려니 상당히 개조를 하지 않을 수 없더군요. 극심한 노력과 불굴의 인내로 결국 성공적으로 모든 준비를 마쳤습니다. 기구는 곧 완성되었어요. 풍선에는 기체가 4만 큐빅피트 이상 들어갈 수 있었고, 계산을 해보니 저와 제가 준비한 도구 전부, 그리고 잘하면 175파운드가 나가는 모래주머니까지 쉽게 들어 올릴 수 있겠다 싶었습니다.

풍선에는 유약을 세 번 덧칠했고, 흰 옥양목은 실크만큼 튼튼하면서도 값은 훨씬 싸서 대용물로 충분했습니다.

이제 만반의 준비를 마친 뒤, 책 장수의 가판대에 처음 간 날부터 제가 한 모든 행동에 대해서 비밀을 지키겠다는 맹세를 아내에게 받아냈습니다. 그리고 상황이 허락하는 한 서둘러 돌아오겠다고 약속하고, 수중에 남은 얼마 안 되는 돈을 쥐어준 뒤 작별 인사를 했습니다. 사실 아내에 대해서는 아무런 걱정이 없었습니다. 야무진 여자여서 제 도움 없이도 잘 살아갈 수 있는 사람이었으니까요. 솔직히 말하면, 아내는 항상 저를 한량으로, 아무 쓸모도 없이 공중누각이나 짓는 짐 덩어리로 여겼으니, 제가 없어지는 게 반가웠을 거라고 믿습니다. 저는 캄캄한 밤 아내에게 작별을 고한 다음, 저를 그렇게 괴롭혔던 빚쟁이 셋을 도우미로 데리고 곤돌라와 장비를 포함한 기구를 우회로를 통해 운반해 다른 물건들을 보관해둔 장소까지 갔습니다. 물건들은 모두 무사히 잘 있더군요. 저는 곧장 작업을 개시했습니다.

그날은 4월 1일이었습니다. 앞에서도 말했듯이 캄캄한 밤이었어요. 별 하나 보이지 않았습니다. 그리고 이따금 부슬비가 내려 작업하기가 상당히 불편했어요. 아무래도 가장 염려되는 것은 기구였습니다. 방수제를 칠해 보호하기는 했지만, 기구가 물을 먹어 무거워지기 시작했거든요. 화약도 못 쓰게 될 위험이 있었습니다. 그래서 저는 빚쟁이들을 재촉해서 가운데 통 주위에 얼어붙은 얼음을 부수고 다른 통에 든 산을 저었습니다. 하지만 그 인간들이 이 장비로 무엇을 하냐며 끊임없이 질문을 해대면서 제가 시키는 고된 노역에 엄청난 불만을 표시하는 겁니다. 이런 끔찍한 마술 같은 짓거리를 돕느라 흠뻑 젖기만 하지, 무슨 득을 볼 것인지 도통 모르겠다면서요(그 인간들이 한 말입니다). 저는 불안해지기 시작해서 사력을 다해 일했습니다. 그 얼간이들이 제가 악마와 계약을 맺었다고, 간단히 말해 제가 하는 일이 좋은 일일 리 없다고 여기고 있다는 확신이 들었거든요. 그래서 그 인간들이 저를 버리고 가버릴까 봐 굉장히 두려웠습니다. 하지만 이 일만 마무리되면 모든 노동에 대한 수고비를 당장 지불하겠다는 약속으로 이럭저럭 불만을 달래보려 했습니다. 이 말을 그들은 물론 자기 나름대로 해석하더군요. 필시 제가 결국에는 굉장히 큰돈을 수중에 넣으리라고 상상했던 겁니다. 장담하지만, 그 인간들은 제가 빌린 돈을 전부 갚고 수고비로 조금 더 돈을 지불하기만 하면, 제 영혼이나 시체는 어떻게 되건 말건 개의치 않았을 겁니다.

4시간 30분 정도가 지나자 기구가 충분히 부풀더군요. 그래서 곤돌라를 연결하고 망원경, 몇 가지 중요한 수정을 가한 기압계, 온도계, 전위계, 나침반, 지남침, 초시계, 종, 확성기 등등 장비를 실었습니다. 또, 공기를 빼고 마개를 꼭 닫은 유리구도 싣고, 압축기와 생석회, 밀랍도 빠뜨리지 않았고, 상대적으로 부피는 작지만 영양가는 높은 페미컨[4] 같은 식량과 물도 잊지 않고 넉넉히 챙겼습니다. 비둘기 한 쌍과 고

4   북미 원주민이 만들던 말린 고기의 일종.

양이도 곤돌라에 실었습니다.

그러자 거의 동틀 무렵이 되었고, 출발할 시간이 되었다는 생각이 들었습니다. 저는 실수인 양 불붙인 시가를 땅에 떨어뜨린 다음 그걸 집어 드는 척 몸을 숙이면서, 앞서 말씀드렸듯이 작은 통 아래쪽 테두리 밖으로 조금 튀어나와 있던 도화선 끝에 몰래 불을 붙였습니다. 빚쟁이들은 이런 제 행동을 전혀 알아차리지 못했습니다. 저는 곤돌라에 올라타기 무섭게 땅과 연결되어 있던 밧줄 하나를 잘라버렸습니다. 기쁘게도 기구는 175파운드나 되는 무거운 짐을 거뜬히 싣고 엄청난 속도로 공중으로 솟구쳐 올랐습니다. 그보다 훨씬 많은 양도 얼마든지 싣고 갈 수 있는 기세였어요. 땅에서 날아오르자 기압계는 30인치를, 섭씨온도계는 19도를 가리켰습니다.

하지만 기구가 채 50야드도 못 올라가서 갑자기 끔찍하고 요란한 굉음과 함께 불길과 자갈돌, 불붙은 나무, 타오르는 금속, 잘린 팔다리가 뒤죽박죽이 되어 치솟아 올랐고, 저는 심장이 내려앉을 것 같은 공포에 떨며 곤돌라 바닥에 쓰러졌습니다. 준비가 완전히 과했다는 것을, 본격적인 폭발은 아직 일어나지도 않았다는 것을 그 순간 깨달았죠. 과연 1초도 채 지나지 않아 온몸의 피가 전부 관자놀이로 몰리더니, 곧이어 평생 잊지 못할 엄청난 폭발이 밤의 대기를 뚫고 터져 나왔습니다. 마치 하늘을 찢어발기는 것 같았어요. 나중에 곰곰이 생각해본 결과, 폭발의 충격이 제게 그토록 엄청났던 원인을 제대로 찾을 수 있었습니다. 제 위치가 폭발 지점 바로 위, 그러니까 그 힘이 가장 강력한 선상에 있었기 때문이었죠. 하지만 당시에는 그저 목숨을 부지할 생각밖에 없었습니다. 풍선은 처음에는 쭈그러들었다가 다시 엄청나게 팽창하더니 속이 메스꺼울 정도의 속도로 미친 듯이 휘휘 돌다가 결국 고주망태처럼 휘청대며 비틀거렸고, 그 바람에 저는 그만 곤돌라 밖으로 튕겨 나가 까마득한 공중에서 바깥쪽을 향해 거꾸로 대롱대롱 매달리는 신세가 되었습니다. 고리버들 바닥에 난 틈 사이로 길이 3피트 정도의 가느다란 밧줄이 어쩌다 빠져나와 있었는데, 떨어지던 중 천우신조로 그 밧줄에 제 왼발이 걸렸던 겁니다. 그 상황이 얼마나 무시무시했는지는 상상할 수조차 없습니다. 절대 불가능하지요. 숨이 막혀 죽을 것 같고, 학질 발작이라도 하는 것처럼 온몸의 신경과 근육이 떨렸습니다. 눈은 눈두덩에서 튀어나올 것만 같았고, 끔찍한 구역질이 치밀어 올랐습니다. 결국 저는 기절해서 의식을 잃고 말았습니다.

이런 상태로 얼마나 시간이 지났는지는 모르겠습니다. 하지만 적지 않은 시간인 것만은 분명합니다. 정신이 약간 들고 보니 동이 트고 있었고 기구는 엄청난 높이에서 망망대해 위를 떠가고 있는데, 드넓은 수평선 어디를 보아도 육지라고는 흔적도 보이지 않았으니까요. 그렇지만 이렇게 감각이 서서히 돌아오고 있는데도 예상했던 것처럼 그렇게 고통스럽지 않았습니다. 사실 주위를 차분히 살펴보기 시작한 것부터가 제정신은 아닌 거죠. 양손을 하나하나 눈앞에 들어보았지만, 어쩌다가 핏줄이 그렇게 부풀어 올랐는지, 손톱은 왜 그렇게 끔찍하게 새카맣게 변해 있는지 영문을 알 수가 없었습니다. 다음에는 머리가 제 생각처럼 기구의 풍선보다 더 부풀어 오른 게 아니라는 걸 확실하게 확인할 때까지 몇 번이나 흔들어보고 찬찬히 더듬어보면서 세심하게 살폈습니다. 그다음에는 뭘 알기라도 하는 것처럼 바지 주머니를 양쪽 다 더듬어봤다가 수첩과 이쑤시개 통이 없어진 것을 알았습니다. 어디로 사라진 것인지 궁리해보았지만, 도무지 알 수가 없어서 말할 수 없이 애석한 심정이 들었습니다. 그제야 왼쪽 발목 관절이 굉장히 불편하다는 게 느껴지면서 제 상황이 어렴풋이 기억나기 시작했어요. 하지만 참 이상한 일이지요! 저는 놀라지도, 공포에 질리지도 않았습니다. 뭐라도 감정을 느꼈다면, 그건 곤경에서 아슬아슬하게 빠져나간 데에 대한 흐뭇한 만족감이었습니다. 결국 무사하지 못할 거라는 의심은 단 한순간도 들지 않았어요. 몇 분 동안 저는 깊은 생각에 잠겼습니다. 이따금 입술을 꼭 다물기도 하고, 검지를 코 옆에 갖다 대기도 하는 등, 안락의자에 앉아 복잡하거나 중대한 문제에 대해서 고민하는 사람들이 흔히 보여주는 동작을 하고 표정을 지은 기억이 분명히 납니다. 이윽고 생각이 충분히 정리가 되자, 굉장히 조심스럽고 신중하게 양손을 등 뒤로 돌려서 바지 허리띠에 붙어 있는 커다란 쇠 버클을 풀었습니다. 이 버클에는 세 개의 고정쇠가 있었는데, 다들 조금 녹이 슬어 있어서 굉장히 뻑뻑했어요. 하지만 저는 힘을 주어 고정쇠가 버클 몸체와 직각이 되도록 돌렸고, 다행히 고정쇠는 그 상태로 단단하게 고정되었습니다. 이렇게 해서 얻은 장치를 이에 물고 이제 스카프의 매듭을 풀기 시작했습니다. 서너 차례 쉬고서야 겨우 성공했어요. 그다음에는 스카프 한쪽 끝을 버클을 연결시키고 다른 쪽은 제 손목에 단단히 묶었습니다. 그러고는 있는 힘껏 근력을 써서 몸을 일으켜 버클을 곤돌라 안으로 던져 넣었고, 한 번 만에 버클을 고리 바구니 테두리에 거는 데 성공했습니다.

그러자 제 몸은 약 45도 각도로 곤돌라의 옆면을 향해 기울어졌습니다. 하지만 직각을 기준으로 아래로 45도 기울어져 있었다는 뜻이 아닙니다. 오히려 저는 여전히 수평선과 거의 평행하게 누워 있었어요. 그때 자세가 바뀌면서 곤돌라 바닥을 제가 있는 위치에서 상당히 바깥쪽으로 밀어내게 되었는데, 그게 가장 절박한 위험이었습니다. 하지만 처음 곤돌라에서 떨어졌을 때 얼굴이 풍선 반대쪽이 아니라 풍선 쪽을 향하고 있었더라면, 혹은 제가 매달렸던 밧줄이 거의 곤돌라 바닥 쪽에 있던 틈 사이로 내려온 게 아니라 위쪽 테두리를 넘어 늘어져 있던 밧줄이었다면, 지금까지 해낸 일조차도 절대 해내지 못했을 테고 지금 밝히는 사실들도 후손에게 알리지 못했을 겁니다. 그러니 그저 감사할 따름이었죠. 다만, 사실 저는 그때까지도 너무 멍한 상태라 거의 15분 정도는 아무것도 해볼 생각조차 없이 그 기묘한 고요를 천치처럼 즐기고 있었습니다. 하지만 이런 느낌은 곧 사라졌고, 이내 공포와 당혹감, 완전한 무기력과 자괴감이 찾아들었어요. 사실 머리와 목의 혈관에 피가 너무 오랫동안 쏠리는 바람에 섬망 상태에 빠졌던 것인데, 이제 그 피가 제자리를 찾아가기 시작하자 점차 위험을 또렷하게 느끼게 되면서 위험에 직면할 자제심과 용기가 사라진 것이었죠. 하지만 다행스럽게도 이런 나약함이 그다지 오래가지는 않았습니다. 곧 절망감이 제 영혼을 구하러 달려들었고, 저는 미친 듯이 고함을 지르고 버둥거리며 몸을 끌어올려 마침내 그토록 간절히 원하던 곤돌라의 테두리를 온 힘을 다해 꽉 붙잡고 꿈틀거리며 곤돌라 안으로 곤두박질쳐 떨어진 다음 온몸을 부들부들 떨었습니다.

얼마간의 시간이 흐르고 나서야 평상시처럼 기구를 살펴볼 수 있을 정도로 기운을 차릴 수 있었어요. 저는 기구를 모두 꼼꼼히 살펴보았고, 기구에 상한 곳이 없는 것을 보고 크게 안도했습니다. 장비들도 모두 무사했고, 다행히 모래주머니도, 식량도 그대로 있었어요. 다들 워낙 단단히 고정시켜놓아서 그런 일은 일어날 리도 없었죠. 시계를 보니 6시더군요. 기구는 여전히 빠른 속도로 상승하고 있었고, 기압계로 본 당시의 고도는 375마일이었습니다. 바로 아래 바다에는 약간 직사각형 모양의 조그만 검은 물체가 있었는데, 크기도 도미노 정도이고 여러모로 그 장난감과 비슷하게 생긴 물체였습니다. 망원경으로 살펴보니, 영국의 94포 군함이 돛을 활짝 펼치고 서남서 방향으로 바다를 헤쳐나가고 있었습니다. 이 배 이외에는 바다와 하늘, 그리고 한참 전에 떠오른 태양밖에 보이지 않았어요.

이제 두 분께 제 여행의 목적을 설명드릴 때가 되었군요. 두 분께서는 제가 로테르담에서 겪은 힘든 상황으로 인해 결국 자살을 결심했던 것을 기억하실 겁니다. 하지만 저는 사는 것 자체에 염증을 느낀 것은 아니었고, 제 삶에 끊이지 않는 우연한 불행이 견딜 수 없이 괴로 웠던 것입니다. 이처럼 살고 싶긴 하지만 삶에 지친 마음 상태에서, 책 장수의 가판대에서 산 논문을 읽고 사촌의 아이디어까지 시기적절하 게 발견한 덕에 제 상상력은 불이 붙었습니다. 그래서 저는 결국 마음 을 정했습니다. 떠나기는 하지만 살기로, 세상을 벗어나되 계속해서 존재하기로 결심했습니다. 한 마디로 말해, 수수께끼들을 풀기 위해 저는 앞으로 무슨 일이 일어나든 할 수 있는 한 **달까지** 가보겠다고 결 심했던 것입니다. 자, 제가 정신이 똑바로 박힌 사람은 아니긴 하지만 실제보다 더 미친 사람으로 오해하시지 않도록, 물론 힘들고 위험하 기는 하지만 이런 종류의 일이 용감한 사람에게는 절대 불가능한 것 만은 아니라고 믿게 된 까닭이 무엇인지, 제가 고려한 사항들을 최대 한 자세히 설명해보겠습니다.

가장 먼저 알아본 것은 실제 지구에서 달까지의 거리였습니다. 자, 두 천체의 **중심** 사이의 평균 거리는 지구의 적도 반경의 59.9643배, 즉 약 237,000마일밖에 안 됩니다. 평균 거리 말입니다. 하지만 달의 궤도 형태가 이심률[5]이 0.05484나 되는 타원이며 지구의 중심이 그 타원의 초점에 위치하고 있다는 점을 생각하면, 어떻게든 달을 근지점에서 만날 수만 있다면 위에서 말한 거리를 상당히 줄일 수 있을 겁니다.

---

5 원뿔곡선의 특성을 나타내는 값으로, 원뿔곡선이 원에서 얼마나 벗어나 있는지 를 보여준다.

하지만 지금은 이 가능성은 접어둔다 치고, 이 237,000마일에서 지구의 반경 4,000마일과 달 반경 1,080마일, 즉 5,080마일을 뺄 때 실제로 평균 231,920마일의 거리를 이동해야 하는 것이 확실했습니다. 그 정도면 엄청날 정도로 먼 거리는 아니라고 생각했죠. 육지에서도 시속 50마일 속도의 여행은 여러 차례 이루어졌고, 실제로 그보다 훨씬 더 빠른 속도를 기대할 수도 있었으니까요. 하지만 시속 50마일의 속도라 해도 달 표면에 닿는 데 161일 이상이 걸리지는 않을 겁니다. 그렇지만 여러 가지 세부 사항을 고려할 때 제 평균 이동 속도가 시속 60마일은 넘을 거라는 믿음이 생겼습니다. 이런 고려 사항들이 제 마음속에 강한 인상을 남겼으니, 이에 대해서는 나중에 좀 더 자세히 말씀드리지요.

그다음 고려할 문제는 훨씬 더 중요한 것이었죠. 기압계에 의하면, 지구 표면에서 1,000피트 상공으로 상승하면 대기 전체 질량의 약 30분의 1을 지나 올라온 셈이 되고, 10,600피트 상공에서는 거의 3분의 1을 지나오게 됩니다. 코토팍시[6]의 높이와 비슷한 고도 18,000피트 지점에 도달하면 지구상에서 **무게 측정이 가능한** 대기의 절반이 발 아래 있게 되지요. 또한 지구 직경의 100분의 1, 즉 고도 80마일을 넘어서기도 전에 이미 공기가 너무나 희박해져, 동물이 생명을 유지하지 못하는 것은 물론, 세상에서 가장 섬세한 대기 측정도구로도 공기의 존재를 제대로 측정하지 못하게 될 겁니다. 하지만 저는 이와 같은

6   남미 안데스산맥의 화산.

계산이 공기의 특성에 대한 실험적 지식, 즉 상대적으로 지표면 **바로 근처** 대기의 팽창과 압축을 규정하는 법칙에만 근거하고 있다는 것을 놓치지 않았어요. 동시에, 지표면에서 아무리 먼 거리라고 할지라도 본질적으로 동물은 **변이할 수 없으며**, 그래서는 안 된다는 것이 지당한 사실입니다. 그렇다면 이런 추론, 게다가 이런 데이터에 근거한 추론은 당연히 유추에 불과합니다. 인간이 여태까지 올라간 최고 높이는 25,000피트로, 게이—뤼삭과 비오의 비행선 탐사 때였어요. 이것은 문제의 80마일과 비교해도 하찮은 고도에 불과합니다. 그래서 이 문제는 의심해볼 여지가 있으며 심사숙고할 필요가 있다고 생각하지 않을 수 없었습니다.

그러나 사실 어떤 고도에서 상승하든 거기서 **더** 올라가면서 넘어서게 되는 공기의 양은 (앞에서 말씀드린 내용에서 쉽게 알 수 있듯이) 상승 고도에 비례해서 줄어드는 게 아니라 일정 비율로 줄어들게 됩니다. 그러므로 아무리 높이 올라간다 할지라도, 문자 그대로 더 이상 대기가 존재하지 **않는** 경계선에는 절대 도달할 수 없어요. 대기는 **반드시 존재**한다는 게 제 주장이었습니다. 비록 무한히 희박한 상태로 존재할 수는 **있겠지만요**.

반면, 대기에는 실제로 분명한 경계선이 있으며 그 너머에는 공기가 전혀 없다는 주장들도 없지 않다는 것을 저도 알고 있습니다. 하지만 그런 경계선을 강력하게 주장하는 사람들이 간과하는 한 가지 상황이, 비록 그 신조에 대한 확실한 반박은 아니라 할지라도, 제가 보기에는 진지하게 살펴볼 가치가 있어 보였습니다. 엥케 혜성이 근일점에 도착한 간격을 행성 간의 인력으로 인한 간섭 현상을 가장 정확한 방법으로 모두 공제한 후 비교해보면, 그 주기가 점차 짧아지는 게 보입니다. 즉 혜성 타원 궤도의 장축이 서서히, 하지만 완벽하게 규칙적으로 짧아지고 있다는 거죠. 자, 혜성 궤도가 지나는 지역을 채우고 있는 매우 **희박한 공기 같은 매질**로부터 혜성이 저항을 경험한다고 가정한다면, 이 경우에 딱 맞아떨어집니다. 그 매질이 혜성의 속도를 늦추면서 원심력을 약화시켜 구심력이 커진다는 게 명확하거든요. 다시 말해, 태양의 인력은 점점 더 큰 힘을 얻을 테고, 혜성은 공전할 때마다 점점 더 태양 가까이 끌려가게 되는 거죠. 실제로 앞에서 말한 변화를 설명할 방법은 이것 외에는 없습니다. 하지만 이런 점도 있어요. 관찰해보면 동일한 혜성 성운의 실제 직경은 태양에 다가갈수록 급속히 줄어들고, 원일점을 향해 멀어질 때는 같은 속도로 급속히 커집니다. M. 발츠의 주장과 마찬가지로, 이렇게 부피가 분명히 줄어드는 현상은 앞서 말한 공기 같은 매질이 태양에 가까워질수록 밀도가 높아지며 압축되기 때문이라고 가정해도 무방하지 않겠습니까? 황도광이라고 하는 렌즈 모양 현상 또한 주목해볼 가치가 있습니다. 열대지방에서 뚜렷이 관찰되며 절대 유성의 빛이라고 착각할 수 없는 이 광채는 지평선에서 비스듬히 위로 뻗어나가 대체로 태양의 적도 방향을 따라가고 있죠. 이는 태양에서부터 적어도 금성 궤도를 넘어, 제 생각으로는 무한히 멀리까지 퍼져 있는 희박한 대기 속에서 나타나는 현상이 분명해 보입니다.[7] 사실, 이 매질이 혜성의 궤도가 지나가는 길이나 태양 바로 근처에만 국한되어 존재한다고는 생각할 수 없었습니다. 반대로, 그 매질이 우리 태양계 전체에 퍼져 있고, 우리가 행성의 대기라 부르는 것 속에 응축되어 있으며, 어쩌면 몇몇 행성에서는 순전히 지질학적 이유로 변화되었다고, 즉 각각의 천체에서 증발되어 나온 물질에 비례해서 (혹은 절대적 성질에 따라서) 수정되거나 변화되었다고 상상하는 게 더 쉬웠죠.

이런 식으로 문제를 보고 나니 더 이상 망설일 일이 없었습니다. 여행 도중 지구 표면의 공기와 **본질적으로는** 같은 대기를 만나게 될 거라고 가정하자, 그림 씨가 고안한 천재적인 기구로 그 대기를 호흡하기 충분한 양으로 압축시키는 것도 가능하리라는 생각이 들었죠. 그러면 달 여행의 가장 큰 장애물이 해결되는 겁니다. 실제로 그 기구를 제 목적에 맞게 개조하느라 약간의 돈과 엄청난 노력이 들어갔고요. 적당한 기간 내에 여정을 마칠 수만 있다면, 기구를 성공적으로 이용할 수 있으리라고 자신했습니다. 이 시점에서 여행 **속도** 이야기로 되돌아가야겠군요.

기구가 지표면에서 처음 상승할 때는 상대적으로 느린 속도로 올라간다고 알려져 있죠. 자, 기구가 상승하는 힘은 기구 안의 기체에 비

7　[원주] 황도광이란 고대인들이 트라베스라고 부른 것을 말하는 듯하다. "그들은 그것을 트라베스라고 부른다."《플리니우스》2권, 26쪽

해 대기의 무게가 더 크기 때문에 생깁니다. 그런데 처음에는 이게 그럴듯해 보이지가 않는 게, 기구가 높이 상승하면 이에 따라 대기의 밀도가 급속히 감소하는 대기층에 잇달아 도달하게 되는데, 이렇게 위로 상승할 때 원래 속도에서 가속이 일어난다는 게 전혀 이치에 맞지 않아 보이거든요. 반면, 어떤 기구 비행 기록에서도 상승의 절대속도가 분명히 **감소**했다고 증명된 경우는 찾을 수 없었습니다. 그런 경우는, 다른 이유 때문이 아니라면, 기구를 허술하게 만들고 일반적인 유약 정도로만 니스 칠을 해서 기체가 빠져나갔기 때문이 분명합니다. 그러므로 그렇게 기체가 빠져나가는 경우만이 중력 중심에서 기구가 멀어지면서 인력이 줄어들어 생겨나는 가속의 효과를 상쇄시킬 수 있는 것 같았습니다. 이제 여행을 통해 제가 상상한 매질을 발견하기만 한다면, 그리고 그것이 우리가 대기의 공기라고 부르는 것과 **근본적으로** 같다는 것이 증명되기만 한다면, 그게 아무리 희박하다 할지라도 제 상승력에는 상대적으로 큰 차이가 없을 거라는 생각이 들더군요. 기구 속의 기체도 비슷한 희박화를 겪게 될 뿐만 아니라 (이런 현상이 얼마나 발생하느냐에 비례해서, 폭발 방지에 필요한 정도의 기체는 빠져나가게 둘 수도 있습니다), **그런 관계로** 어떤 경우에라도 질소와 산소만으로 이루어진 화합물보다는 계속 가벼울 테니까요. 따라서 **제가 상승하는 동안은** 거대한 풍선과 그 풍선을 채우고 있는 굉장히 희귀한 기체, 곤돌라, 그 안에 실은 짐 무게를 다 합쳐도 바뀐 주위 대기의 무게와는 같아지지 않을 가능성이 있었어요. 아니, 그럴 확률이 굉장히 높았습니다. 단박에 아시겠지만, 기구의 상승이 멈출 조건은 오로지 그때뿐이거든요. 그러나 심지어 이런 지점에 도달한다 할지라도 모래주머니와 그 밖의 무거운 짐들을 거의 300파운드 정도는 처분할 수 있을 테고요. 그 사이 중력은 거리의 제곱에 비례해서 꾸준히 감소할 테니, 저는 엄청나게 증가하는 속도로 결국 지구의 인력이 달의 인력으로 대체되는 먼 곳에 도착하게 될 겁니다.

그렇지만 약간 불안한 문제가 하나 더 남아 있었습니다. 기구가 상당한 높이까지 상승하면, 호흡에 수반되는 고통 외에도 종종 코피와 그 외 놀라운 증상들을 동반하는 두통과 신체적 불편을 겪게 되는데, 이런 증상은 고도가 높아질수록 점점 더 힘들어진다고 합니다.[8] 생각해보면 상당히 두려운 일이죠. 이런 증세가 점점 심해지다가 결국 죽음을 맞이하게 되는 것이 아닐까 싶었지만, 결국 저는 아니라고 결론을 내렸습니다. 그런 불편함은 신체 표면에 **익숙한** 기압이 점차 사라지면서 표피의 혈관이 확장되는 데서 원인을 찾아야지, 신체 체계가 완전히 파괴되어서 나타나는 게 아니거든요. 호흡곤란의 경우도 대기 밀도가 **화학적으로 충분하지 못해서** 심장 심실에서 혈액이 회복되지 못해서 생기는 겁니다. 그러니 혈액의 회복이 완전히 중단되지만 않는

8　[원주] 한스 팔이 처음 발표한 이후로 낫소 기구로 악명 높은 그린 씨와 그 이외의 최근 열기구 조종사들이 이런 점에 있어서 훔볼트의 주장을 부인하며 불편함이 점점 **줄어든**다고 말한 것을 알게 되었다. 이는 여기서 주장하는 이론과 정확히 일치하는 바이다.

다면, 진공 상태라도 생명이 유지되지 못할 이유가 없다는 생각이 들었어요. 호흡이라고 부르는 가슴의 팽창과 압축은 순전히 근육의 움직임이며, 호흡의 원인이지 결과가 아니니까요. 한 마디로 말해서, 신체가 기압 저하에 적응하기만 하면 이런 통증은 점차 사라질 겁니다. 그리고 통증이 계속되는 동안은 제 강인한 체질이 견뎌내 줄 것이라고 굳게 믿었습니다.

이와 같이 두 분께 제가 달 여행 계획을 세우게 된 과정을 비록 전부는 아니라 할지라도, 어느 정도 설명드렸습니다. 이제 두 분께 대담하기 이를 데 없는 착상에 기반한, 인류 역사상 전례라고는 없는 이 시도의 결과를 알려드리지요.

앞에서 말씀드린 고도, 즉 375마일에 도달한 뒤 곤돌라에서 깃털을 상당량 버렸는데도 상승 속도는 여전히 충분히 빨랐습니다. 그래서 모래주머니를 버릴 필요는 없었어요. 반가운 일이었죠. 달의 중력이나 대기 밀도에 대해서는 확실히 모르니까 가능한 한 짐을 많이 가져가고 싶었거든요. 그때까지도 신체적인 불편은 없어서, 호흡도 편하고 머리도 전혀 아프지 않았습니다. 고양이는 제가 벗어놓은 외투 위에 얌전히 앉아서 아무렇지도 않은 척 비둘기들을 쳐다보고 있었어요. 비둘기들은 날아가지 못하도록 발에 줄을 묶어 놓았는데, 곤돌라 바닥에 뿌려준 쌀알을 주워 먹느라 바빴습니다.

6시 20분, 기압계에 따르면 26,400피트, 혹은 정확히 5마일 고도에 도달했습니다. 전망은 끝을 알 수 없을 정도로 드넓게 펼쳐져 있었어요. 사실 구체 기하학을 이용하면 눈에 보이는 땅의 면적이 어느 정도인지 쉽게 계산할 수 있습니다. 구체 전체 표면에 대해 일부분의 볼록한 표면은 구체의 직경에 대한 그 부분의 버스트 사인과 같습니다. 제 경우 버스트 사인, 즉 제가 있는 위치 아랫부분의 **두께**는 저의 고도, 혹은 지표면 위에서 바라보는 지점의 높이와 거의 비슷했어요. '8,000마일 대 5마일'이 제가 보는 지구 표면의 비율을 나타내게 됩니다. 다시 말해, 저는 지구 표면 전체의 1,600분의 1이나 보고 있었던 거죠. 바다는 거울처럼 잔잔했지만, 망원경으로 보니 거친 파도가 몰아치고 있었습니다. 좀 전의 배는 동쪽으로 가버려서 더 이상 보이지 않았고요. 그때부터 이따금 간격을 두고 머리가, 특히 귀 주위가 심하게 아프기 시작했습니다. 하지만 호흡은 여전히 충분히 편했어요. 고양이와 비둘기들은 아무렇지도 않은 것 같았습니다.

7시 20분 전, 기구가 길게 이어진 짙은 구름 속으로 들어가면서 압축 장치를 망가뜨리고 저도 흠뻑 젖는 바람에 굉장히 고생했습니다. 이렇게 높은 고도에서 이런 구름이 존재할 수 있다고 생각하지 않았기 때문에 확실히 특이한 사건이었죠. 5파운드짜리 모래주머니를 두 개 버리고 165파운드의 무게를 유지하는 게 최선이라고 생각했습니다. 그렇게 하자 기구는 곧 구름 위로 솟구쳤고 상승 속도도 크게 증가했습니다. 구름을 벗어난 지 몇 초나 지났을까, 구름 한 쪽에서 다른 쪽으로 번쩍이는 번개가 솟아오르더니 구름이 마치 불붙은 거대한 석탄처럼 타올랐습니다. 그때는 밝은 대낮이었습니다. 캄캄한 한밤중에 그런 현상이 일어났다면 얼마나 장엄한 광경이었을지, 누구도 상상할 수 없을 것입니다. 아마도 지옥에나 어울리는 광경이겠지요. 저는 머리카락이 주뼛 선 상태로 아가리를 딱 벌린 심연 속을 들여다보았고, 제 상상력은 깊이를 알 수 없는 무시무시한 불길이 만드는 기괴한 복도와 붉은 만, 소름끼치는 새빨간 골짜기 속으로 내려가 헤매고 다녔습니다. 정말로 아슬아슬한 탈출이었어요. 기구가 구름 속에 조금만 더 있었다면, 다시 말해 비에 젖는 것이 불편해서 모래주머니를 버리기로 결정하지 않았더라면 저는 아마 죽고 말았을 것입니다. 거의 생각하지 못하지만, 그런 게 기구 여행에서 맞닥뜨릴 수 있는 가장 큰 위험일 것입니다. 하지만 그때쯤에는 이미 굉장히 높이 올라간 상태라 이제 더 이상은 이런 위험에 대해서 염려할 필요가 없었습니다.

저는 이제 빠른 속도로 상승하고 있었고, 7시가 되자 기압계는 9.5마일의 고도를 가리켰습니다. 숨쉬기가 매우 힘들어졌습니다. 머리 또한 심하게 아팠고요. 아까부터 뺨 주위가 축축한 것 같았는데, 확인해보니 고막에서 피가 상당히 빠르게 흘러나오고 있었습니다. 눈도 굉장히 불편해서 더듬어보니, 눈두덩에서 상당히 튀어나와 있는 것 같더군요. 곤돌라에 실은 물건들은 물론, 기구의 풍선까지도 뒤틀려 보였습니다. 증상이 예상했던 것보다 훨씬 더 심해서 좀 놀랐습니다. 이 중대한 시기에 매우 경솔하게도 전 아무 생각 없이 곤돌라에서 5파운드짜리 모래주머니 3개를 내던져버렸습니다. 그러자 상승 속도가 가속되면서 기구는 적응할 단계도 충분히 거치지 않고 순식간에 대기가 매우 희박한 층에 진입했고, 그 결과 제 여행도 저 자신도 거의 끝장날 뻔했습니다. 갑자기 경련이 일어나더니 5분 이상 지속되었고, 발작이 어느 정도 멈추었을 때도 숨은 힘겹게, 한참 만에 한 번씩 쉴 수밖에 없었습니다. 그러는 내내 코와 귀에서는 피가 어마어마하게 흘렀고, 눈에서까지 피가 나왔어요. 비둘기들은 굉장히 괴로운 듯 달아나려고 했고, 고양이는 불쌍한 소리로 야옹거리면서 혀를 내밀고 독약을 먹은 것처럼 비틀거렸습니다. 그제야 모래주머니를 너무 성급하게 버렸다는 생각이 들면서 불안이 극에 달했습니다. 이제 몇 분 내에 죽는 수밖에 없겠구나 싶었죠. 육체적인 고통이 너무 심한 나머지 목숨을 건지려는 어떤 노력도 할 수가 없었습니다. 사고력도 거의 바닥났고, 두통은 점점 더 심해져만 갔죠. 이제 곧 정신을 완전히 잃게 될 거라는 생각에 하강을 시도해보려고 저도 모르게 밸브 밧줄을 쥐었는데, 그 순간 제가 빚쟁이 셋에게 저지른 짓과 돌아갔을 때 생길 일이 떠오르니 마음이 돌아서더군요. 저는 곤돌라 바닥에 누워 정신을 차려보려고 애썼습니다. 어느 정도 정신이 들면서 시험 삼아 피를 뽑아보기로 결심했어요. 하지만 랜싯[9]이 없어서 그 상황에서 최선의 방법으로 시술을 할 수밖에 없었습니다. 그리고 마침내 펜나이프 칼날을 이용해 왼팔의 혈관을 긋는 데 성공했죠. 피가 흐르기 시작하자마자 통증이 상당히 나아졌고, 중간 크기 대야 절반 정도 분량의 피를

9   주로 채혈용으로 사용하는 소형의 양날 메스.

뽑고 나니 최악의 증상은 모두 가셨습니다. 곧바로 일어나는 것은 좋지 않을 것 같아 팔을 붕대로 최대한 꼼꼼히 묶은 다음 15분 정도 가만히 누워 있었습니다. 그러고 나서 일어나자 지난 1시간 15분 동안 겪었던 극심한 **통증**은 사라지고 없더군요. 그러나 숨 쉬는 건 아주 조금 나아졌을 뿐 여전히 힘들어서 곧 압축기를 써야 할 것 같았습니다. 그러면서 제 코트 위에 다시 자리를 잡고 엎드린 고양이 쪽으로 고개를 돌렸더니, 놀랍게도 제가 고통에 몸부림치는 사이에 녀석이 새끼 고양이 세 마리를 낳았지 뭡니까. 전혀 예상하지도 못한 추가 승객들이었지만, 저는 정말 기뻤습니다. 이 비행을 시도하는 데 제게 가장 큰 영향을 준 추측이 사실인지 아닌지 시험해볼 기회가 생겼으니까요. 저는 지표면의 기압에 **익숙**해져 있는 게 높은 고도로 올라갔을 때 동물이 고통을 겪는 원인일 것이라고 생각했거든요. 새끼 고양이들이 **어미와 똑같이** 힘들어하면 제 이론이 틀렸다고 여겨야 되겠지만, 그렇지 않다면 제 생각이 옳다고 볼 수 있겠죠.

8시가 되자 기구는 지상에서 실제로 17마일까지 상승했습니다. 따라서 상승 속도가 증가하고 있을 뿐 아니라, 모래주머니들을 버리지 않았다 해도 속도가 빨라졌으리라는 게 분명해 보였습니다. 머리와 귀의 통증이 다시 시작되더니 간헐적으로 극심해졌어요. 코피도 이따금씩 계속 났지만, 전체적으로 봤을 때는 예상보다 훨씬 나았습니다. 그래도 호흡은 시간이 지날수록 점점 힘들어졌고, 숨을 들이쉴 때마다 가슴이 경련하듯이 아프더군요. 그래서 압축 도구를 꺼내 바로 쓸 수 있도록 준비했습니다.

이 높이에서 본 지구의 모습은 진정 아름다웠습니다. 서쪽, 북쪽, 남쪽으로는 시선이 닿는 곳까지 망망대해가 고요히 펼쳐져 있었는데, 시시각각 점점 더 짙은 청색으로 변했습니다. 동쪽 저 아득히 멀리에는 영국 전체와 프랑스와 스페인에 접한 대서양, 아프리카 대륙의 북부 일부가 똑똑히 보였습니다. 개개의 건물은 하나도 보이지 않았고, 인류가 자랑스레 지어놓은 도시들도 지표면에서 완전히 사라지고 없었습니다.

아래 펼쳐진 광경에서 가장 놀라웠던 점은 지구 표면이 오목하게 보이는 것이었습니다. 저는 아무 생각 없이 하늘로 올라가면 **볼록**한 지구의 실제 모습이 더 분명히 보일 것이라고 기대했었거든요. 하지만 조금만 생각해봐도 왜 그런 차이가 나는지 알 수 있습니다. 제가 있는 위치에서 지표면에 수직으로 줄을 떨어뜨리면, 그게 직각삼각형의 수직면이 되면서 거기서 직각으로 수평선을 향해 뻗은 선이 삼각형의 밑변을 이루고 지평선이나 수평선에서부터 제 위치까지가 삼각형의 빗변이 됩니다. 하지만 제 높이는 제가 보는 전망에 비하면 미미하기 이를 데 없어요. 다시 말해, 이 경우 가상의 삼각형의 밑변과 빗변이 수직면에 비해 너무 길어서 밑변과 빗변이 거의 평행하게 생각될 수 있는 겁니다. 이런 까닭에 기구 비행사가 바라보는 지평선이나 수평선은 항상 곤돌라와 **같은 높이**로 보이는 겁니다. 하지만 바로 아래 지점은 아주 멀리 떨어진 것처럼 보이고, 실제로도 그렇기 때문에, 물론 지평선이나 수평선보다 한참 아래 있는 것으로 보이는 거죠. 그래서 오목한 느낌이 드는 겁니다. 상승 고도가 보이는 전망의 크기에 비례하도록 몹시 높아져서 밑변과 빗변이 평행하게 보이는 현상이 사라질 때까지는 이런 느낌이 계속될 겁니다.

이쯤 되니 비둘기들이 너무 괴로워 보여서 놓아주기로 했습니다. 우선 아름다운 회색 무늬 비둘기 한 마리를 줄에서 풀어 고리버들 가장자리에 놓아주었습니다. 녀석은 굉장히 힘든 것처럼 불안하게 주위를 살피더니 날개를 파닥이며 구구거렸지만 곤돌라에서 날아오르지는 못했어요. 결국 제가 녀석을 들어 기구에서 6야드쯤 되는 곳까지 던졌습니다. 하지만 비둘기는 제 예상처럼 아래로 내려가지 않고 날카로운 비명을 지르며 돌아오려고 푸드덕댔습니다. 결국 가장자리로 돌아오긴 했지만, 그러자마자 머리를 가슴에 박더니 곤돌라 안으로 떨어져 죽어버렸어요. 두 번째 비둘기는 그렇게 운이 없지는 않았습니다. 녀석도 친구처럼 되돌아올까 봐 온 힘을 다해 아래로 던졌더니, 다행히도 빠른 속도로 날개를 움직이며 아주 자연스럽게 날아가더군요. 곧 녀석은 시야에서 사라졌고, 안전하게 집에 갔으리라 믿습니다. 퍼스는 기운이 났는지 죽은 새를 맛있게 먹어치우고는 만족스러운 표정으로 잠들었습니다. 새끼 고양이들은 생기가 넘쳤고, 그때까지는 전혀 불편한 데가 없어 보였어요.

8시 15분, 숨 쉴 때마다 도저히 견딜 수 없는 통증이 느껴져서 당장 곤돌라에 공기 압축기를 설치했습니다. 이 장치는 약간의 설명이 필요합니다. 두 분께서는 저의 목적이 우선 제가 있는 곳의 매우 희박한 대기를 막기 위해 곤돌라 주위를 완전히 바리케이드로 에워싼 다음, 공기 압축기를 이용해서 그 희박한 대기를 호흡 가능한 농도로 압축시켜 바리케이드 안으로 들여보내는 일이라는 걸 기억해주시기를 바랍니다. 이런 목적을 위해 밀폐력은 완벽하지만 유연하고 아주 튼튼한 탄성 고무주머니를 준비해두었습니다. 이 넉넉한 크기의 주머니 안에 곤돌라 전체를 다 집어넣는 거죠. 그러니까, 그것(주머니)을 곤돌라 바닥에 깐 뒤 옆면을 따라, 그리고 밧줄의 바깥쪽을 따라 계속 끌어올려 그물이 붙어 있는 위쪽 가장자리까지 끌어올리는 겁니다. 주머니를 이런 식으로 씌워 사방과 바닥을 완전히 막은 뒤에는 그물 테두리 위의 입구, 즉 그물과 테두리 사이를 막아야 했습니다. 하지만 그물을 버들고리 테두리에서 떼어내어 고무주머니를 통과시킨다면 그 사이 곤돌라는 어떻게 지탱하겠습니까? 그물망은 곤돌라 테두리에 영구적으로 고정되어 있지는 않지만, 여러 개의 고리와 올가미로 고정되어 있어요. 그래서 저는 그 고리를 한 번에 몇 개만 풀어서 나머지에 곤돌라가 매달려 있도록 했습니다. 이렇게 주머니의 위쪽 부분에 해당하는 부분을 집어넣은 뒤, 고리를—고무천이 사이에 끼워져 곤돌라 가장자리에 연결할 수 없었으므로—주머니 입구에서 3피트 정도 아래 고무천 자체에 붙여놓은 커다란 단추에 연결했습니다. 단추 사이의 간격은 고리 사이의 간격과 일치하도록 만들어두었어요. 이 작업을 마친 뒤, 곤돌라 가장자리에서 고리를 몇 개 더 풀고 고무천을 좀 더 집어넣은 뒤 고리를 짝이 되는 단추와 다시 연결했습니다. 이런 식으로 주머니의 윗부분 전체를 그물망과 고리 사이에 끼워 넣었습니다. 이제 곤돌라의 테두리가 곤돌라 안으로 들어오고, 곤돌라와 그 내용물의 무게는 모조리 단추의 힘으로 지탱해야 했습니다. 처음에는 제대로 지탱이 안 될 것 같았지만, 단추가 그 자체로도 매우 튼튼할 뿐 아니라 서로 가까이 붙어 있어서, 단추 하나가 감당해야 하는 무게는 전체의 일부밖에 안 되었기 때문에 전혀 문제가 없었습니다. 사실 곤돌라와 짐의 무게가 실제보다 세 배는 더 무거웠다고 해도 전혀 걱정할 필요가 없었을 거예요. 그다음에는 곤돌라 테두리를 탄성 고무 덮개 안으로 다시 들어 올렸고, 이때 쓰려고 준비해 온 가벼운 장대 세 개를 이용해 이전 높이 정도로 받쳐두었습니다. 물론 이렇게 한 것은 주머니를 위쪽에서 떠받쳐주고 그물망 아래쪽은 제 상황을 유지하도록 하기 위해서였죠. 이제 남은 일은 주머니의 입구를 막는 것뿐이었습니다. 이건 주머니 자락을 모두 모아 일종의 압박대를 이용해서 안에서 아주 단단히 묶어서 쉽게 해치웠죠.

이렇게 곤돌라 주위에 고정시킨 덮개 측면에는 두껍지만 투명한 동그란 유리창 세 개를 끼워 넣어서 사방을 쉽게 살펴볼 수 있게 해두었습니다. 바닥에 해당하는 부분에도 같은 종류의 창을 곤돌라 바닥의 작은 구멍과 일치하도록 만들어놓았고요. 이 구멍으로 수직 아래는 내려다볼 수 있었지만, 고무천 입구를 막는 방식으로 인한 주름 때문에 위쪽으로는 그 비슷한 창을 낼 수 없어서 바로 머리 위에 있는 것들은 볼 수 없었습니다. 물론 이건 별로 중요한 문제는 아니었어요. 꼭대기에 창을 낼 수 있다 하더라도 어차피 풍선 때문에 별로 쓸모가 없었을 테니까요.

옆면의 한 창문 1피트쯤 아래에는 직경 3인치의 구멍을 내고 그 안쪽에 놋쇠 테를 나사로 돌려 끼워 넣어두었습니다. 이 테 안에 압축기의 큰 튜브가 끼워져 있었죠. 물론 본체는 고무주머니 안에 있었습니다. 튜브를 통해 주위의 희박한 대기가 기계 본체에 만들어진 진공 상태를 통해 흡입되었다가 응축된 상태로 방출되어 실내에 있는 희박한 공기와 섞이도록 하는 겁니다. 이 작업을 서너 차례 반복하자 마침내 실내에는 호흡하기에 적당한 공기가 가득 찼습니다. 하지만 협소한 공간에서는 이내 공기가 탁해져서 폐와 자주 접촉하기에는 좋지 않겠죠. 그때는 공기를 곤돌라 바닥의 작은 밸브로 방출시킵니다. 밀도가 높은 공기는 아래쪽에 있는 희박한 대기 속으로 쉽게 가라앉으니까요. 한순간이라도 실내가 완전히 진공상태가 되는 일이 없도록 이 정화 작업은 한꺼번에 실시하지 않고 점진적으로 실시했습니다. 압축기 펌프를 한두 번 가동해 방출한 공기를 보충할 때까지 밸브를 몇 초만 열었다가 다시 닫았다 하면서요. 실험을 위해 고양이와 새끼들은 작은 바구니에 담아 곤돌라 바깥, 밸브 바로 옆 바닥 쪽에 달린 단추에 매달아놓았고, 먹이는 필요할 때마다 밸브를 통해 줬습니다. 그 작업은 주머니의 입구를 닫기 전에 곤돌라 아래 앞에서 말한 작대기에 갈고리를 연결해서 별다른 위험 없이 끝냈습니다. 실내에 압축된 공기가 들어오자 고리와 작대기는 필요 없어졌어요. 실내 공기가 팽창하면서 고무가 팽팽하게 늘어났으니까요.

이 작업을 완전히 마치고 설명드린 대로 실내를 공기로 채우고 나자 9시 10분 전이 되었습니다. 작업을 하는 내내 숨쉬기가 어찌나 힘들었던지 죽을 만큼 고생했습니다. 이렇게 중요한 일을 마지막 순간까지 미룬 제 태만이, 혹은 무모함이 쓰라리게 후회되더군요. 하지만 마침내 작업을 마치고 나자 제 발명품의 혜택을 곧 거둬들이기 시작했죠. 다시 숨쉬기가 아주 자유롭고 편해진 것입니다. 사실 그러지 못할 이유가 뭐가 있겠습니까? 그때까지 저를 괴롭히던 극심한 고통이 거의 사라진 게 기분 좋게 놀랍기까지 했습니다. 이제 불편한 데라고는 손목과 발목, 목이 부은 듯한 느낌과 함께 약간의 두통 정도밖에 없었어요. 따라서 기압 저하에 수반된 불편함은 예상했던 대로 대부분 **사라진** 게 명백해 보였습니다. 지난 2시간 동안 겪은 통증 대부분은 모두 호흡 곤란으로 인한 것이 분명했고요.

9시 20분 전, 그러니까 주머니 입구를 닫기 조금 전, 기압계의 수은이 한계치에 도달했습니다. 앞에서 말씀드린, 제가 보완해서 제작한 기압계 말입니다. 당시 기압계가 132,000피트 혹은 25마일을 가리키고 있었으니, 당시 저는 지구 전체 표면의 320분의 1에 해당되는 범위를 보고 있었던 거죠. 9시가 되자 동쪽에 있던 육지가 다시 보이지 않았지만, 기구가 빠른 속도로 북북서로 날아가고 있다는 것은 알 수 있었습니다. 앞뒤로 흘러 다니는 구름 덩어리 때문에 시야가 자주 가려

지긴 했지만, 아래에 펼쳐진 바다는 계속해서 오목한 모양을 유지했습니다.

9시 30분, 밸브를 통해 깃털을 한 줌 던지는 실험을 해봤습니다. 깃털은 제 예상처럼 떠다니지 않고 한 무더기로 마치 총알처럼 쏜살같이 수직 낙하하더니 몇 초 만에 시야에서 사라졌습니다. 처음에는 이 특이한 현상을 어떻게 이해해야 할지 알 수가 없더군요. 제 상승 속도가 갑자기 그렇게 엄청난 가속을 일으킨다는 것을 믿을 수 없었거든요. 하지만 대기가 너무 희박한 나머지 깃털조차 지탱하지 못한다는 생각이 곧 떠올랐습니다. 그래서 깃털이 그렇게 엄청난 속도로 떨어졌고, 저는 깃털의 낙하 속도와 제 상승 속도가 합해진 속도에 깜짝 놀랐던 겁니다.

10시가 되자, 당장 신경 써야 할 일은 거의 없었어요. 상황은 순조롭게 전개되었고, 비록 속도가 어떻게 증가하는지 확인할 방법은 없었지만 시시각각 빨라지면서 계속 상승할 것이라고 믿었습니다. 통증이나 불편함도 없었고 로테르담에서 출발한 후 그 어느 때보다도 기분이 좋아서, 각종 도구의 상태를 점검하고 실내 공기를 재생시키기도 하면서 분주히 시간을 보냈습니다. 실내 공기는 40분 간격으로 규칙적으로 재생시키기로 결정했는데, 그렇게 자주 공기를 바꾸는 것이 반드시 필요해서라기보다는 제 건강을 유지하기 위해서였습니다. 그러는 사이, 기대는 걷잡을 수 없이 부풀어 올랐어요. 황량하고 꿈결 같은 달의 이곳저곳을 상상해보았습니다. 족쇄에서 풀려난 상상력은 어둡고 불안한 달 위에서 끊임없이 변화하는 경이로운 풍경 사이를 마음대로 배회하고 다녔습니다. 장구한 세월을 지낸 숲과 거친 바위 투성이의 절벽, 끝이 없는 심연으로 요란한 소리를 내며 쏟아져 내리는 폭포가 있었습니다. 그러다가는 갑자기 하늘에 바람 한 점 없고 양귀비와 백합처럼 생긴 가녀린 꽃들이 가득한 광활한 풀밭이 아득히 멀리까지, 영원히 소리도 미동도 없이 펼쳐져 있는 한낮의 고적한 풍경이 나타났어요. 그곳을 떠나 계속해서 멀리 내려가니 구름으로 둘러싸인 어스레하고 어렴풋한 호수만이 존재하는 다른 지방에 가닿았습니다. 하지만 제 머릿속에 이런 공상만 가득한 것은 아니었어요. 가장 엄중하고 소름 끼치는 공포도 종종 제 마음속을 비집고 들어왔고, 그런 일을 겪을 수 있다는 생각만으로도 제 영혼 가장 깊은 곳이 뒤흔들리곤 했습니다. 하지만 이런 공포에 대해서는 오랜 시간 생각하지 않았어요. 여행 중 실제로 겪는 명백한 위험만 신경 쓰기에도 충분하다고 제대로 판단했기 때문이지요.

오후 5시, 실내 공기 정화작업을 하던 도중 밸브를 통해 고양이와 새끼들을 관찰해보았습니다. 어미가 다시금 몹시 고통을 겪는 것처럼 보였는데, 그걸 보자마자 호흡곤란이 원인일 거라는 생각이 들었습니다. 하지만 새끼들에 대한 실험에서는 굉장히 이상한 결과가 나왔어요. 어미보다는 덜하더라도 새끼들도 당연히 고통스러운 기색을 보일 거라고 예상했었거든요. 그랬다면 익숙한 기압에 대한 제 의견이 옳다는 것을 충분히 증명해줬을 겁니다. 하지만 자세히 살펴보니 새끼들은 매우 건강한 상태로 편안하고 규칙적으로 숨을 쉬고 있고 불편한 기색이라고는 조금도 없었습니다. 이건 전혀 예상하지 못한 일이었어요. 이 모든 것을 설명할 방법은 제 이론을 확장하는 것뿐이었습니다. 주위의 극히 희박한 대기가 제가 당연히 여겼던 것처럼 생명을 유지하기에 화학적으로 불충분한 게 아닐 수도 있으며, 이런 매질 속에서 태어난 사람은 여기서는 호흡에 따르는 불편함을 전혀 모르다가 지표면에 가까워 대기 밀도가 높은 층에서는 제가 좀 전에 겪은 것과 비슷한 고통을 겪을 수도 있다는 가정 말입니다. 이때 난처한 사고가 생겨 고양이 일가족을 모두 잃어버리는 바람에 실험을 계속하지 못한 게 못내 아쉽습니다. 안 그랬다면 이 문제에 대한 통찰을 얻을 수도 있었을 텐데요. 어미 고양이에게 물을 주려고 밸브로 손을 내밀다가 바구니를 연결하고 있던 단추에 셔츠 소맷자락이 걸리는 통에 순식간에 바구니가 단추에서 풀어져버렸거든요. 바구니 전체가 공중에서 그냥 사라졌다 하더라도 그렇게 느닷없이, 순식간에 눈앞에서 사라져버리지는 않았을 겁니다. 장담하는데, 바구니가 떨어진 순간과 그 바구니가 고양이들과 함께 완전히 사라진 순간 사이의 시간이 불과 10분의 1초도 안 됐을 거예요. 녀석들이 지상까지 무사히 도달하길 기원하긴 했지만, 어미든 새끼들이든 살아남아 자신들이 겪은 불운을 이야기할 수 있으리라는 희망이라곤 전혀 없었죠.

6시가 되자 동쪽 편에 보이는 지표면 대부분은 짙은 그림자에 가려졌고, 그림자는 빠른 속도로 계속 전진해 7시 5분 전이 되자 보이는 지

46

표면 전체가 밤의 어둠에 휩싸였습니다. 그렇지만 이때부터 한참 뒤까지도 기구에는 석양빛이 비쳤어요. 충분히 예상한 상황이었는데도, 더없이 마음이 즐거웠습니다. 아침이면 훨씬 동쪽에 있는 로테르담 시민들보다 최소 몇 시간은 먼저 일출을 볼 수 있을 테고, 따라서 상승 고도와 비례해서 날마다 햇빛을 점점 더 오랫동안 즐길 수 있을 테니까요. 이제 어둠이 지는 시간은 빼고, 하루를 1시부터 24시까지 나누어 여정을 일지로 기록하기로 결심했습니다.

10시가 되자 졸음이 몰려와 남은 밤 동안은 잠을 자기로 했습니다. 하지만 바로 그때, 당연한 일인데도 그 순간까지 신경 쓰지 못했던 문제점이 드러났습니다. 말씀드린 대로 잠을 잔다면, 그 사이 실내 공기는 어떻게 교체한단 말입니까? 아무리 길게 잡아봤자 그 공기로 한 시간 이상은 도저히 버티지 못하거든요. 그 기간이 1시간 15분 이상 지속된다면 처참한 결과로 이어질 게 뻔했습니다. 이런 딜레마를 생각하니 마음이 몹시 불안해졌어요. 온갖 위험을 다 겪은 마당에 당초 계획을 달성할 희망을 모두 포기하고 결국 도로 내려갈 마음을 먹을 정도로 이 일을 심각하게 여겼다는 게 믿기 힘드실 겁니다. 하지만 망설임은 잠시였습니다. 인간이란 관습의 노예이며, 일상에서 **필수**라고 여기는 많은 것들이 사실은 습관화되어 있기 때문에 그렇게 여길 **뿐**이라는 생각이 들었어요. 잠을 자지 않으면 살 수 없는 것은 맞습니다. 하지만 수면 시간 내내 한 시간에 한 번씩 깨는 것 정도야 얼마든지 불편하게 여기지 않을 수 있었습니다. 공기를 완전히 교체하는 것도 기껏해야 5분이면 되고요. 정말로 어려운 문제는 그 작업을 위해 적당한 시간에 저를 깨울 방법을 고안하는 것이었어요. 하지만 솔직히 고백하건대, 이 문제는 손쉽게 해결했습니다. 책을 읽다가 잠드는 것을 막으려고 한 손에는 구리종을 쥐고 의자 옆 바닥에는 구리로 만든 대야를 둬서, 혹시라도 졸음을 이기지 못할 경우 종이 대야에 떨어지며 내는 시끄러운 소리에 소스라쳐 잠에서 깬다는 학생의 이야기를 들은 적이 있습니다. 하지만 제 경우는 그것과는 매우 달라서 비슷한 방법은 쓸 수가 없었어요. 제가 원하는 것은 계속 깨어 있는 게 아니라 규칙적으로 잠에서 깨는 것이었으니까요. 그러다 드디어 다음과 같은 방편이 떠올랐습니다. 비록 단순하기는 하지만 이 생각을 떠올린 순간 저는 망원경이나 증기 기관, 인쇄술 못지않은 발명을 한 것처럼 환호했습니다.

그때 도달한 고도까지 기구는 원활하게 일직선으로 상승했다고 볼 수 있고, 그에 따라 곤돌라도 완벽하게 안정된 상태로 따라 올라갔기 때문에 그 안에서는 조금도 흔들림이 느껴지지 않았습니다. 이런 상황이 이제부터 하려는 계획에 큰 도움이 되었지요. 저는 가져온 물을 각각 5갤런 통에 넣고 곤돌라 안에 빙 둘러 안정감 있게 놓아두었습니다. 통 하나를 꺼낸 다음, 밧줄 두 개를 1피트 정도 간격을 두고 버들고리의 한쪽에서 반대쪽 가장자리까지 가로질러 단단히 묶어 일종의 선반을 만든 뒤, 그 위에 물통을 수평으로 고정시켰어요. 그리고 밧줄에서 바로 8인치 아래, 그리고 곤돌라 바닥에서 4피트 높이가 되는 지점에, 이번에는 판자로 또 하나의 선반을 만들었습니다. 적당한 목재가 그것뿐이었거든요. 그러고는 물통 가장자리 위치에 딱 맞춰서 그 바로 아래 선반에 옹기 주전자를 놓았습니다. 그다음에는 주전자 위의 물통 끝에 구멍을 내고 무른 나무로 원뿔형 마개를 만들어 막았어요. 이 마개를 밀어 넣고 빼내는 실험을 몇 차례 반복해 딱 적당한 정도로 조이게 해서, 그 구멍에서 흘러나온 물이 정확히 60분 만에 아래쪽 주전자를 채울 수 있도록 만들었습니다. 물론 이건 언제든 주전자가 채워진 비율을 보면 쉽게 확인할 수 있는 문제였죠. 이제 준비가 다 끝났으니, 남은 건 간단합니다. 누우면 주전자 입구 바로 아래 머리가 오도록 곤돌라 바닥에 잠자리를 마련했어요. 한 시간이 흘러가면 주전자가 가득 차 넘치게 되고, 그 물은 가장자리보다 조금 낮은 위치에 있는 주둥이를 통해 넘치게 되죠. 4피트 이상 높이에서 물이 얼굴에 떨어지면 아무리 세상모르게 곤히 잠든다 해도 곧장 깨어날 수밖에 없게 되는 겁니다.

이렇게 준비를 마치고 나니 11시가 다 되었고, 발명품의 효과를 확신하며 잠자리에 들었습니다. 그리고 실망하지 않았죠. 저는 정확히 60분마다 믿음직한 시계의 도움으로 깨어났고, 주전자를 물통에 비우고 공기 압축기 작업을 마친 뒤 다시 잠자리에 들었습니다. 잠을 자다가 규칙적으로 깨는 것도 예상보다는 훨씬 수월했어요. 마침내 아침이 되어 일어나니 7시였고, 태양은 제가 바라보는 지평선에서 한참 올라와 있었습니다.

4월 3일. 기구는 정말 엄청난 고도까지 올라왔고, 이제는 볼록한 지구 모양이 완연히 드러났습니다. 저 아래 바다에는 검은 점들이 놓여 있었는데, 섬들이 분명했어요. 위로는 칠흑처럼 검은 하늘과 반짝이는 별들이 보였습니다. 사실 처음 날아오르던 날부터 별들은 계속 그렇게 반짝거렸어요. 북쪽 저 멀리로는 가느다랗고 하얗고 굉장히 눈부신 선이 시계 가장자리에 보였는데, 당연히 극지방 바다에 언 얼음의 남쪽 끝부분일 거라고 생각했습니다. 북쪽으로 멀리멀리 날아가서 언젠가는 북극 바로 위에 있어 보고 싶었기 때문에 궁금해죽을 지경이었어요. 하지만 아쉽게도 이 경우에는 고도가 너무 높아서 원하는 만큼 정확히 살펴보지는 못 하겠죠. 그래도 확인할 수 있는 것도 많을 겁니다.

하루 종일 그 밖에 별다른 일은 없었어요. 장비는 모두 무사했고, 기구는 아무런 진동 없이 여전히 상승했습니다. 추위가 심해서 외투를 단단히 여미고 있어야 했어요. 어둠이 지구를 덮으면, 저도 잠자리에 들었습니다. 비록 제 주위는 그로부터 몇 시간이 지나도 대낮처럼 환했지만요. 물시계는 시간을 잘 지켰고, 주기적으로 깰 때를 제외하면 저도 이튿날 아침까지 푹 잤습니다.

4월 4일. 상쾌하게 잠에서 깨어나 보니 바다 모양이 특이하게 변해 있어서 깜짝 놀랐습니다. 바다는 지금까지의 짙은 청색을 대부분 잃고 회색 비슷한 흰색이 되어 눈부시게 빛나고 있었습니다. 바다 모양이 너무나 완연하게 볼록해져서 멀리 펼쳐져 있는 물이 수평선의 심연으로 곤두박질치는 것처럼 보였어요. 그 거대한 폭포가 만드는 굉음이 들릴 것만 같아서 저도 모르게 발뒤꿈치를 들고 귀를 기울였죠. 섬들은 더 이상 보이지 않았습니다. 섬이 수평선 너머 남동쪽으로 사라진 것인지, 제가 너무 높이 상승해서 안 보이는 건지는 알 수가 없었지만, 후자 쪽이라는 생각이 들었어요. 북쪽 얼음 가장자리도 점점 더 뚜렷이 보였습니다. 추위는 그렇게 심하지 않았어요. 중요한 일은 아무것도 없었고, 준비해 온 책들을 읽으며 하루를 보냈습니다.

4월 5일. 보이는 지표면은 거의 모두 어둠에 덮여 있는데 해가 떠오르는 대단한 장관을 목격했습니다. 하지만 곧 햇빛이 온통 퍼져나갔고, 북쪽에서는 다시 얼음 선이 보였어요. 이제는 얼음이 아주 또렷하게 보였는데, 바닷물보다 훨씬 짙은 색을 띠고 있더군요. 기구는 분명 굉장한 속도로 그쪽을 향해 다가가고 있었습니다. 동쪽과 서쪽에 다시 육지가 보일 거라고 생각했지만, 확신은 들지 않았어요. 날씨는 온화했습니다. 하루 종일 아무런 일도 일어나지 않았고 일찍 잠자리에 들었습니다.

4월 6일. 얼음 가장자리가 상당히 가까워지고 엄청나게 넓은 빙판이 북쪽 시계 끝에 펼쳐져 있는 것을 보고 깜짝 놀랐습니다. 현재의 경로로 계속 날아간다면 기구는 조만간 북극 바다 위에 도착할 게 명백했죠. 마침내 북극을 보게 되리라는 확신이 이젠 분명하게 들었습니다. 하루 종일 빙하에 점점 가까이 다가갔어요. 밤이 다가올 무렵, 시계의 범위가 갑자기 물리적으로 확 커졌는데, 이는 분명 지구의 형태가 편원 회전 타원체인데 극지방 주위의 평평한 지역에 도달해서 그런 것 같았습니다. 결국 어둠이 덮이자, 저는 관찰할 기회가 없을 때 그토록 궁금했던 북극 위를 지나쳐버릴까 봐 노심초사하며 잠자리에 들었습니다.

4월 7일. 일찍 일어났고, 기쁘게도 마침내 확실히 북극으로 간주되는 지역을 볼 수 있었습니다. 북극이 분명히 제 발 아래 펼쳐져 있었어요. 하지만 안타깝게도 너무나 높이 상승해 있어서 어떤 것도 정확히는 보이지 않았습니다. 사실 4월 2일 오전 6시와 (기계가 고장 난 시각인) 같은 날 오전 8시 40분 사이의 여러 시각에 적어놓은, 고도를 나타내는 다양한 숫자의 변화로 판단하건대, 기구는 4월 7일 오전 4시경 해수면에서 **족히** 7,254마일은 되는 고도에 도달했다고 충분히 추정할 수 있습니다. 이 높이가 엄청나게 보일 수도 있지만, 계산법상 십중팔구 실제보다 훨씬 적은 결과가 나왔을 거예요. 아무튼 저는 분명 지구의 직경 전체를 바라보고 있었습니다. 북반구 전체가 정사도법 지도[10]를 펼친 것처럼 제 아래 펼쳐져 있었고, 적도가 그리는 거대한

10　　지구를 멀리서 바라본 것과 같이 그린 지도.

원이 시계의 경계를 이루고 있었습니다. 하지만 두 분께서는 북극 내에서 지금까지 탐험된 바 없는 지역이 아무리 바로 밑에 있고, 따라서 원근법으로 줄이지 않은 모양으로 볼 수 있다 하더라도, 그 자체가 상대적으로 너무나 조그만 데다 너무 멀리 떨어져 있어 정확한 관찰은 불가능했을 거라고 쉽게 상상하실 겁니다. 그럼에도 불구하고 눈에 보인 광경은 특이하고 흥미진진했어요. 앞서 말씀드린 그 거대한 가장자리, 약간의 조건만 더하면 이 지역에서 인간의 발이 닿은 한계선이라고 부를 수 있는 그 가장자리에서부터 빙판이 끝도 없이, 아니 거의 끝도 없이 북쪽으로 계속 뻗어나가고 있었습니다. 처음 몇 도 나아가는 동안, 이 빙판은 표면이 눈에 띄게 편평해지고, 더 가서는 눌려서 수평이 되더니 결국에는 **상당히 오목**해지면서 윤곽도 선명한 북극점의 원형 중심에서 끝났습니다. 그 원형 중심의 직경은 65초 정도의 각도로 기구를 향하고 있었고, 그 거무스레한 색은 농도는 변해도 언제나 북반구 어떤 지점보다 더 어두운 색이었고 때로는 칠흑같이 새카만 색으로 변했습니다. 그 이상은 확인하지 못했어요. 12시가 되자 원형 중심의 원주가 크게 줄더니, 오후 7시가 되자 완전히 사라졌습니다. 기구는 빙하 서쪽 끝을 지나 적도 방향으로 빠르게 날아가고 있었습니다.

4월 8일. 지구의 직경이 현저하게 줄어들고 전체적인 색감과 모양도 뚜렷이 변했습니다. 시선이 닿는 모든 곳이 여러 색조의 미색을 띠었고, 일부 지역은 눈이 시릴 정도로 번쩍였습니다. 구름이 잔뜩 끼어 있는 지표면 근처의 대기 밀도가 높아 아래쪽 시야가 상당히 가려져서 구름 사이사이로 이따금 지구가 보일 뿐이었습니다. 조금씩의 변화는 있어도, 지난 48시간 동안 지구를 직접 관찰하기가 쉽지 않았어요. 하지만 지금의 엄청난 높이에서는 떠다니는 수증기 덩어리들이 더 가까이 붙어 보여서, 상승 고도가 높아질수록 불편도 물론 점점 더해졌습니다. 그럼에도 불구하고, 기구가 북아메리카 대륙의 큰 호수들 위를 떠가고 있으며, 정남쪽으로 가서 곧 열대지방에 이르게 된다는 것을 쉽게 알 수 있었습니다. 저는 이 상황에 몹시 만족했고, 결국 성공할 것이라는 길조라고 생각했습니다. 사실 지금까지 온 방향 때문에 상당히 불안했거든요. 달 궤도는 황도 쪽으로 5도 8분 48초밖에 기울어져 있지 않기 때문에, 그 방향으로 계속 더 간다면 달에 도착할 가능성이 전무했기 때문입니다. 이상하게 느껴지시겠지만, 이제 와서야 달의 타원 궤적 면에 위치하는 지점을 지구 출발 지점으로 정하지 않은 게 얼마나 엄청난 실수였는지 깨닫기 시작한 겁니다.

4월 9일. 오늘은 지구의 직경이 크게 줄어들었고, 지표면의 색깔은 점점 더 짙은 노란색으로 물들었습니다. 기구는 계속해서 남쪽으로 향했고, 오후 9시에는 멕시코만의 북쪽 끝 상공에 도달했습니다.

4월 10일. 아침 5시쯤 찌이익 하는 무시무시한 소리가 엄청나게 크게 들려 화들짝 잠에서 깼습니다. 도대체 무슨 소리인지 알 수가 없었어요. 비록 잠깐 동안에 불과했지만, 제가 겪어본 세상에서는 들어본 적 없는 소리였습니다. 말할 필요도 없겠지만, 처음에는 풍선이 터지는 소리인 줄 알고 얼마나 놀랐는지 모릅니다. 모든 장비를 세심하게 살폈지만 고장 난 곳은 하나도 없었어요. 온종일 그 이상한 일에 대해 곰곰이 생각해봤지만, 무슨 일인지는 전혀 알아낼 수 없었습니다. 불안과 동요, 불만이 가득한 심정으로 잠자리에 들었습니다.

4월 11일. 지구 직경은 깜짝 놀랄 정도로 줄어들었고, 처음으로 관찰이 가능해진 달의 직경은 상당히 커졌습니다. 이제 며칠만 지나면 보름달이 되거든요. 생명을 유지할 수 있을 정도로 실내에 공기를 압축하기 위해서 오랫동안 힘들게 일해야 했습니다.

4월 12일. 기구의 진행 방향에 특이한 변화가 일어났습니다. 충분히 예상한 일이었지만 굉장히 기뻤습니다. 이전의 진로를 따라 남위 20도 정도까지 온 기구가 갑자기 동쪽을 향해 예각으로 방향을 휙 틀어 하루 종일 거의 **정확히 달의 궤도면**을 따라 전진한 겁니다. 특이 사항은 이러한 경로 변경으로 인해서 곤돌라가 느껴질 정도로 크게 흔들렸다는 것입니다. 이와 같은 진동은 몇 시간 동안 어느 정도 계속되었습니다.

4월 13일. 10일에 저를 깜짝 놀라게 했던 소리가 반복되어 다시 한 번 크게 놀랐습니다. 오랫동안 고심해보았지만 만족스러운 결론은 나오지 않았어요. 지구의 직경은 크게 줄어들었고, 기구와는 25도 정도의 각도로 마주하고 있었습니다. 달은 거의 바로 머리 위에 위치하고 있어서 전혀 보이지 않았습니다. 기구는 여전히 타원 궤도면을 따라 나아가고 있었지만, 동쪽으로 약간 전진했습니다.

4월 14일. 지구 직경이 급속도로 줄어들었습니다. 오늘 저는 기구가 실제로 원지점의 선을 따라 근지점으로 가고 있다는, 다시 말해 달이 궤도상 지구에서 가장 가까운 지점에 있을 때 달로 갈 수 있는 직선 노선을 따라 가고 있다는 생각이 강하게 들었습니다. 달 자체는 바로 머리 위에 있어서 보이지는 않았습니다. 공기 압축을 위해 오랜 시간 강도 높은 노동을 해야 했습니다.

4월 15일. 이제 지표면에는 대륙과 바다의 윤곽선조차 뚜렷이 보이지 않았습니다. 12시쯤 세 번째로 그 무시무시한 소리를 들었습니다. 이제는 그 소리가 한동안 계속된 데다 점점 더 커지기까지 했습니다. 결국 공포에 질려 망연자실한 채 미지의 끔찍한 파멸을 기다리고 있는데, 곤돌라가 심하게 요동치더니 뭔지 알 수 없는 거대한 불덩어리가 천둥 같은 소리를 내면서 기구 옆을 스쳐 지나가는 겁니다. 두려움과 충격이 어느 정도 가시고 나서야 그것이 지금 제가 엄청난 속도로 접근하고 있는 행성에서 튀어나온 거대한 화산 파편이며, 지구에서도 이따금 발견되지만 딱히 적당한 명칭이 없어 운석이라고 불리는 특이 물질이 분명하다는 생각이 들었습니다.

4월 16일. 오늘은 번갈아 가며 측면 창문들을 통해 최대한 위를 올려다보았더니, 기쁘게도 거대한 풍선의 가장자리를 빙 둘러가며 둥근 달이 조금씩 삐져나와 있었습니다. 저는 흥분해서 어쩔 줄 몰랐습니다. 이제 곧 이 위험한 여정의 종착점에 도착한다는 게 분명했으니까요. 실제로 공기 압축기 작업이 견디기 힘들 정도로 늘어나 거의 쉴 틈도 없었습니다. 잠을 잔다는 건 생각도 할 수 없었죠. 건강 상태도 엉망에다 기진맥진한 나머지 온몸이 부들부들 떨렸습니다. 인간이 이런 극심한 고통을 이보다 더 오래 버틴다는 것은 불가능했습니다. 짧아진 밤 사이 운석이 다시 근처를 지나갔고, 이런 일이 잦아지니 심히 걱정이 되기 시작했습니다.

4월 17일. 이날 아침 제 여행의 신기원을 여는 사건이 일어났습니다. 지난 13일에 지구와 기구가 25도 각도로 마주했던 걸 기억하시지요. 14일에는 이 각도가 크게 줄었고, 15일에는 더욱 빠른 속도로 줄어들었습니다. 16일 밤 잠들기 전에 확인한 각도는 7도 15분 정도였습니다. 그러니 17일 아침, 짧고 불안한 수면에서 깨어났는데 아래쪽 지표면이 갑자기 말도 안 되게 **커져** 있는 걸 봤을 때 제가 얼마나 놀랐겠습니까. 각지름[11]이 39도나 되더라니까요! 벼락이라도 맞은 것 같았습니다! 그 순간 느낀 압도적인 극한의 공포와 경악은 도저히 말로 표현할 수 없습니다. 무릎이 덜덜 떨리고 이가 딱딱 부딪쳤어요. 머리카락이 주뻣 섰습니다. '풍선이 정말로 터지고야 말았구나!' 머릿속에 처음으로 들이닥친 생각은 이것이었습니다. '풍선이 터진 거야! 나는 추락중이고. 엄청난, 그 무엇과도 비할 수 없는 속도로 추락하는 중이야! 이미 순식간에 지나온 엄청난 거리를 생각하면, 기껏해야 10분 후에는 지표면에 내동댕이쳐져 죽고 말겠구나!' 하지만 마침내 이성을 되찾아 마음을 추스를 수 있었어요. 탄식을 잠시 멈추고 차근차근 생각해보니 의심이 드는 겁니다. 그건 불가능한 일이었거든요. 어떤 이유로도 그렇게 빠른 속도로 떨어질 수는 없으니까요. 게다가 아래쪽 지표면을 향해 다가가고 있긴 했지만, 그 속도는 결코 처음 생각한 속도에 상응하는 것이 아니었습니다. 이런 생각을 하니 동요했던 마음이 진정되었고, 마침내 그 현상을 올바른 시각에서 바라볼 수 있었습니다. 아래 보이는 지표면과 고향 지구의 표면이 완전히 다르다는 것을 알아채지 못하다니, 너무 놀란 나머지 제가 판단력을 잃은 것이 틀림없었습니다. 지구는 사실 제 머리 위에 있어서 풍선에 완전히 가려져 있었고, 발아래 있었던 것은 달, 아름답게 빛나는 달이었던 겁니다.

11   대체로 지구 관측자가 본 천체의 겉보기 지름을 가리키며 각의 단위인 도, 분, 초로 나타낸다.

58

이렇게 기이한 자세 변화로 인해 유발된 충격과 마비 상태가 따지고 보면 이 모험에서 가장 설명하기 힘든 부분일지도 모르겠습니다. 전복 자체는 지구의 인력이 위성의 인력으로 대체되는 지점, 즉 더 정확히 말하자면 지구가 기구를 끌어당기는 힘이 달이 기구를 끌어당기는 힘보다 작아지는 지점에 도달할 때 자연스럽고도 불가피하게 일어나는 현상일 뿐 아니라, 오랫동안 실제로 예상했던 일이었으니까요. 확실히 저는 방금 단잠에서 깨어난 혼란스러운 정신 상태로 매우 놀라운 현상을 예상하기는 했지만 그 순간에 일어나리라고는 생각하지 못했던 현상을 마주하긴 했습니다. 물론 회전 자체는 매우 편안하고 점진적으로 일어난 것이 틀림없으며, 심지어 그 순간 제가 깨어 있었다 하더라도 어떤 **내적** 증거, 말하자면 신체상의 불편이나 기구들이 흐트러지는 것 등을 통해 기구가 뒤집히고 있다는 것을 의식할 수 있었을지는 절대 알 수 없는 일입니다.

상황을 제대로 파악하고 영혼 구석구석에 스며든 공포에서 벗어나자, 두 말 할 것도 없이 제 머릿속에는 온통 당장 달의 전반적 모양을 관찰할 생각밖에 없었습니다. 달은 발아래 마치 해도처럼 펼쳐져 있었습니다. 여전히 거리는 상당히 떨어져 있다고 생각되었지만, 울퉁불퉁한 표면이 제 눈에는 놀랍도록, 이해할 수 없을 정도로 또렷하게 보였어요. 처음 봤을 때는 대양이나 바다가 전혀 없다는 게, 아니 사실 호수건 강이건 어떤 수역도 전혀 보이지 않는다는 게 달의 지질학적 조건 중 가장 특이한 점 같았습니다. 그런데 이상한 일이지만, 눈에 보이는 반구의 압도적 면적이 자연적으로 융기했다기보다는 인공적으로 만들어진 듯한 수많은 원뿔형 화산들에 뒤덮여 있었는데도, 분명히 충적토로 이루어진 광대한 평야가 보였습니다. 그중 가장 높은 화산도 수직 고도는 3.75마일을 넘지 않았습니다. 하지만 제가 시도하는 부족한 묘사를 읽는 것보다 캄피 플레그레이[12] 화산 지대 지도를 보시면 달 표면의 전체적인 모습이 어떤지 더 잘 이해하실 수 있을 겁니다. 화산 대부분이 분출 중이었고, 모골이 송연할 정도로 점점 더 자주 기구 옆을 스치며 날아올라오는 소위 운석들의 굉음이 그 맹렬한 기세를 여실히 알려주었습니다.

4월 18일. 달의 크기가 엄청나게 커졌습니다. 하강 속도가 명백하게 빨라지니 두려워지기 시작했습니다. 기억하시겠지만, 달 여행 가능성에 대해 처음 숙고하기 시작했을 때 저는 행성 주위에 그 크기에 비례해서 밀도 높은 대기가 존재한다는 가정을 계산에 넣었습니다. 그와 반대되는 여러 이론들, 거기다가 달에는 대기가 존재하지 않는다는 통념에 맞서는 계획이었죠. 하지만 엥케 혜성과 황도광에 대한 제 주장뿐만 아니라 릴리엔탈의 슈뢰터 씨의 관찰이 제 의견을 더욱 뒷받침해주었습니다. 슈뢰터 씨는 이틀 반 된 달을 어두운 부분이 보이기 전인 석양 직후에 관찰하고, 어두운 부분이 보일 때까지 계속해서

---

12   이탈리아 나폴리의 화산지형으로 현재도 활동 중.

관찰했어요. 초승달은 양쪽 끝부분이 햇빛을 받아 희미하게 반짝이며 점점 길게 가늘어지는 것처럼 보이다가 마침내 어두운 반구 부분이 보입니다. 그 직후 어두운 가장자리 전체가 빛을 발하기 시작하죠. 저는 초승달 양쪽 끝이 이렇게 반원보다 더 길게 늘어나는 이유가 달의 대기에 태양빛이 굴절되었기 때문이라고 생각했습니다. 또한, (달이 초승달에서 32도 정도 되었을 때, 어두운 반구 안으로 충분한 빛을 굴절시켜 지구에서 반사된 빛보다 더 반짝이는 석양을 만들어낼 수 있는) 대기의 고도는 1,356파리피트[13]라고 계산했습니다. 이렇게 볼 때, 태양빛을 굴절시킬 수 있는 가장 높은 고도는 5,376피트가 됩니다. 《철학적 거래》 82권을 보면, 목성의 위성들이 엄폐[14]될 때 세 번째 위성이 약 1, 2초 후에 사라지고 네 번째는 테두리 근처에서 보이지 않게 되었다는 구절이 있는데, 이 또한 제 생각이 옳다는 걸 뒷받침해줬습니다.[15]

---

13   주로 렌즈 크기를 잴 때 사용하던 과거의 길이 단위. 1파리피트는 12파리인치로 약 30센티미터 정도이다.

14   한 천체가 다른 천체에 가려지는 현상.

15   [원주] 하벨리우스는 6등성이나 7등성들도 똑똑히 보이는 완벽하게 맑은 하늘에서 달과 같은 고도에서 지구와 같은 이각으로 성능 좋은 동일한 망원경을 갖고 봐도 달과 달의 흑점이 항상 똑같이 또렷이 보이지는 않는다는 것을 몇 번이나 발견했다고 기록하고 있다. 관측 환경으로 보건대, 이런 현상의 원인은 지구의 대기나 망원경, 달, 관찰자의 눈에 있는 것이 아니라 달 주위에 존재하는 무엇인가 (예컨대 대기?)에 있는 게 틀림없다. 카시니는 토성과 목성, 항성들이 달에 가까이 다가가 엄폐하는 경우 구형이 타원형으로 바뀌는 현상을 종종 관찰했다. 다

저는 제가 상상한 밀도 높은 대기의 저항, 좀 더 적절히 말하자면 지지에 하강의 안전을 완전히 내맡겼습니다. 그게 결국 제 착오로 판명된다면, 제 여행의 결말로는 울퉁불퉁한 달 표면과 충돌해 가루가 되는 것밖에 기대할 게 없겠지요. 그러니 이제는 정말 겁이 나지 않을 수 없었습니다. 달까지의 거리는 상대적으로 얼마 되지 않았지만, 압축기 작업은 전혀 수월해지지 않았고 희박한 공기가 나아지는 기미도 전혀 없었습니다.

4월 19일. 아침 9시쯤, 기쁘게도 달 표면이 놀라울 정도로 가까워졌고, 염려가 절정에 달할 때쯤 마침내 압축기 펌프가 대기에 변화가 있다는 징후를 뚜렷이 보여주었습니다. 10시가 되니 공기 밀도가 크게 증가한 것을 믿을 수 있었습니다. 11시가 되자, 공기 압축기를 가동시킬 필요조차 거의 없어졌어요. 12시에 저는 약간 망설이며 압박대를 풀었고, 그렇게 해도 불편함이 없자 마침내 고무주머니를 활짝 열고 곤돌라 주위에서 떼어냈습니다. 예상하실 수 있겠지만, 그렇게 경솔하고 위험한 실험의 결과는 경련과 극심한 두통이었습니다. 하지만 이런 고통이나 호흡과 관련된 여러 가지 어려움은 생명에 위험이 될 정도로 크지 않았고 달 근처의 밀도 높은 대기층에 시시각각 가까워

른 엄폐 현상 때는 형태가 변화하는 것을 전혀 보지 못했다. 따라서 항상은 아닐지 몰라도 때로는 밀도 높은 물질이 달을 에워싸고 있어서 그 안에서 별빛이 굴절된다고 가정할 수 있을 것이다.

지고 있으니 최대한 견뎌보기로 결심했습니다. 그러나 이런 접근은 여전히 극히 성급한 것이었죠. 달의 질량에 비례해서 대기의 밀도가 커진다는 예상은 틀리지 않았다 해도, 달 표면에서라도 이 밀도가 제 기구 곤돌라에 실은 엄청난 짐 무게를 감당할 수 있을 거라는 가정은 틀렸다는 것이 곧 끔찍하게 확실해졌습니다. 그래도 양쪽 모두 천체의 실제 중력은 대기 밀도와 비례한다고 가정되니 그 밀도는 지구상에서와 같은 정도**여야**만 했습니다. 하지만 실제는 그렇지 **않았다**는 것이 제 급속한 낙하로 충분히 증명되었죠. **왜** 그렇지 않은지는 앞에서 말씀드린 지질학적 교란 가능성을 통해서만 설명할 수 있습니다. 아무튼 이제 저는 달 바로 앞에 가 있었고 엄청난 속도로 하강하고 있었습니다. 그래서 지체 없이 우선 모래주머니를 내던졌고, 다음에는 물통과 압축 장치, 고무주머니를, 마지막으로는 곤돌라 안에 있던 모든 물건을 내던졌어요. 하지만 아무 소용이 없었습니다. 기구는 여전히 무시무시한 속도로 떨어져 지표면에서 반 마일도 안 되는 고도에 다다랐습니다. 최후의 방편으로 저는 외투와 모자, 부츠를 벗어던지고 무게가 상당히 나가는 **곤돌라까지** 풍선에서 잘라낸 다음, 양손으로 그물망을 꽉 잡고 매달렸습니다. 시선이 닿는 모든 곳까지 조그만 집들이 빼곡하게 들어차 있는 풍경이 눈에 들어오는 순간, 저는 환상적인 모습의 도시 한가운데, 구름처럼 모여 있는 조그맣고 추한 사람들 한복판에 곤두박질치며 떨어졌습니다. 그런데 그 인간들은 한 마디 말도 하지 않고 도움의 손길을 내밀지도 않은 채, 그저 백치처럼 멀뚱히 서서 어처구니없이 씩 웃으면서 허리에 손을 얹고 저와 제 기구들을 흘끔거리며 곁눈질하기만 하더군요. 저는 그들을 무시하고 돌아서서 바로 얼마 전 떠나온, 어쩌면 영영 떠나버리게 된 지구를 올려다보았습니다. 지구는 마치 윤기 없는 거대한 구리 방패처럼 각지름 2도 정도의 각도로 하늘에 꼼짝없이 못 박힌 채 찬란한 금빛으로 물든 초승달 모양 가장자리 쪽으로 살짝 기울어져 있었습니다. 육지나 바다는 흔적도 보이지 않았고 이런저런 반점들에 온통 가려져 있는 와중에 열대지방과 적도 지방이 띠처럼 둘러져 있었습니다.

자, 이렇게 엄청난 불안과 전례 없는 위험과 전대미문의 탈출을 연달아 겪은 끝에 마침내 저는 로테르담에서 출발한 지 19일째 되는 날 지구상의 그 누구도 해내거나 시도하거나 상상한 적 없는 단연코 가장 놀랍고 중대한 여행을 무사히 마치게 되었습니다. 하지만 아직 들려드릴 모험담이 많습니다. 그리고 사실 두 분께서 짐작하시겠지만, 그 자체의 특징만으로도 아주 흥미로울 뿐 아니라 위성으로서 인간 세상과 밀접한 관련을 갖고 있기에 더욱 흥미로운 천체인 달에서 5년을 거주했으니 국립 천문대학교 관계자분들께 직접 전달할 정보가 있을 수도 있겠지요. 이처럼 다행스럽게 끝난 여정이 제아무리 놀랍다 하더라도 일개 여행 이야기와는 비교도 안 되는 정보가 말입니다. 사실 그렇습니다. 기쁜 마음으로 전해드릴 정보가 아주 무궁무진합니다. 달의 기후에 대해서도 해드릴 이야기가 많습니다. 놀랍게 교차하는 더위와 추위, 보름 동안은 태양이 가차 없이 타오르다가 그

다음 보름 동안 들이닥치는 극지방보다 더한 추위, 태양 바로 아래 지점으로부터 가장 먼 지점까지 진공상태에서 일어나는 증류처럼 증류되어 끊임없이 이동하는 습기, 물이 흐르는 변화무쌍한 지대들에 대해서 말입니다. 사람들에 대해서도 할 말이 많습니다. 그 사람들의 예절과 관습, 정치 제도, 특유의 신체 구조, 추한 외모, 그렇게 특이하게 변화된 대기 속에서 쓸모없는 부속기관이 되어 사라져버린 귀, 그 결과로 나타난 언어의 용도와 특징에 대한 무지, 언어 대신 의사소통에 사용하는 특이한 방법들. 그리고 달과 지구의 특정 개인들 사이에 존재하는 불가해한 연결—이 관계는 행성과 위성 사이의 관계와 유사하며 그 관계에 따라 결정되어서, 이에 따라 한쪽 사람들의 삶과 운명이 다른 쪽 사람들의 삶과 운명과 서로 엮이게 되는 것입니다—같은 것들요. 그리고 무엇보다도 달의 자전주기와 지구 주위를 공전하는 주기가 기적적으로 일치하는 바람에 이제껏 인간이 망원경으로 살펴본 적도 없고 앞으로도 살펴볼 일이 없을, 달의 뒷면에 존재하는 어둡고 무시무시한 비밀에 대해 말씀드리고 싶습니다. 이 모든 것들, 그리고 그보다 훨씬 더 많은 내용을 소상히 알려드리겠습니다. 하지만 간단히 말해서, 꼭 보상을 해주셔야겠습니다. 가족과 고향이 사무치게 그립습니다. 그러니 물리학이나 형이상학 같은 여러 중요한 학문 분야에 비추어드릴 수 있는 빛을 고려하시어 이후 제가 드릴 서신에 대한 대가로 제가 로테르담을 떠나면서 빚쟁이들을 죽게 만든 죄를 두 분의 힘으로 사면해주셨으면 합니다. 이것이 바로 이 서신의 목적입니다. 이 서신을 가지고 간 전령은 지구에 제 편지를 전해달라고 설득해서 제대로 교육시킨 월인으로 두 분의 대답을 기다리고 있을 테고, 문제의 사면장을 어떻게든 얻게 되면 그걸 들고 제게 돌아올 겁니다.

한스 팔 경백

이 놀라운 서신을 다 읽고 나자, 뤼바뒤브 교수는 대경실색하여 파이프를 땅에 떨어뜨렸고, 쉬페르뷔스 폰 윈데르뒤크 씨는 안경을 벗어서 닦아 주머니에 넣은 다음 너무나 놀라고 감탄한 나머지 체면 따위는 다 잊어버린 멍한 표정으로 발뒤꿈치로 세 번이나 빙빙 돌았다고 한다. 그 문제는 의심의 여지가 없었다. 사면장을 얻어야 했다. 뤼바뒤브 교수는 쩌렁쩌렁한 서약과 함께 적어도 그렇게 맹세했고, 저명한 폰 윈데르뒤크 씨도 마침내 그렇게 생각했다. 그는 어떤 방법을 취할지 궁리하기 위해 학문을 함께 하는 형제의 팔을 잡고 한 마디 말도 없이 서둘러 집을 향해 발걸음을 돌렸다. 하지만 시장의 집 앞에 도착했을 때, 교수는 전령이—분명 로테르담 시민들의 야만스러운 모습에 놀란 나머지—사라지는 게 좋겠다고 이미 생각해버렸고, 월인 이외에는 그 먼 거리를 가겠다고 나설 사람이 아무도 없을 테니 사면장은 아무 소용이 없지 않겠느냐는 생각을 넌지시 내비쳤다. 시장도 그 의견이 옳다고 맞장구를 쳤고, 따라서 이 일은 종결되었다. 하지만 소문과 추측은 끝나지 않았다.

서신은 출판되어 다양한 이야깃거리와 의견을 만들어냈다. 지나치게 현명한 몇몇 사람들은 이 일이 사기에 지나지 않는다고 매도하다가 놀림거리가 되기도 했다. 하지만 이런 사람들에게 사기란 자신들이 이해할 수 없는 모든 일들을 통칭하는 말이라고 나는 생각한다. 나로서는 그들이 무슨 근거로 그런 비난을 하는지 상상할 수 없다. 이 사람들이 하는 말을 살펴보도록 하자.

첫째, 로테르담의 몇몇 재담꾼들이 몇몇 시장과 천문학자들에게 특별히 반감을 갖고 있다.

둘째, 모종의 사건으로 귀를 바짝 잘리게 된 이상한 난쟁이 겸 마술사가 인접 도시 브뤼헤에서 며칠째 행방불명 상태이다.

셋째, 작은 기구에 잔뜩 붙어 있던 신문은 네덜란드의 신문이었으므로 달에서 만들어진 것이 아니다. 몹시 더러운 신문이었고, 인쇄인인 글뤽은 성경에 맹세코 그 신문은 로테르담에서 인쇄된 것이라고 주장했다.

넷째, 이삼일 전 술주정뱅이 악당 한스 팔과 그의 빚쟁이로 보이는 한량 셋이 외국을 여행하고 막 돌아왔다며 두둑한 주머니를 하고 교외의 술집에 나타나 사람들의 눈에 목격된 바 있다.

마지막으로, 일반적인 대학과 천문학자들은 물론이거니와 이 세상 다른 곳의 대학들과 마찬가지로, 로테르담 시의 천문대학교는 사람들의 기대보다 조금도 더 훌륭할 것도, 위대할 것도, 현명할 것도 없다. 이는 대부분의 사람들이 받아들이고 있으며 당연히 받아들여야 하는 의견이다.

주석.

　엄밀히 말하자면, 위의 사소한 이야기와 로크 씨의 유명한 작품
〈달나라 이야기〉[16] 사이에 유사성은 거의 없다. 하지만 두 편의 글
에 (비록 전자는 장난기가 있고 후자는 진지하지만) 공통적으로
사기성이 있고 두 건의 사기가 모두 달이라는 공통 주제에 관한 것
인 데다가, 둘 다 과학적 설명을 첨부하여 그럴싸하게 만들었기 때
문에, 〈한스 팔〉의 저자는 이 기발한 명구가 로크 씨의 글이 〈뉴욕
선〉지에 연재되기 시작한 지 3주 전에 《서던 리터러리 메신저》에
발표되었다는 것을 자기변호 차원에서 말해둘 필요가 있다고 본다.
실제로는 존재하지 않을 수도 있는 유사점을 상상한 몇몇 뉴욕 일
간지 기자들은 〈한스 팔〉을 베껴 〈달나라 이야기〉와 끼워 맞추어
보고 두 작가에게서 비슷한 면이 있는지 알아내려고 했다.
　〈달나라 이야기〉에 속았음을 인정하는 사람들보다 실제로 속은
사람들은 더 많았을 테니, 어째서 그런 속임수에 넘어가서는 안 되
었는지를 보여주는 게, 그러니까 그 기사의 실체를 충분히 알려줬
을 부분들을 구체적으로 짚어보는 게 재미있을 것 같다. 이 독창적
허구가 제아무리 풍부한 상상력을 보여주었다 하더라도, 사실과

16　1835년 〈뉴욕 선〉지에서 연재된 달의 생명체에 대한 기사.

일반적 유추를 꼼꼼히 따져봤을 때 얻을 수 있는 힘이 크게 부족한 것이 사실이었다. 비록 잠시나마 대중이 오도된 것은 천문학에 대한 터무니없는 무지가 만연해 있다는 사실을 증명할 뿐이다.

지구로부터 달의 거리는 어림잡아 240,000마일이다. 렌즈로 달을 (혹은 멀리 있는 어떤 물체든지) 얼마나 가까이 볼 수 있는지 확인하고 싶다면, 물론 그 거리를 렌즈의 확대 능력, 좀 더 정확히 말하자면 공간관통능력으로 나누기만 하면 된다. 로크 씨는 렌즈를 42,000배율로 만든다. 이 수로 (달의 실제 거리인) 240,000마일을 나누면, 보이는 거리로 5와 7분의 5마일이 나온다. 그렇게 먼 거리에서 보이는 동물은 아무것도 없다. 이 기사에 등장하는 작은 지점은 더욱 보이지 않을 것이다. 로크 씨는 존 허쉘 씨가 꽃(개양귀비)을 보고 심지어 작은 새들의 색과 눈 모양까지 보았다고 했다. 스스로도 그 렌즈로는 직경 18인치 이하의 물체는 보이지 않을 것이라고 말했으면서 말이다. 하지만 앞에서 말했듯이 이조차도 렌즈의 배율을 너무 크게 정한 것이다. 주목할 점은 이 엄청난 렌즈가 덤바튼의 하틀리 씨와 그랜트 씨의 렌즈 공장에서 만들어졌다고 슬쩍 지나치듯 언급되어 있지만, 하틀리 씨와 그랜트 씨의 공장은 이 사기극이 발표되기 전 이미 몇 년째 가동이 중단된 상태였다.

팸플릿 판본의 13쪽에서 저자는 어느 들소 종의 눈을 "베일처럼 가리고 있는 털"에 대해 이렇게 기록하고 있다. "허쉘 박사는 명민한 머리로 이것이 지구 쪽 달 표면에 살고 있는 모든 생물이 주기적으로 겪게 되는 극한의 빛과 어둠으로부터 들소의 눈을 보호해 주는 신의 고안품이라고 즉각 생각했다." 하지만 이것이 박사의 매우 "명민한" 생각이라고 여길 수는 없다. 지구 쪽 달 표면에 사는 생물들에게는 밤이 없다. 그러니 앞에서 말한 "극한"은 있을 수 없다. 태양이 없을 때, 그들은 구름 없이 맑은 날 보름달 13개가 비추는 것과 같은 빛을 지구로부터 받는다.

달의 전체적 지형은, 블런트의 달 지도와 일치한다고 주장할 때조차도, 어떤 달 지도와도 같지 않으며 같은 글 안에서마저 터무니없이 모순된다. 동서남북 역시 도무지 이해할 수 없을 정도로 혼란스럽다. 저자는 달 지도상의 방위는 지상의 동서남북과 일치하지 않고 동쪽이 왼쪽에 위치한다는 것을 모르는 것 같다.

로크 씨는 이전의 천문학자들이 암점에 붙인 구름의 바다, 고요의 바다, 풍요의 바다 등의 모호한 이름에 속아 넘어갔는지, 달에 바다 등 거대한 수역이 있다고 자세히 설명하고 있다. 달에 대해 가장 확실하게 증명된 천문학적 사실은 수역이 존재하지 않는다는 것인데도 말이다. (초승달이든 만월이든) 빛과 어둠 사이의 경계에서 어두운 쪽으로 넘어가는 지점을 관찰해보면 경계선이 거칠고 들쭉날쭉하게 보이는데, 이 어두운 부분이 액체라면 선이 분명 매끈했을 것이다.

21쪽에 나오는 인간 박쥐의 날개 묘사는 날아다니는 섬사람들의 날개를 묘사한 피터 윌킨스의 설명을 문자 그대로 베낀 것에 불과하다. 적어도 이 사실만으로도 의심을 일으킬 만하다고 생각할 수 있다.

23쪽에는 다음과 같은 내용이 나온다. "시간의 자궁 속에서 태아로 존재하며 화학적 친연성을 수동적으로 받아들이던 시절, 13배나 큰 우리의 지구가 이 위성에 얼마나 엄청난 영향력을 주었겠는가!" 여기까지는 좋다. 하지만 어떤 천문학자도, 특히 과학 저널에 이런 글을 써 보내지는 않았을 것이다. 지구는 달보다 13배가 아니라 49배 크기 때문이다. 이 학자적인 통신원이 토성에서의 새로운 발견을 소개하겠답시고 그 행성을 어린 학생들한테 하듯이 자세히 설명하기 시작하는 결론 부분 전체에 대해서도 같은 지적을 할 수 있다. 그것도 《에든버러 과학 저널》에 말이다!

특히 이 글이 허구임을 드러내는 한 가지가 있다. 우리가 달 표면에 있는 동물을 볼 수 있는 능력이 있다고 상상해보자. 그렇다면 지구의 관찰자의 시선을 가장 **먼저** 사로잡는 것은 무엇일까? 필시 그 동물의 모양이나 크기 등의 특징이 아니라 특이한 **상황**일 것이다. 그 동물들은 천장에 붙은 파리처럼 발을 위로 쳐들고 머리를 아래로 하고서 걷는 것처럼 보일 것이다. **진짜** 관찰자라면 (아무리 기존 지식이 있다고 하더라도) 그 기이한 자세를 보고 곧장 탄성을 올릴 것이다. 하지만 이 **허구**의 관찰자는 그 문제에 대해서는 일언반구도 없이 동물들의 몸뚱이 전체를 본 이야기를 하고 있다. 고작해야 동물의 머리 직경밖에 볼 수 없었으리라는 것을 증명할 수 있는 마당에 말이다!

결론적으로, 인간 박쥐의 크기와 특히 능력(예를 들어, 그렇게 희박한 대기—가령 달에 정말로 대기가 있다면 말이다—속에서 날아다니는 능력), 그리고 동식물에 대한 그 밖의 상상 대부분은 이런 주제에 대한 일반적 추론과 대체로 맞지 않는다고 말하는 편이 낫겠다. 여기서 말하는 추론은 종종 결정적 증명이나 다름없을 것이다. 브루스터와 허셜의 제안이라며 기사 첫 부분에서 소개하고 있는 "시각의 초점을 통한 인공 빛의 투입" 운운하는 이야기는 모두 장광설이라는 명칭의 수사적 글쓰기에 해당한다는 말을 덧붙일 필요도 없을 것이다.

별들 사이에서 시각적 발견을 하는 데는 실질적이고 분명한 한계가 존재한다. 그 한계의 본질은 말만 하면 이해할 수 있다. 실제로 커다란 렌즈를 만들기만 하면 되는 일이라면 인간이 가진 능력으로 결국 제작에 성공할 테고, 렌즈는 어떤 크기로든지 만들 수 있을 것이다. 하지만 불행히도 렌즈의 크기가 커질수록, 그 결과 공간관통능력이 커질수록 빛이 확산되기 때문에 물체가 발하는 빛은 감소한다. 이 문제에 대해서는 인간 능력이 미치는 범위 안에서 해결책이 없다. 물체는 직접 내든 반사하든 그 자체에서 나오는 빛을 통해서만 눈에 보이기 때문이다. 따라서 로크 씨에게 도움을 줄 수 있는 "인공"광이 있다면, 그것은 "시각의 초점"이 아니라 실제로 봐야 할 물체, 즉 달에 던질 수 있는 인공광이 유일할 것이다. 하나의 별이 발하는 빛이 확산되어 맑게 갠 밤에 별들 전체가 발하는 자연광만큼 약해지면, 그 별은 어떤 목적으로도 볼 수 없다는 사실은 이미 쉽게 예측된 바이다.

최근 영국에서 제작된 로스 백작의 망원경에는 4,071제곱인치의 반사면이 달린 검사경이 장착되어 있다. 허쉘 망원경의 반사면은 1,811제곱인치밖에 안 된다. 로스 백작의 망원경 금속은 직경이 6피트다. 가장자리 두께는 5와 2분의 1인치이고, 중심 두께는 5인치이다. 무게는 3톤에, 초점 거리는 50피트이다.

최근 독특하고 다소 창의적인 책을 한 권 읽었는데, 그 속표지에는 이렇게 적혀 있었다. 달에 사는 남자, 혹은 날아다니는 전령이라고 불리는 스페인의 모험가 도미니케 곤잘레스가 발견한 달 세계로의 여행. 생 베노이스트의 분수대 근처 프랑수아 피오에서, 그리고 회의장 근처 대 궁전 현관의 첫 번째 기둥에 위치한 J. 고냐르의 집에서 J. B. D. A. 파리스가 우리 언어로 번역함. 1648년. 176쪽.

저자는 자신의 글을 다비송(데이비슨?)이라는 사람이 영어로 쓴 것을 번역한 것이라고 주장하지만, 이 말에는 굉장히 모호한 구석이 있다. 그는 이렇게 말한다. "나는 이 원본을 순수문학과 자연과학에 정통한 의사 다비송 씨로부터 얻었다. 다비송 씨는 이 책의 영어 번역본뿐만 아니라 토머스 다낭이라는 훌륭한 스코틀랜드 신사의 원고도 내게 주었는데, 그 원고에서 읽은 해설에 기반해 계획을 세웠기에 다비송 씨에게 감사를 표한다."

저자는 별로 상관도 없는 길 블라[17]식의 모험 이야기를 늘어놓는 데, 처음 30쪽을 쓰고 나서야 항해 중 병이 들자 선원들이 세인트헬레나 섬에 흑인 하인과 자기를 버렸다는 이야기를 한다. 먹을 것을 구할 가능성을 높이기 위해 둘은 헤어져 가능한 한 멀리 떨어져 살기로 한다. 이로 인해 그들은 서로 간에 서신을 전할 전서구 역할을 시키기 위해 새를 길들이게 된다. 점차 새들은 어느 정도 무게가 되는 짐을 운반하는 법을 배우고, 이 무게는 차차 증가한다. 결국 저자는 많은 새들의 힘을 모아 자신을 들게 하려는 착상을 품게 된다. 이 목적으로 기계가 만들어지고, 상세한 묘사가 나오고, 강판 조각이 실질적으로 이해를 돕는다. 여기서 우리는 러플 장식을 달고 커다란 가발을 쓴 곤잘레스 씨가 빗자루와 매우 흡사하게 생긴 물건에 비스듬히 앉아서 꼬리에 맨 줄로 기계와 연결되어 있는 야생 백조들에 의해 하늘로 높이 날아오르는 모습을 본다.

곤잘레스 씨의 이야기에 자세히 설명되어 있는 주요 사건은 굉장히 중요한 한 가지 사실에 달려 있는데, 그 사실은 이야기가 끝날 때까지 독자에게 알려주지 않는다. 그와 친해진 야생 백조들은 사실 세인트헬레나에 사는 것이 아니라 달에 산다. 그 야생 백조들은 아득한 옛날부터 매년 지구의 특정 지역으로 이동해 오는 습

17　18세기 초 알랭 르네 르사쥬가 발표한 모험소설.

성을 가지고 있었다. 물론 제철이 되면 고향으로 돌아갈 것이다. 그리고 저자는 어느 날 짧은 여행을 위해 새들의 도움을 요청했다가 뜻하지 않게 곧장 하늘로 올라가 순식간에 달에 도착한다. 여러 가지 신기한 것들 가운데, 저자는 이곳에서 사람들이 지극히 행복하게 살고 있는 것을 보게 된다. 그곳에는 법도 없고, 사람들은 고통 없이 죽으며, 키는 10피트에서 30피트에 달하고, 수명은 5천 년이고, 이르도노주르라는 황제가 있으며, 60피트나 뛰어오를 수 있고, 중력이 없을 때는 부채를 흔들며 날아다닌다.

그 이야기의 전체적인 철학을 보여주는 한 부분을 예로 들고 싶다.

"이제 내가 간 곳의 특징을 설명 드려야겠습니다." 곤잘레스 씨가 말한다. "구름은 전부 내 발 아래 있었고, 저와 지구 사이에 펼쳐져 있었어요. 제가 있던 곳에는 밤이 없었으므로, 별들은 항상 같은 모양을 하고 있었습니다. 보통 때처럼 빛나는 것이 아니라, 아침에 보이는 달처럼 창백했죠. 하지만 보이는 별은 그다지 없었고, 지구 사람들에게 보이는 것보다 (제가 판단하기로는) 10배는 더 커보였습니다. 보름달까지 이틀 남은 달이 무시무시하게 컸어요.

여기서 제가 잊지 말아야 할 것은, 별들이 달 쪽을 바라보고 있는 지구 위에서만 보이며 지구와 거리가 가까울수록 더 크게 보인다는 것이었죠. 또한, 날씨가 고요하든 폭풍우가 치든, 저는 항상 달과 지구 사이에 있었다는 점을 알려드려야 되겠습니다. 두 가지 이 유에서 저는 이를 확신했습니다. 새들이 항상 일렬로 날았고, 쉬려 고 할 때마다 자기도 모르게 조금씩 지구 주위를 돌았기 때문입니다. 지 구가 동쪽에서 서쪽으로 계속해서 자전하기는 하지만 보통 세상의 축 이라고 부르는 춘분 축이 아니라 황도대를 축으로 자전한다는 코페 르니쿠스의 의견이 옳다고 생각하거든요. 이 문제에 대해서는 어린 시절 살라망카에서 배웠지만 그 후로 잊어버린 천문학에 대해 기억 을 되살릴 시간이 있을 때 나중에 좀 더 길게 설명드리지요."

고딕체로 표시한 실수에도 불구하고, 이 책은 이 시대의 천문학 개념에 대한 순진한 표본을 제공하는 관계로 주목할 만한 점이 없 지는 않다. 그중 하나는 "중력"이 지표면에서 짧은 거리까지만 영 향을 미치며, 따라서 우리의 여행자가 "자기도 모르게 조금씩 지 구 주위를 돌았다"는 내용이다.

다른 '달 여행기'들도 있지만, 앞에서 언급한 것보다 더 가치 있 는 이야기는 없다. 베르주락의 이야기는 전혀 무의미하다.《아메리 칸 쿼털리 리뷰》의 3권에 그런 류의 '여행기'에 대한 상당히 자세한 비평이 있는데, 비평가가 책의 어리석음을 폭로하는 것인지, 천문 학에 대한 자신의 엄청난 무지를 드러내는지 알기 어려운 비평이 다. 그 비평의 제목도 잊었지만, 거기 나오는 달 여행 수단은 우리 친구 곤잘레스 씨의 야생 백조보다도 더 개탄스러울 정도로 어이 없다. 그 여행자는 땅을 파다가 우연히 달이 강한 인력을 발휘하는 특이한 금속을 발견해서 즉시 그 물질로 상자를 만드는데, 땅에 묶어두었던 줄을 풀자 상자는 여행자를 싣고 순식간에 달까지 날아간다.《토머스 오루크의 비행》은 완전히 경멸할 만한 졸작은 아니며 독일어로 번역된 바 있다. 주인공은 사실 아일랜드 귀족의 사냥터지기이며, 그 귀족의 기벽으로 인해 이 이야기가 나온 것이다. '비행'은 밴트리 베이 말단에 위치한 높은 산, 헝그리 힐에서부터 독수리를 타고 시작된다.

이와 같이 다양한 책들이 있지만, 그 목적은 언제나 풍자다. 달의 풍습을 우리와 비교하며 설명하는 것을 주제로 삼는 셈이다. 여행 자체를 그럴듯하게 만들어보려고 애쓰는 이야기는 하나도 없다. 어떤 이야기에서건 작가들은 천문학에 대해 거의 무지한 것 같다. 〈한스 팔〉의 경우, 지구에서 달까지 실제 여정에 (이 엉뚱한 소재가 허락하는 한에서) 과학적 원리를 적용하여 이야기의 핍진성을 높이려는 노력에 관한 한 독창적 구상을 보여준다.

엘레오노라

구체적 형태로 보호받을 때 영혼은 안전하다.

_레이먼드 럴리

나는 상상력이 풍부하고 열정이 넘치는 것으로 유명한 혈통을 이어받았다. 사람들은 날더러 미쳤다고 한다. 하지만 광기가 가장 고매한 지성인지 아닌지, 수많은 영광스러운 것들, 모든 심오한 것들이 병든 사고에서, 평범한 지성을 희생하고 얻은 고양된 **기분**에서 나온 것인지 아닌지는 아직 결론이 나지 않은 문제다. 낮에 꿈꾸는 사람들은 밤에만 꿈꾸는 사람들이 놓치는 많은 것들을 인식한다. 어슴푸레한 환상 속에서 영원을 일별하고, 꿈에서 깨어나면 위대한 비밀의 문턱까지 갔었다는 것을 알고 전율한다. 잠깐 사이에 선한 지혜를 배우고, 한낱 나쁜 지식은 더 많이 배운다. 하지만 방향타나 나침반 없이도 '형언할 수 없는 빛'의 대양을 뚫고 나아가고, 또 누비아 지리학자의 모험처럼 '그 안에 무엇이 있는지 알아내기 위해 암흑의 바다로 들어간다.'

가령 내가 미쳤다고 치자. 적어도 내 정신에 두 가지 별개의 상태가 존재한다는 것은 인정한다. 하나는 내 인생의 첫 번째 시기를 형성하는 일들의 기억에 속하는, 논쟁의 여지없는 명료하고 이성적 상태이고, 또 하나는 현재와 내 존재의 두 번째 위대한 시기를 구성하는 기억과 연관된 어둠과 회의의 상태이다. 그러니 초기 시절에 대해 이제부터 하는 이야기는 믿어라. 후기 시절에 대한 이야기는 적당해 보이는 만큼만 믿거나 완전히 의심해라. 만약 의심할 수 없다면 그 오이디푸스 수수께끼를 즐겨라.

지금 나는 어린 시절 사랑했던 소녀의 기억을 차분하고 또렷하게 적고 있다. 그녀는 오래전 돌아가신 어머니의 유일한 여동생의 외동딸로, 사촌의 이름은 엘레오노라였다. 우리는 열대의 태양 아래 다채로운 풀밭의 골짜기에서 늘 함께 살았다. 안내 없이는 누구도 그 골짜기에 발을 들이지 않았다. 이 달콤한 은거지는 주위를 온통 둘러싸고 그림자를 드리우고 있는 거대한 산자락 저 멀리 위에 자리하고 있었기 때문이다. 근처 오솔길은 사람의 발길이 닿은 적이 없었다. 우리의 행복한 집에 오려면 수천 그루 나무 잎사귀들을 억지로 헤치고 나아가고 수백만 송이의 향기로운 꽃들이 만드는 장관을 짓밟아야만 했다. 그래서 우리는 골짜기 바깥의 세상은 전혀 모른 채 우리끼리만 살았다. 나와 사촌, 그리고 이모만이.

골짜기 위쪽 끝에 자리한 산 너머 어스레한 곳에서는 엘레오노라의 눈을 제외하고 세상 그 무엇보다 눈부시게 빛나는, 좁고 긴

강 하나가 흘러 내려오고 있었다. 강은 미로 같은 물길을 따라 살그머니 굽이치며 흐르다가 종국에는 처음 시작된 곳보다 더 어스레한 산들 사이 그늘진 골짜기 속으로 멀리멀리 흘러갔다. 우리는 이 강을 '침묵의 강'이라고 불렀다. 그 강의 물살에는 사방을 조용하게 만드는 힘이 있는 것 같았다. 강물은 졸졸 소리조차 내지 않고 너무나 부드럽게 강바닥을 흘러가서, 우리가 즐겨 바라보던 진주 같은 조약돌들은 저 깊은 강바닥에서 조금도 움직이지 않고 오래전부터 꼼짝 않고 느긋하게 자리를 지키며 영원히 영롱하게 빛났다.

구불구불한 물길을 따라 강으로 흘러드는 수많은 눈부신 개울들과 강 주변뿐만 아니라 강가에서부터 깊은 강물 속을 지나 조약돌 깔린 강바닥에 이르는 땅바닥은, 강에서부터 강을 둘러싼 산들까지 이어지는 골짜기 표면 전체에 못지않게 짧고, 완벽하게 고르고, 바닐라 향이 풍기는 부드러운 초록색 풀이 빽빽하게 뒤덮고 있었다. 풀밭 위에는 온통 노란 미나리아재비, 하얀 데이지, 보랏빛 제비꽃, 진홍빛 수선화가 흩뿌려져 있어서, 그 찬란한 아름다움이 우리 마음에 신의 사랑과 영광을 소리 높여 웅변했다.

풀밭 근처 작은 숲 여기저기에서는 꿈속의 황무지처럼 환상적인 나무들이 자라났는데, 가느다란 높은 줄기는 곧게 뻗지 못하고 한낮에만 골짜기 한가운데를 힐끗 들여다보는 빛을 향해 우아하게 기울어져 있었다. 선명하게 빛나는 검은색과 은색이 번갈아 뒤섞인 나무껍질은 엘레오노라의 뺨을 제외하고 세상 그 무엇보다 매끈했다. 그래서 나무 꼭대기에서 흔들리며 일직선으로 뻗어나가 산들바람과 희롱하는 큼직한 눈부신 녹색 잎사귀만 없었다면 군주인 태양에게 경의를 표하는 시리아의 거대한 뱀이라고 생각했을지도 모른다.

이 골짜기에서 엘레오노라와 나는 손에 손을 잡고 15년을 함께 거닐었고, 마침내 사랑이 우리들 가슴속에 찾아왔다. 엘레오노라의 세 번째 루스트룸[18]이자 나의 네 번째 루스트룸의 끝 무렵 어느 날 저녁이었다. 우리는 뱀 같은 나무 아래에서 서로 꼭 껴안고 앉아 침묵의 강에 비친 모습을 내려다보고 있었다. 그 달콤했던 날이 끝날 때까지 아무 말도 하지 않았고, 그다음 날조차 떨며 몇 마디 말을 나눴을 뿐이다. 우리는 그 파동에서 에로스 신을 받아들였고, 이제 에로스가 우리 안에 자리한 선조들의 불같은 영혼에 불을 지폈음을 감지했다. 수세기 동안 우리 집안의 특징이었던 열정이 그 못지않게 유명한 상상력과 함께 물밀듯이 몰려와 다채로운 풀밭의 골짜기 위에 황홀한 행복을 불어넣었다. 모든 것에 변화가 일어났다. 꽃이라고는 핀 적 없던 나무에 별 모양의 낯선 꽃들이 찬란하게 피어났다. 녹색 풀밭의 색은 짙어졌고, 하얀 데이지 꽃이 한 송이씩 시들어간 자리에는 진홍빛 수선화가 열 송이씩 피어났

18　고대 로마에서 5년마다 행한 인구조사와 재계식에서 유래한 5년의 기간을 의미.

다. 우리 앞길에 생명이 나타났다. 지금까지 본 적 없던 키 큰 플라 밍고가 화려하게 빛나는 새들과 함께 우리 앞에서 진홍색 깃털을 과시했다. 금빛 은빛 찬란한 물고기들이 강에 찾아왔고, 강의 품속에서 점차 졸졸거리는 물소리가 나기 시작해 커져가더니 마침내 아이올로스의 하프보다 더 성스러운, 마음을 달래주는 선율이 되었다. 정말이지 엘레오노라의 목소리를 제외하고 세상 그 무엇보다 달콤한 선율이었다. 또 오랫동안 금성이 자리한 하늘에서만 보이던 뭉게구름이 찬란한 진홍빛과 황금빛으로 물든 채 이쪽으로 흘러와 우리 위에 평화롭게 자리를 잡더니 나날이 조금씩 낮게 내려와 마침내 산 정상에 끄트머리를 걸쳤다. 구름은 어스레했던 산을 장엄하게 변화시키고 그 웅대하고 영광스런 마법의 감옥에, 마치 영원히 그럴 것처럼, 우리를 가두어버렸다.

엘레오노라는 천사처럼 사랑스러웠지만, 꽃들 속에서 살았던 짧은 생애만큼이나 꾸밈없고 순수한 소녀였다. 그 가슴을 살아 움직이게 한 사랑의 열정을 어떤 속임수로도 숨기지 않았다. 다채로운 풀밭의 골짜기를 함께 산책하며 엘레오노라는 가장 내밀한 마음속을 나와 같이 살폈고 그곳에 최근 일어난 막대한 변화들에 대해 이야기를 나눴다.

그러던 어느 날 엘리오노라는 눈물을 흘리며 인간에게 반드시 닥치고야 마는 마지막 슬픈 변화에 대해 이야기했고, 그때부터는 오로지 이 슬픈 생각에만 골몰하면서 마치 시라즈의 방랑 시인의 노래 속에서 같은 이미지가 모든 인상적인 구절에서 변주되며 거듭 등장하는 것처럼 우리의 모든 대화에 이 이야기를 끌어들였다.

엘레오노라는 사신의 손가락이 자기의 가슴 위에 있는 것을 보았다. 완벽한 아름다움에 이르렀다 하루살이처럼 덧없이 죽게 된다는 것을 알았다. 하지만 엘레오노라가 죽음을 두려워한 것은 오로지 한 가지 생각 때문이었고, 어느 날 석양이 질 무렵 침묵의 강 기슭에서 내게 그 고민을 털어놓았다. 다채로운 풀밭의 골짜기에 자신을 묻고 나면 내가 행복한 은거지를 영영 떠나 지금은 열렬히 자신을 사랑하던 마음을 평범한 바깥세상의 처녀에게 주리라는 생각에 슬퍼했던 것이다. 나는 그 자리에서 엘레오노라의 발치에 황급히 몸을 던지고는 지상의 그 어떤 여인과도 절대 결혼하지 않겠노라고, 그 소중한 기억이나 내게 준 열렬한 애정의 기억을 어떤 식으로든 배신하는 일은 절대 없을 거라고 엘레오노라와 하늘에 대고 맹세했다. 전능하신 우주의 지배자에게 내 엄숙한 맹세의 증인이 되어달라고 요청했다. 혹시라도 내가 이 약속을 저버린다면 차마 여기 기록할 수조차 없을 정도로 무시무시한 벌을 내리는 저주를 주십사, 신과 엘리시움의 성인에게 빌었다. 내 말에 엘레오노라의 반짝이는 눈이 더 환하게 빛났다. 그리고 가슴에서 무거운 짐을 덜어낸 것처럼 한숨을 내쉬더니 몸을 떨며 통곡했다. 하지만 엘레오노라는 그 맹세를 받아들였고(사실 엘레오노라도 그저 어린아이에 불과했지 않은가?), 덕분에 죽음의 침상을 편히 맞이했다.

그로부터 며칠 지나지 않아 엘레오노라는 고요히 숨을 거두며 내게 말했다. 자신의 영혼에 평안을 주기 위해 그런 맹세를 해줬으니 세상을 떠나도 영혼으로 남아 나를 지켜보겠다고, 만약 허락된다면 잠 못 이루는 밤 내가 볼 수 있는 모습으로 돌아오겠다고, 하지만 이게 천국의 영혼들의 능력을 벗어나는 일이라면 적어도 저녁 바람에 스며들어 내게 한숨을 쉬거나 내가 마시는 공기를 천사들의 향로에서 가져온 향기로 채워 자신의 존재를 자주 알려주겠노라고 했다. 이 말을 입술에 담은 채 엘레오노라는 순수했던 생을 마감했고, 그와 함께 내 인생의 첫 번째 시기도 끝났다.

지금까지 나는 충실히 이야기했다. 하지만 사랑하는 이의 죽음으로 생긴 시간의 장애물을 지나 내 인생의 두 번째 시기로 나아갈수록 내 머릿속에 어두운 그림자가 짙어지는 느낌이라 이 기록이 온전히 정상인지는 믿을 수 없다. 그래도 이야기를 계속하겠다. 세월이 꾸물꾸물 무겁게 흘러가도, 나는 여전히 다채로운 풀밭의 골짜기에서 살았다. 하지만 만물에 두 번째 변화가 찾아왔다. 별 모양 꽃들은 나뭇가지 속으로 움츠러들어 사라져 더 이상 나타나지 않았다. 녹색 풀밭은 색이 바랬고, 진홍빛 수선화가 한 송이씩 시들어간 자리에는 거무스레한 눈臼 같은 제비꽃이 열 송이씩 피어나 늘 거치적거리는 이슬을 매단 채 불편하게 몸부림쳤다. 생명은 우리 앞길에서 떠났다. 키 큰 플라밍고도 더 이상 우리 앞에서 진홍색 깃털을 뽐내지 않고 같이 왔던 화려하게 빛나는 새들과 골짜기를 떠나 산으로 구슬프게 날아가버렸다. 금빛 은빛 물고기들은 저 아래쪽 끝 골짜기 사이로 헤엄쳐 내려가 다시는 이 아름다운 강을 장식하지 않았다. 아이올로스의 하프보다 더 부드럽고, 엘레오노라의 목소리를 제외하고 세상 그 무엇보다 성스러웠던, 마음을 달래주는 선율도 조금씩 사라져 졸졸거리는 물소리가 점점 더 작아지더니, 마침내 강은 원래의 엄숙한 침묵 속으로 완전히 되돌아갔다. 그리고 마지막으로 뭉게구름도 산꼭대기를 예전의 어둠에 맡긴 채 위로 올라가 금성이 자리한 하늘로 되돌아갔고, 다채로운 풀밭의 골짜기에서 황금빛 다채로운 화려한 영광을 모두 앗아가버렸다.

그래도 엘레오노라의 약속은 잊지지 않았다. 내 귀에는 천사의 향로가 흔들리는 소리가 들렸고, 골짜기 주위에는 늘 신성한 향기가 떠돌고 있었기 때문이다. 혼자 있는 시각 심장이 세차게 뛸 때면 이마를 적시는 바람이 부드러운 한숨을 싣고 내게 다가왔고, 희미한 중얼거림이 종종 밤공기를 채웠다. 한 번은—아, 단 한 번에 불과했지만!—영혼의 입술이 내 입술을 누르는 느낌에 죽음과도 같은 잠에서 깬 적도 있다.

하지만 그럴 때조차 내 가슴속 공허는 채워지지 않았다. 예전에 내 가슴을 넘치게 채워주었던 그 사랑이 그리웠다. 마침내 엘레오노라의 기억 때문에 골짜기에 있는 것이 고통스러워지자, 나는 골짜기를 영영 떠나 허영과 떠들썩한 위업으로 가득한 세상으로 나왔다.

                    *   *   *

　나는 낯선 도시에 있었다. 그곳의 모든 것들이 다채로운 풀밭의
골짜기에서 너무도 오랫동안 꿈꿨던 달콤한 꿈들을 기억에서 지워
줄 수도 있을 것 같았다. 장중한 궁전의 화려한 허식과 장관, 미친
듯이 쨍그랑대는 무기들, 여인들의 눈부신 아름다움에 머릿속이
혼란스럽고 어지러웠다. 그래도 내 영혼은 맹세를 충실하게 지켰
고, 고요한 한밤중에는 여전히 엘레오노라의 기척이 느껴졌다. 갑
자기 이런 현현이 사라졌고, 세상이 내 눈앞에서 캄캄해졌다. 머리
를 온통 사로잡은 강렬한 생각, 끔찍한 유혹의 괴롭힘에 나는 경악
했다. 내가 모시는 왕의 화려한 궁전에 멀고 먼 미지의 땅에서 한
처녀가 왔는데, 그 여인의 아름다움에 내 변절한 심장이 당장 굴
복해버렸기 때문이다. 나는 저항조차 않고 가장 열렬하고 비굴한
사랑을 바치며 그 여인의 발판에 머리를 조아렸다. 천상의 에르멩
가르드 발치에서 눈물을 흘리며 온 영혼을 바칠 때 느꼈던 그 뜨
거운 열정과 광희, 영혼을 고양시키는 황홀한 애모와 비교하면 골
짜기의 소녀에게 품었던 열정이 다 뭐란 말인가? 오, 에르멩가르드
는 천사처럼 눈부셨다! 그녀 생각에 다른 사람이 들어올 자리가
없었다. 오, 에르멩가르드는 천사처럼 신성했다! 기억을 일깨우는
그 깊은 눈동자를 바라보고 있을 때면 오로지 그 눈밖에, 그리고
그녀 생각밖에 나지 않았다.

나는 결혼했다. 내 입으로 청했던 저주가 두렵지도 않았고, 그 쓰라린 벌도 내게 내려오지 않았다. 한 번, 딱 한 번 더, 나를 저버렸던 부드러운 한숨이 고요한 한밤중 격자창 사이로 흘러 들어오더니 익숙하고 달콤한 목소리가 되어 말했다.

"편히 자요! 사랑의 신이 지배하고 다스리니까. 열정적인 그 심장에 에르멩가르드를 받아들였으니, 당신은 엘레오노라에 대한 맹세에서 해방되었어요. 천국에서 알게 될 이유로."

페스트 왕

에드워드 3세가 다스리던 기사도의 시대 어느 10월의 밤 12시경, 슬루이스와 템즈 강 사이를 오가는 무역선으로 템즈 강에 정박 중인 프리앤이지 호의 선원 둘이 정신을 차려보니 놀랍게도 런던 세인트앤드루스 교구에 자리한 술집 안이었다. 술집에는 간판 대신 '즐거운 선원'의 초상화가 걸려 있었다.

제멋대로 지어진 데다 연기에 시커멓게 쩐 나지막한 방은 다른 모든 면에서 당시 그런 장소들의 일반적 모습을 하고 있었지만, 그럼에도 방 안 여기저기 흩어져 있는 기괴한 무리들이 보기에는 제 목적에 너끈히 부합하는 곳이었다.

내가 보기에, 우리의 두 선원이 이 무리 가운데 가장 눈에 띄는 사람들은 아니라 해도 가장 흥미로운 사람들이었다.

나이가 더 들어 보이고 동료에게 '레그스'[19]라는 독특한 호칭으로 불리는 쪽이 두 사람 중 키도 더 컸다. 키가 6피트 반은 되어 보였는데, 습관적으로 굽어 있는 어깨는 그 어마어마한 높이로 인해 어쩔 수 없이 생긴 결과 같았다. 하지만 신장에서의 여분은 다른 점에서의 부족으로 상쇄되고도 남았다. 그는 극도로 말라빠졌다. 동료들이 주장하듯이, 술 취했을 때는 돛대 머리의 삼각기로, 맨 정신일 때는 제2사장[20]으로 써도 될 정도였다. 하지만 이런 말이나 비슷한 농담들이 그 선원의 웃음 근육에 영향을 주는 일은 절대 없었다. 높은 광대뼈, 커다란 매부리코, 쑥 들어간 턱, 움푹 꺼진 아래턱, 툭 튀어나온 커다란 하얀 눈을 가진 얼굴은 세상만사에 완고히 무관심한 표정을 하고 있었지만, 자기를 흉내 내거나 묘사하는 어떤 시도에도 그 못지않게 엄숙하고 진지한 표정으로 꿈쩍도 하지 않았다.

젊은 선원은 외모 면에서는 동료와 완전히 정반대였다. 신장은 4 피트 이상일 리가 없었다. 뭉툭한 오다리가 땅딸하고 볼품없는 몸을 지탱하고 있었고, 절대 평범하지 않은 주먹을 달고 있는 비정상적으로 짧고 굵은 팔이 바다거북의 지느러미처럼 옆구리에서 대롱대롱 흔들리고 있었다. 뭐라고 특정할 수 없는 색을 띤 조그만 눈은 얼굴 저 안쪽에서 반짝거렸다. 커다랗고 둥근 코는 자줏빛 얼굴

---

19   다리[legs].

20   이물에 있는 비긴 돛대.

을 감싸고 있는 살덩어리에 파묻혀 있었고, 두툼한 윗입술은 그보다 더 두툼한 아랫입술 위에서 자기만족에 취해 얹혀 있었는데, 가끔 입술을 핥아대는 주인의 버릇 때문에 그 분위기가 한층 강화되었다. 그는 키 큰 동료를 반쯤은 불가사의하게, 반쯤은 놀림감처럼 생각하는 게 분명해서, 저물어가는 붉은 태양이 벤네비스[21] 바위산을 바라보듯이 때때로 동료의 얼굴을 우러러보았다.

이 대단한 2인조는 초저녁 동안 인근의 여러 선술집들을 들락날락하며 다양하고 파란만장한 편력을 쌓았다. 넉넉하기 이를 데 없는 자금도 늘 영원하지는 않는 법. 이 술집에 감히 발을 들이밀었을 때 우리 친구들의 호주머니는 이미 텅 비어 있었다.

이 이야기가 본격적으로 시작되던 순간, 레그스와 동료 휴 타폴린은 술집 한가운데 놓인 커다란 오크 탁자에 양쪽 팔꿈치를 올려놓고 한 손으로는 뺨을 괴고 앉아 있었다. 그들은 값을 지불하지 않은 '독주' 병 너머로 '외상 금지'라는 불길한 문구를 바라보고 있었는데, 이 글자는 분하고 놀랍게도 그들이 존재를 부정하고자 하는 바로 그 광물을 사용하여 문 위에 적혀 있었다. 쓰인 문자를 해독하는 재능—당시 평민들 사이에서는 글쓰기 재능 못지않게 신비하게 여겨진 재능—이 엄밀히 말해 바다의 두 사도에게 있을 리 만무했다. 사실 두 선원의 생각에는 약간 비틀어진 글자의 모양—

---

[21]   인버네스 주에 있는 영국에서 가장 높은 산.

바람 부는 방향으로 기울어진 듯한 막연한 전체적 느낌—이 궂은 날씨가 오래 계속되리라는 불길한 예언처럼 보여서, 두 사람은 레그스의 비유적 말을 빌자면 "배에 물을 빼고 돛을 모두 끌어올리고 바람을 받고 달리기로" 당장 결심했다.

이에 따라 그들은 남은 맥주를 모두 처리하고 짧은 상의 끝을 말아 올린 다음, 길거리로 내뺐다. 타폴린이 벽난로를 문으로 착각해 그 안으로 두 번 굴러 들어가기는 했지만, 마침내 둘 다 다행히 탈출에 성공했다. 12시 반, 우리의 주인공들은 장난질에 흠뻑 취해 '즐거운 선원' 여주인의 맹렬한 추격을 받으며 세인트앤드루스 계단을 향해 어두운 골목길을 죽어라고 질주하고 있었다.

이 파란만장한 이야기가 벌어지던 시대와 그 전후 수년 동안, 영국 전역, 특히 대도시에서는 "역병이다!"라는 무시무시한 울부짖음이 주기적으로 울려 퍼졌다. 도시 인구는 엄청나게 줄어들었다. 역병이라는 악마가 탄생했다고 추정되는, 어둡고 좁고 불결한 골목길들이 즐비한 템즈 강 유역 끔찍한 동네에는 두려움과 공포, 미신만이 활보하고 다녔다.

그런 지역은 왕의 권한으로 출입 금지가 선포되었고, 그 음울한 고독을 침범하는 것은 사형을 걸고 금지되었다. 하지만 왕의 명령도, 거리 입구에 세워진 거대한 장벽들도, 어떤 위험에도 굴하지 않고 모험을 불사하는 인간들에게 거의 백이면 백 닥칠 역겨운 죽음의 가능성도, 사람들이 떠난 텅 빈 집에서 벌어지는 약탈을 막지는 못해서 어떤 식으로든 돈이 될 수 있는 쇠와 놋쇠, 납세 공제품 같은 온갖 것들이 밤이면 밤마다 약탈의 대상이 되었다.

무엇보다 매해 겨울 장벽들이 열릴 때면, 자물쇠고 빗장이고 비밀 지하창고고, 와인과 술이 가득 든 가게들을 지키기에는 역부족이었다. 그래도 인근에 가게를 가지고 있는 수많은 업자들은 물건들을 옮기는 데 드는 위험과 수고를 생각하면 추방 기간 동안 그런 취약한 보안 수단에라도 재산을 맡기는 수밖에 없었다.

하지만 공포에 질린 사람들 대부분은 이런 일들이 인간의 짓이라고 생각하지 않았다. 대중들의 머릿속에서 그런 장난을 저지르는 악마들은 페스트 유령, 역병 도깨비, 열병 귀신들이었고, 피가 얼어붙는 것 같은 이야기들이 시시각각 들려오면서 마침내 출입 금지된 건물들 전체가 수의를 입은 것처럼 공포에 휩싸였다. 약탈 꾼마저 종종 자기가 만들어놓은 끔찍한 난장판에 겁을 먹고는 금지된 구역 전체를 어둠과 침묵, 역병, 죽음의 손에 맡겨둔 채 줄행랑을 칠 정도였다.

앞다투어 골목길을 달려 내려오던 레그스와 덕망 높은 휴 타폴린의 앞을 갑자기 앞서 말한 페스트 출입 금지 구역을 알리는 끔찍한 장벽이 가로막았다. 추적자들이 바로 뒤에 쫓아오고 있었기 때문에 돌아가기도 불가능했고 꾸물거릴 시간도 없었다. 대충 아무렇게나 만든 판자 장벽을 기어오르기란 노련한 선원들에게는 식은 죽 먹기였다. 달리기와 술로 두 배는 흥분해 제정신이 아닌 선원들은 조금도 주저하지 않고 금지 구역 안으로 뛰어내렸고, 술기운에 고래고래 소리를 지르며 내달리다 곧 지저분하고 복잡한 으슥한 골목에서 갈피를 못 잡고 헤매는 신세가 되었다.

실로 잘잘못이 파악되지 않을 정도로 인사불성이 된 게 아니었다면, 그 휘청거리는 발걸음은 분명 주위의 무시무시한 상황 때문에 마비된 것이 분명하다. 공기는 차가웠고 안개가 자욱했다. 바닥에서 떨어져 나온 포석들이 발과 발목을 감쌀 정도로 길게 자라난 무성한 잡초들 사이에 제멋대로 흩어져 있었다. 무너진 집의 잔해들이 수북하게 쌓여 길을 가로막고 있었다. 불쾌하고 유독한 악취가 사방에 진동했고, 역병의 기운이 축축하게 감도는 대기에서 한밤중에도 퍼져 나오는 섬뜩한 빛 덕분에 도둑질을 자행하는 바로 그 순간 역병의 손아귀에 붙들려 샛길과 골목길에 자빠져 있거나 창도 없는 집 안에서 썩어가고 있는 수많은 야밤의 약탈자들의 시체가 보였다.

하지만 이런 광경이나 감각, 장애물들도 이들의 앞길을 막지 못했다. 이들은 타고난 용자인 데다가 특히 그때는 '독주'에 절어 용기백배의 상태였던 지라, 상태가 허락하는 한 최대로 똑바로 걸으려고 애쓰지만 사실은 속절없이 휘청거리며 죽음의 입 속으로 서슴지 않고 걸어 들어갔을 것이다. 불굴의 레그스는 무시무시한 인디언 함성으로 인적 없는 엄숙한 거리를 울리고 또 울리며 앞으로 또 앞으로 성큼성큼 걸어갔다. 땅딸막한 타폴린도 적극적인 동료의 상의에 매달려 앞으로 또 앞으로 굴러갔는데, 노래에 있어서만은 레그스가 제아무리 노력해도 목청 좋은 폐 깊숙한 곳에서 나오는 타폴린의 저음의 울부짖음을 절대 넘어서지 못했다.

이제 그들은 명실상부 역병의 본거지에 이르렀다. 한 걸음, 한 달음 내디딜 때마다 주위는 더 무시무시하고 악취가 진동했고 길은 더 좁고 복잡해졌다. 썩어 들어가는 지붕에서 시시각각 음침하고 육중하게 떨어져 내리는 거대한 석재와 대들보가 주위 집들의 높이가 얼마나 대단한지를 증명해주었다. 걸핏하면 나타나는 잡동사니 더미를 억지로 헤치고 지나갈 때면 해골에 손이 닿거나 살점이 붙어 있는 시신에 손을 얹게 되는 일도 적지 않았다.

갑자기 선원들 앞에 무시무시해 보이는 높은 건물 입구가 나타났고, 흥분한 레그스의 목청에서 터져 나온 평소보다 날카로운 비명에 대한 화답으로 건물 안쪽에서 웃음소리 같은 사납고 사악한 비명 소리가 연속해서 터져 나왔다. 제정신이 조금이라도 있는 사람이 그런 시간에 그런 곳에서 그런 소리를 들었다면 심장의 피가 얼어붙었겠지만, 두 주정뱅이는 이에 전혀 굴하지 않고 앞뒤 가리지 않고 돌진해 문을 활짝 열어젖히고는 욕설을 걸쭉하게 퍼부으며 방 한가운데로 휘청휘청 걸어 들어갔다.

두 사람이 들어간 방은 장의사의 가게였지만, 입구 근처 한쪽 구석 바닥에 열려 있는 뚜껑문을 통해 길게 이어진 와인 저장고가 보였고, 간간히 들려오는 병 깨지는 소리가 적절한 내용물이 잘 보관되어 있음을 알려주고 있었다. 방 한가운데에는 탁자 하나가 놓여 있었고, 그 탁자 한가운데에는 펀치처럼 보이는 술이 담긴 거대한 술통이 놓여 있었다. 다양한 와인과 리큐어 병들이 온갖 모양과 재질의 주전자와 항아리, 식탁용 병들과 함께 수북이 흩어져 있었다. 탁자를 둘러싸고 여섯 사람이 관 가대 위에 앉아 있었다. 이 사람들을 하나하나 묘사해보도록 하겠다.

입구를 마주 보고 다른 사람들보다 조금 높은 자리에 앉아 있는 사람이 그 탁자 무리의 대장으로 보였다. 그는 수척하고 키가 커서, 자기보다 더 마른 사람을 본 레그스를 당혹스럽게 만들었다. 얼굴은 사프란처럼 노랬지만, 한 가지를 제외하고는 특별히 설명해야 할 정도로 눈에 띄는 특징은 없었다. 그 특징은 비정상적으로 무시무시하게 높은 이마로, 원래 머리 위에 살로 이루어진 모자나 왕관을 덧붙여놓은 것처럼 보일 정도였다. 입은 오므린 채 쭉 집어넣어 소름 끼치는 온화한 표정을 짓고 있었고, 눈은 탁자에 앉은 모든 사람들과 마찬가지로 술기운에 절어 흐리멍덩했다. 이 신사는 화려한 자수가 놓인 검은 실크벨벳 관 덮개를 머리부터 발끝까지 스페인 망토식으로 대충 두르고 있었다. 머리에는 검은색 영구차 깃털 장식을 잔뜩 꽂고는 아는 체하는 태도로 쾌활하게 앞뒤로 흔들어댔다. 오른손에는 커다란 사람 허벅지 뼈를 들고 있었는데, 푼돈을 받고 그걸로 무리 중 누군가를 두드려 패고 있기라도 한 것처럼 보였다.

문을 등지고 맞은편에 앉은 여인도 그 못지않게 특이했다. 키는 방금 설명한 남자만큼 컸지만, 남자가 비정상적으로 마른 것에 대해 불평할 권리라고는 없었다. 여인은 수종병 말기가 분명해서, 근처 방 한구석에 선단을 안쪽으로 한 채 놓여 있는 커다란 맥주통과 거의 흡사한 생김새를 하고 있었다. 얼굴은 몹시 둥그렇고 불그스레하고 통통했고, 얼굴에는 이 무리의 대장과 같은 특징이 있었다. 아니, 오히려 대장과 마찬가지로 특징이 없다고 해야 할까. 그러니까, 그 얼굴에서 따로 설명을 해야 할 정도로 두드러진 부분이라곤 하나뿐이었다. 과연 예리한 타폴린은 그 특징이 무리의 모든 사람들에게 해당될 수 있다는 것을 즉시 알아챘다. 그들은 각자 얼굴 중 한 특정 부분을 독점한 것처럼 생겼다. 문제의 여인의 경우, 그 부분은 입이었다. 그 입은 오른쪽 귀에서 시작해서 왼쪽 귀까지 끔찍하게 휙 갈라져 있어서, 양쪽 귓바퀴에 대롱대롱 매달려 있는 짧은 귀고리가 계속해서 그 안으로 까닥거리며 들어갔다. 하지만 새로 풀을 먹이고 다림질한 주름 장식 삼베옥양목 수의로 만든 드레스를 턱 바로 아래까지 당겨 입은 여인은 있는 힘을 다해 입을 다물고 품위를 지키려고 했다.

여인의 오른쪽에는 여인의 보호를 받고 있는 듯한 조그만 젊은 여자가 앉아 있었다. 덜덜 떨고 있는 쇠약한 손가락과 시퍼런 입술, 온통 납빛인 안색을 살짝 물들이고 있는 소모열 홍조로 보아 이 섬세한 작은 여인은 급성 폐결핵에 시달리고 있는 게 분명했다. 하지만 전체적으로는 굉장히 고급스런 분위기가 감돌았다. 크고 아름다운 최고급 인도산 론[22]으로 만든 수의를 우아하고 여유 있게 차려입고 목 위로 곱슬머리를 늘어뜨린 채 입가에 부드러운 미소를 띠고 있었다. 하지만 코는 몹시 길고 가늘고 구부러지고 낭창낭창하고 여드름이 난 데다가 아랫입술 훨씬 아래까지 늘어져 있어서, 이따금씩 섬세한 혀 동작으로 그 코를 이쪽저쪽으로 옮겨주기는 했지만 그래도 인상이 뭔가 애매하게 느껴졌다.

젊은 여자 건너편, 수종병 여인의 왼쪽에는 통풍 환자 같은 작고 뚱뚱한 노인이 쌕쌕 숨을 쉬며 앉아 있었는데, 그의 양 볼은 오포르토 와인을 담은 커다란 주머니처럼 주인의 어깨 위에 놓여 있었다. 팔짱을 끼고 붕대를 감은 한쪽 발을 탁자 위에 올려놓은 노인은 자기에게는 뭔가 숙려할 자격이 있다고 생각하는 것 같았다. 자신의 외모 구석구석을 다 흡족히 여기고 있는 것처럼 보였지만, 번지르르한 색의 외투에 시선이 모이는 걸 특히 기뻐하는 것 같았다. 사실 그 외투는 적지 않은 돈이 들어간 게 분명했고 몸에 딱 맞게 만들어져 있었는데, 영국 등 나라에서 명을 다한 귀족의 거처에서 가장 눈에 띄는 곳에 관례적으로 거는 영광스런 문장을 정교하게 자수로 새겨놓은 실크 덮개로 만든 외투였다.

그 옆으로 대장의 오른쪽에는 기다란 흰 양말에 면바지를 입은

22　고운 면이나 아마사 천.

신사가 앉아 있었다. 그는 타폴린이 섬망증[23]이라 부르는 발작 탓에 우스꽝스럽게 몸을 떨고 있었다. 말끔히 면도한 턱에는 모슬린 붕대가 단단히 동여매져 있고, 팔도 같은 식으로 손목이 묶여 있어서 탁자 위의 술을 마음껏 마실 수 없게 되어 있었다. 레그스는 스카치위스키와 와인에 절은 신사의 안색으로 볼 때 이런 예방 조치가 필요했으리라는 의견을 내놓았다. 그럼에도 불구하고 가둘 방법이 없었던 게 분명한 어마어마하게 커다란 귀는 방 안의 대기 저 위까지 치솟아 있었고, 코르크 따는 소리가 들리면 가끔 발작이라도 하듯 쫑긋댔다.

여섯 번째이자 마지막으로, 그 남자 맞은편에는 괴상하게 뻣뻣한 사람이 앉아 있었는데, 정말 심각하게 말하지만, 중풍에 시달리고 있는 형편이어서 양보라곤 모르는 의상을 굉장히 불편하게 여기고 있는 게 분명했다. 독특하게도 그는 멋진 새 마호가니 관을 입고 있었다. 관 꼭대기 내지 머리 부분이 모자처럼 두개골을 내리누르며 감싸고 있어서 얼굴 전체를 뭐라 형언할 수 없이 흥미롭게 만들었다. 양 측면에는 팔 구멍이 뚫려 있었는데, 고상함보다는 편의를 위한 조치였다. 그럼에도 불구하고 그 옷의 소유자는 옷 때문에 동료들처럼 똑바로 앉지 못하고 관 가대에 45도 각도로 기대앉아서, 자기 환자의 크기에 놀라기라도 한 듯 거대한 눈의 엄청난

---

23   알코올중독으로 몸이 떨리는 증상.

흰자를 천장을 향해 희번덕거리며 굴리고 있었다.

사람들 앞에는 각각 두개골 일부가 놓여서 술잔으로 쓰이고 있었다. 머리 위에는 한쪽 다리에 밧줄을 매어 천장의 고리에 고정시킨 해골이 매달려 있었다. 그렇게 족쇄에 묶여 있지 않은 다른 쪽 다리는 몸에서 90도 각도로 튀어나와 있어서, 어쩌다 방 안으로 바람이 휙 몰아칠 때마다 느슨하게 매달린 해골 전체가 덜거덕거리며 빙그르르 회전했다. 이 섬찟한 물건의 두개골 안에 불붙인 숯이 잔뜩 들어 있어서 방 전체에 단속적이지만 선명한 빛을 던지고 있었다. 장의사 가게에 있는 관과 그 외 도구들이 방 주위와 창 앞에 높이 쌓여 있어서 거리로는 한 줄기의 빛도 새어나가지 않았다.

이 이상한 무리와 그보다 더 이상한 물건들을 본 우리의 두 선원은 응당 갖춰야 했을 예의를 차리지 않았다. 서 있던 자리의 벽에 기대 있던 레그스는 평소보다 입을 더 크게 쩍 벌리고 눈을 한껏 휘둥그레 떴다. 코가 탁자 높이에 오도록 허리를 굽히고 손바닥을 무릎에 올려놓고 있던 휴 타폴린은 때에 안 맞는 과도한 웃음을 길고 크고 격렬하게 터뜨렸다.

하지만 키 큰 대장은 도가 지나친 이런 무례한 행동에도 화를 내지 않고 침입자들을 향해 우아한 미소를 지으며 검은 깃털로 장식한 머리를 위엄 있게 끄덕이더니, 자리에서 일어나 두 사람의 팔을 잡고 그 사이에 다른 사람들이 만들어놓은 자리로 하나하나 안내했다. 레그스는 조금도 저항하지 않고 안내받은 자리에 앉았지만, 용감한 타폴린은 탁자 상석 근처에 마련된 자기 관 가대를 치우고 수의 차림의 자그마한 폐결핵 여인 가까이에 가서 기분 좋게 그 옆에 털썩 앉더니 적포도주를 두개골 한 잔 가득 따라 앞으로 친분을 잘 쌓아보자며 죽 들이켰다. 하지만 관 속에 들어앉은 남자는 이 주제 넘는 행동에 몹시 화가 난 것 같았다. 대장이 곤봉으로 탁자를 탕탕 쳐서 모든 참석자들에게 자기 말을 들으라고 주의를 끌지 않았더라면 심각한 결과를 초래했을지도 모른다.

"이 행복한 자리에서 우리의 의무는⋯⋯."

"거기서 멈추시오!" 레그스가 몹시 심각한 얼굴로 끼어들었다. "거기서 잠깐 멈추고, 당신들이 도대체 누구며 여기 무슨 용무가 있기에 사악한 악마처럼 차려입고 정직한 내 동료 선원이자 장의사인 윌 웜블이 겨울을 보내려고 은밀히 쟁여놓은 저질 진을 들이켜고 있는 건지 말해주시오!"

이 용서할 수 없는 못 배워먹은 작태에 원래 그곳에 있던 사람 중 반이 자리를 박차고 일어나 전에 선원들이 들었던 악마같이 거친 비명을 속사포처럼 연속해서 내뱉었다. 하지만 대장이 가장 먼저 냉정을 되찾고 마침내 레그스를 향해 위엄 있게 돌아서더니 다시 말을 시작했다.

"비록 우리가 초대한 적은 없으나 이렇게 저명하신 손님들께서 합당한 호기심을 품으신다면 뭐든 기꺼이 만족시켜드려야지. 이 영지에서는 내가 군주이며 '페스트 1세'라는 칭호로 이 왕국을 지배하고 있소.

자네가 불경스럽게도—우리가 알지도 못하며 오늘 밤 이전에는 우리 왕족의 귀에 들린 적도 없는 천한 이름인—장의사 윌 윔블의 가게라고 주장하는 이 집은 우리 왕국의 의회 겸 여타 신성하고 고귀한 목적을 위해 쓰이는 궁정의 회의실이오.

맞은편에 앉은 고귀한 숙녀는 페스트 여왕, 나의 왕후요. 지금 보고 있는 이 고귀하신 분들은 모두 우리 일족으로 각각 '페스티페러스 공작', '페스틸렌셜 공작', '템페스트 공작', '애너페스트 대공비'라는 칭호로 왕족의 휘장을 달고 있지.

여기 의회에서 무슨 용무가 있느냐는 질문에 대해서는, 그건 우리 왕족만의 사적인 일로 다른 누구에게도 중요하지 않은 문제라고 대답하는 걸로 충분할 거라 생각하네. 하지만 손님이자 이방인으로서 자네가 가지고 있다고 생각할 권리를 고려해서 조금 더 설명을 해주지. 우리는 심오한 연구와 정확한 조사를 바탕으로 이 훌륭한 도시의 와인과 맥주, 리큐어라는, 미각에 더없이 귀중한 보물의 정의 불가능한 정신과 이해 불가능한 본질을 조사하고 분석하고 철저하게 판정해보기 위해 오늘 밤 여기 모였네. 이를 통해 우리의 계획보다는 우리 모두를 다스리고 무한한 영토를 통치하시는 초월적 군주의 진정한 번영을 촉진시키려 하고 있지. 그 군주의 이름은 '죽음'일세."

"그 군주의 이름은 데비 존스지!" 타폴린이 옆자리 숙녀의 두개골 잔에 술을 따르고 자기 잔도 두 번째로 채우며 소리 질렀다.

"불경스런 무뢰한 같으니!" 대장이 덕망 높은 휴에게 고개를 돌리며 말했다. "불경스럽고 밉살스러운 인간이구나! 너희 같은 추잡한 인간들의 권리조차 침해하지 않으려는 배려심을 발휘해 무례하고 부적절한 질문에도 선심 써서 친히 대답을 해주었건만. 그럼에도 불구하고 우리는 이 의회에 부정하게 침범한 죄로 네놈과 네 친구 놈에게 각각 블랙스트랩[24] 1갤런을 마시도록 명하는 것이 의무라고 생각한다. 우리 왕국의 번영을 빌며 무릎을 꿇고 단숨에 마신 다음, 각자 원하는 바에 따라 제 갈 길을 가든지 여기 남아 이 자리의 특권을 누리든지 하라."

"그건 절대 불가능합니다." 페스트 1세의 위엄 있는 태도에 존경심이 솟구친 게 분명한 레그스가 자리에서 일어나 탁자에 기대 몸을 가누며 대답했다. "폐하, 제 선창에는 폐하께서 방금 말씀하신 술의 4분의 1도 못 싣습니다. 바닥짐용으로 오전에 실은 물건은 물론이거니와 오늘 저녁 여러 항구에서 실은 온갖 맥주와 리큐어는 말할 나위도 없이, 현재 저는 '즐거운 선원' 간판을 건 곳에서 정당한 돈을 지불하고 마신 '독주'만으로도 만선 상태입니다. 그러니 폐하, 부디 너그러이 그 명을 거둬주십시오. 저는 절대 술을 더 마실 수도 없고 마시지도 않을 것입니다. 특히 '블랙스트랩'이라 불리는

24　지중해 연안의 저질 적포도주.

저 고약하고 더러운 술은 한 방울도 못 마십니다."

"그만해!" 타폴린이 동료의 장황한 연설보다 거부의 내용에 더 놀라 말을 가로막았다. "그만하라고, 이 애송아! 입 좀 그만 놀려, 레그스! 자네는 머리 쪽이 좀 무거운 것 같긴 하지만, 내 선체는 아직 가볍다고. 그리고 자네 몫의 짐으로 말하자면, 고함을 질러대느니 차라리 내가 적재 공간을 마련해보겠네. 그런데……."

"이 조처는," 대장이 끼어들었다. "벌금이나 형벌 조건에 따른 것이 아니라 본질적으로 메디아적인 것이어서 절대 바뀌지도 철회되지도 않는다.[25] 우리가 부과한 조건은 문자 그대로, 조금도 지체 없이 수행해야 한다. 이를 완수하지 못할 시에는 반역죄로 여기서 목과 발을 함께 묶어 저기 커다란 맥주통 안에서 익사할 줄 알아라!"

"판결! 판결! 올바르고 정당한 판결이옵니다! 영광스러운 포고입니다! 가장 훌륭하고 강직하며 신성한 판결이옵니다!" 페스트 일족이 한꺼번에 외쳤다. 왕은 이마를 한껏 끌어당겨 수많은 주름살을 만들었다. 통풍에 걸린 조그만 노인은 한 쌍의 풀무처럼 숨을 헐떡였다. 수의를 입은 여인은 코를 이리저리 흔들었다. 면바지를 입은 신사는 귀를 쫑긋 세웠다. 수의를 입은 또 다른 여인은 죽어가는 물고기처럼 헉헉댔다. 관을 입은 남자는 뻣뻣한 자세로 눈

---

25   성경에 메디아와 페르시아의 법은 바뀌지 않는다는 구절이 있음.

만 굴려댔다.

"억! 억! 억!" 타폴린은 사람들의 흥분에 개의치 않고 킬킬댔다. "억! 억! 억! 억! 억! 억! 억! 그러니까 내 말은," 그가 말했다. "페스트 왕께서 쇠막대를 푹 찔러 넣었을 때 내가 하려던 말은, 블랙스트랩 이삼 갤런 정도는 나같이 과적 상태 아닌 유능한 뱃사람한테는 아무것도 아니란 말이거든요. 하지만 (신께서 사면한) 악마의 건강을 위해 술을 마시고 거기 추한 왕에게 무릎을 꿇는 거라면 그건 완전히 다른 문제, 내가 절대 이해 못 할 문제란 말이지요. 저 사람은, 내가 죄인인 걸 알 듯이 확실하게 아는데, 세상 다른 누구도 아닌 바로 배우 팀 헐리걸리 아닙니까?"

그는 이 말을 평온하게 마치지 못했다. 팀 헐리걸리라는 이름이 나오자마자 그 자리에 모인 사람 모두가 자리에서 펄쩍 뛰어올랐다.

"반역이다!" 페스트 1세가 외쳤다.

"반역이다!" 통풍을 앓는 조그만 남자가 말했다.

"반역이다!" 애너페스트 대공비가 비명을 질렀다.

"반역이다!" 턱이 꽁꽁 묶인 남자가 웅얼거렸다.

"반역이다!" 관을 입은 남자가 으르렁댔다.

"반역이다! 반역이야!" 괴상한 입을 한 여왕이 소리 지르더니, 막 두개골에 술을 따르기 시작하던 불운한 타폴린의 반바지 뒷부분을 잡고 공중으로 높이 들어 올려 그가 사랑해 마지않는 거대한 맥주통 안으로 예의고 뭐고 없이 내동댕이쳤다. 타폴린은 야자술이 든 커다란 잔 속의 사과처럼 몇 초 동안 아래위로 떠올랐다 가라앉았다를 반복하더니 안 그래도 거품 가득한 술 속에서 버둥거리는 통에 마구 생겨난 거품 소용돌이 속으로 마침내 사라졌다.

하지만 키 큰 선원은 동료의 패배를 순순히 보고 있지 않았다. 용감한 레그스는 뚜껑이 열려 있던 뚜껑문 속으로 페스트 왕을 밀치고 저주를 퍼부으며 문을 쾅 닫은 다음, 방 한가운데로 성큼성큼 걸어갔다. 거기서 그는 탁자 위에서 흔들거리고 있던 해골을 잡아채서 호의를 담아 있는 힘껏 주위에 휘둘러댔고, 방의 마지막 불빛이 꺼져가는 순간 통풍에 시달리는 조그만 남자의 머리를 냅다 후려갈기는 데 성공했다. 그러고는 맥주와 휴 타폴린이 들어차 있는 운명의 맥주통을 향해 온 힘을 다해 달려가 부딪혀 순식간에 통을 굴러 넘어뜨렸다. 맥주의 홍수가 너무나 격렬하게, 너무나 맹렬하게, 너무나 압도적으로 쏟아져 나와 방 안은 벽에서 벽까지 술에 잠겼다. 술병이 수북했던 탁자와 관 가대들이 거꾸로 뒤집혔고, 펀치통은 벽난로 안으로 처박혔으며, 숙녀들은 히스테리를 일으켰다. 쌓여 있던 죽음의 가구들이 버둥거리며 이리저리 떠다녔다. 주전자와 항아리, 대형 유리병들이 난투를 벌이며 난잡하게 뒤엉켰고, 고리버들 바구니에 담긴 병들은 자포자기하고 잡병들과 부딪혔다. 섬망증에 시달리는 남자는 그 자리에서 익사했고, 조그맣고 뻣뻣한 남자는 관을 입은 채로 둥둥 떠다녔다. 의기양양한 레그스는 수의 차림의 뚱뚱한 여자의 허리를 낚아채 거리로 나가 프리앤이지 호를 향해 일직선으로 달렸고, 가공할 휴 타폴린은 재채기를 서너 번 한 후 숨을 헐떡대며 애너페스트 대공비와 함께 그 뒤를 순조로이 쫓아갔다.

아른하임 영지[26]

정원은 광활한 하늘을 향해 눈을 감은 채
즐거이 잠든듯 누운
아름다운 여인처럼 손질되어 있다.
커다랗고 둥근 천상의 하늘색 들판에는
빛의 꽃들이 가지런히 모여 있다.
그 하늘색 잎사귀에 매달린
빛의 꽃들과 반짝이는 동그란 이슬은
푸르스름한 저녁 속에서 반짝이는 별들처럼 보였다.
_자일스 플레처

나의 친구 엘리슨은 요람에서 무덤까지 번영의 바람에 휩쓸려 살았다. 여기서 번영이라는 단어는 그저 통속적 의미로 사용한 것이 아니다. 행복과 같은 뜻으로 쓴 것이다. 내가 이야기하는 사람은 튀르고와 프라이스, 프리슬리, 콩도르세[27]의 학설을 미리 예시하기 위해, 터무니없는 망상으로 여겨져온 완벽주의자의 예를 개인적으로 직접 보여주려고 태어난 것 같았다. 나는 엘리슨의 짧은 생애를 통해 인간 본성에 행복을 적대시하는 원리가 숨어 있다는 독단적 주장이 반박되는 것을 보았다. 엘리슨의 생애를 마음 졸이

---

26 〈아른하임 영지〉는 〈풍경 정원〉이라는 제목의 단편과 똑같은 이야기이지만 많은 판본에서 별개의 단편으로 싣고 있다(빈티지판 편집자 주).

27 프랑스의 경제학자, 영국의 윤리철학자, 영국의 화학자이자 성직자, 프랑스의 철학자이자 수학자로 인간이 완전해질 수 있는 가능성을 주장했다.

며 고찰해온 나는 인류의 불행은 대체로 몇몇 단순한 법칙을 어기는 데서 생겨난다는 것을, 하나의 종으로서 인간에게는 아직 개발되지 않은 내용이 존재한다는 것을, 심지어 사회적 조건이라는 커다란 질문에 대해 온통 암울하고 제정신 아닌 생각들만이 가득한 현재에조차도 이례적이고 매우 우연적인 조건하에서라면 한 개인으로서의 인간은 행복할 수도 있다는 것을 이해하게 되었다.

이 젊은 친구도 이런 생각에 흠뻑 젖어 있었다. 그러니 그의 생애의 큰 특징인 부단한 즐거움이 예정된 결과였다는 점은 주목할 가치가 있다. 때로 경험의 탁월한 대체재 역할을 하는 본능적 철학이 모자랐다면, 엘리슨도 천부의 재질을 타고난 사람들 앞에 아가리를 벌리고 있는 불행이라는 흔한 소용돌이 속으로 빠져 들어갔을 수도 있었다. 하지만 지금 나는 행복론을 쓰려는 게 아니다. 내 친구의 생각은 몇 마디로 요약될 수 있다. 그는 행복의 기본 원칙, 더 엄격히 말해서, 조건으로 네 가지만을 인정했다. 엘리슨이 가장 중요하게 생각하는 것은 (이상하게도!) 야외에서 하는 단순하고 순수한 신체 활동이었다. 그는 말했다. "다른 방법으로 얻을 수 있는 건강은 건강이라고 부를 수 없지." 그는 여우 사냥의 짜릿함을 예로 들고, 땅을 경직하는 사람들을 가리켜 계급 전체로 보면 다른 계급보다 행복하다고 말할 수 있는 유일한 사람들이라고 했다. 두 번째 조건은 여인에 대한 사랑이었다. 세 번째이자 가장 실현하기 어려운 조건은 야망을 경멸하는 태도였다. 네 번째는 부단히 추구할 목표였다. 다른 조건들이 동일하다면 도달 가능한 행복의 범위는 이 목표의 품격과 비례한다고 주장했다.

행운은 놀라울 정도로 엘리슨에게 끝도 없이 근사한 선물을 마구 쏟아부어주었다. 기품과 외모 면에서 엘리슨을 능가하는 남자는 아무도 없었다. 지식도 애써서 노력해서가 아니라 직관과 필요에 의해 그냥 습득하는 것처럼 보였다. 집안은 제국 내에서 가장 유명한 가문이었다. 신부는 가장 사랑스럽고 헌신적인 여인이었다. 재산은 늘 넘치도록 많았지만, 대부분은 변덕스런 운명의 신이 그의 편이 되어준 덕분에 얻은 것이었다. 온 세상을 경악하게 하고, 수혜자의 도덕적 체질을 어김없이 근본적으로 바꾸어놓는, 그런 운명의 장난이었다.

엘리슨이 성년이 되기 100여 년 전, 머나먼 지방에서 시브라이트 엘리슨이라는 사람이 사망했다. 이 신사는 제후도 부럽지 않을 부를 축적했지만 직계 자손이 없었기 때문에, 자신이 사망한 후에도 한 세기 동안 재산이 그대로 쌓이도록 내버려두겠다는 발상을 느닷없이 내놓았다. 그는 재산을 투자할 갖가지 방법을 자세하고 현명하게 지시해뒀고, 100년이 지난 후 전 재산을 엘리슨이라는 이름을 가지고 있는 가장 가까운 친척에게 남기겠다고 했다. 수많은 사람들이 이 기묘한 상속을 무효화하려고 시도했지만, 소급적 성격으로 인해 모두 실패로 끝났다. 오히려 빈틈없는 정부의 관심만 끌어 결국 유사한 방식의 자본축적을 모두 금지하는 법령만 제정되었다. 하지만 이 법령도 젊은 엘리슨이 21세가 되던 날 선조 시 브라이트의 상속자로 4억 5천만 달러의 재산을 상속받는 것을 막지는 못했다.[28]

상속 받은 재산이 그렇게 막대하다는 사실이 알려지자, 아니나 다를까 그 재산을 어떻게 사용할 것인지를 놓고 온갖 추측이 난무했다. 당장 사용 가능한 어마어마한 금액의 돈에 다들 생각만으로도 혼란에 빠졌다. 감이 잡히는 정도의 돈을 가진 사람이 할 수 있는 일이라면 수천 가지를 상상할 수 있었을 것이다. 그저 보통 사람을 넘어서는 정도의 부를 가졌다면, 당대의 사치스러운 유행을 흥청망청 누리거나, 정치적 술책에 골몰하거나, 장관의 권력을 노리거나, 귀족 지위를 사거나, 굉장한 골동품을 박물관처럼 수집하거나, 문학과 과학, 예술을 후하게 후원한다거나, 온갖 자선단체에 자기 이름으로 기부를 하는 등의 일들을 하리라고 쉽게 상상할 수 있었을 것이다. 하지만 상속자 엘리슨이 실제로 소유한, 상상조차

---

28 [원주] 이 가상의 이야기와 비슷한 사례가 얼마 전 영국에서 있었다. 행운의 상속자 이름은 텔루슨이었다. 나는 이 이야기를 퓌클러 무스카우 공(19세기 독일 풍경식 조경의 대가—옮긴이)이 쓴 《여행》에서 처음 읽었는데, 그는 상속 금액이 9천만 파운드라고 하면서 "그렇게 어마어마한 돈과 그 돈으로 할 수 있는 일들에 대해 생각하는 것만으로도 심지어 뭔가 장엄한" 기분이 든다고 적고 있다. 지나치게 과장되긴 했지만 나는 이 글의 목적에 맞도록 공의 말을 그대로 따랐다. 사실 지금 이 글의 발아, 시작은 무스카우의 이야기에서 영감을 얻었을 가능성이 있는 수의 걸작 〈방황하는 유대인〉 1회가 나오기 이전인 수년 전에 출판되었다.

110

못할 막대한 부에 대면 이런 목적들, 온갖 평범한 목적들이 다 너무 시시하고 한정되어 보였다. 숫자에 호소해봐도 그저 혼란스러울 뿐이었다. 이자를 3퍼센트로만 쳐도 상속재산에서 나오는 연간 소득은 자그마치 1,350만 달러에 달했다. 즉 한 달에 112만 5천 달러, 하루에 37,500달러, 한 시간에 1,541달러, 1분에 26달러꼴이다. 흔한 가설들은 완전히 산산조각이 났다. 사람들은 무엇을 상상해야 할지 알 수가 없었다. 몇몇 사람들은 심지어 엘리슨이 남아도는 재산을 친척들에게 나누어줘서 일가 모두를 부자로 만들어 넘쳐나는 재산을 적어도 반은 처리할 거라는 상상을 하기도 했다. 사실 그는 상속 이전 자신이 가지고 있던 보통이 넘는 재산을 가장 가까운 친척들에게 기꺼이 내주었다.

하지만 친구들 사이에서 수없이 토론의 주제가 되었던 그 문제에 대해 엘리슨은 이미 오래전 마음의 결정을 끝냈다는 사실을 알았을 때 나는 놀라지 않았다. 그 결정의 내용을 듣고도 크게 놀라지 않았다. 개인들에게 베푸는 자선은 양심에 충분할 정도로 베풀었다. 그는 한 개인이 인간의 전반적 조건을 소위 개선할 수 있다는 가능성에 대해서는 (고백하기 안타깝지만) 거의 아무런 믿음도 가지고 있지 않았다. 대체로 그는 좋든 싫든 스스로에게 크게 의존하는 사람이었다.

엘리슨은 지극히 넓고 숭고한 의미에서 시인이었다. 게다가 그는 시적 정서의 진정한 특질, 장엄한 목표, 최고의 위엄과 품위를 이해했다. 이 정서를 유일하게는 아니더라도 완전히 만족시켜주는 것은 새로운 형태의 아름다움을 창조하는 일이라는 것을 그는 본능적으로 느꼈다. 어린 시절 교육의 특수성에 기인한 것이든, 그의 지성의 특이한 성격 때문이든, 엘리슨의 모든 윤리적 견해는 소위 물질주의에 물들어 있었다. 시적 정서를 발휘하기에 유일하게 적법한 분야는 아니라 하더라도 가장 유리한 분야는 새로운 분위기의 순수한 물질적 아름다움을 창조하는 것이라고 그가 믿게 된 것은 어쩌면 이런 경향 때문이었다. 그래서 그는 음악가도, 시인도 되지 않았다. 시인이라는 단어를 일상적으로 통용되는 의미로 쓴다면 말이다. 아니면 그저 행복의 필수 원칙 중 하나는 야망을 경멸하는 것이라는 믿음을 따르느라 음악가도, 시인도 되지 않고 무시했을 수도 있다. 사실 뛰어난 천재야 야심적이기 마련이지만, 가장 뛰어난 천재는 소위 야망을 초월한 사람이라고 할 수 있지 않을까? 그래서 밀턴보다 훨씬 위대한 수많은 사람들이 만족하며 '조용히 무명으로' 살고 있는 게 아닐까? 일련의 사건들이 숭고한 정신의 소유자들을 부추겨 어쩔 수 없이 노력하게 하지 않는다면, 세상은 인간의 최대 역량이 풍요로운 예술의 영역에서 최대치로 의기양양하게 발현된 모습을 절대로 보지 못했을 것이고, 앞으로도 보지 못할 거라고 믿어 의심치 않는다.

엘리슨은 음악가도 시인도 되지 않았다. 하지만 그 누구도 엘리슨만큼 음악과 시를 마음 깊이 사랑하지 않았다. 지금과 다른 환경이 주어졌더라면 화가가 되었을 가능성도 없지 않다. 조각은 본질 자체는 엄정하게 시적이지만 범위와 결과가 너무나 제한적이라 한 번도 그의 관심을 끌지 못했다. 이제 나는 시적 정서에 대한 일반적 이해로 접근할 수 있는 모든 분야를 언급했다. 하지만 엘리슨은 가장 광대하진 않다 하더라도 가장 풍부하고, 가장 진실하고, 가장 자연스러운 분야가 이상하게 무시되어 왔다고 주장했다. 이제껏 어떤 정의도 풍경 정원사를 시인으로 거론하지 않았다. 하지만 내 친구는 풍경 정원의 탄생이 진정한 뮤즈에게 가장 장대한 기회를 제공했다고 보았다. 상상력을 발휘하여 새로운 아름다움을 끝없이 조합하여 펼쳐나갈 수 있는 가장 아름다운 분야가 실로 여기에 있었다. 미의 요소들이 탁월한 손길에 의해 대지가 제공할 수 있는 가장 영광스러운 조합으로 탄생할 수 있는 분야였다. 갖가지 모양과 다채로운 색을 한 꽃과 나무들 속에서 그는 자연이 물질적 아름다움을 창조하기 위해 가장 직접적이고도 힘차게 노력한 증거를 보았다. 이 노력이 향하는 방향이나 집중되는 곳에서, 혹은 더 적절히 말해, 지상에서 이를 바라볼 시선에 맞춰 적응하는 노력 속에서, 그는 시인으로서 자신이 지닌 운명뿐만 아니라 신이 인간에게 시적 정서를 불어넣어준 존엄한 목적을 실현하는 일에 최고의 자산을 사용해야 한다는 것을 알았다.

"지상에서 이를 바라볼 시선에 맞춰 적응하는 노력." 이 문구에 대한 엘리슨의 설명이 내게 항상 수수께끼같이 느껴지던 문제에 해답을 주었다. 천재 화가의 그림처럼 조합된 풍경은 자연에 존재하지 않는다는 (무지한 자들이나 반박할) 사실 말이다. 클로드[29]의 화폭 위에서 영롱하게 빛나는 낙원은 현실에서 찾아볼 수 없다. 가장 황홀한 자연 풍경에서도 늘 부족이나 과잉이 존재한다. 구성 요소 하나하나는 거장의 최고 솜씨를 능가할지 모르나, 이것들이 배열되는 방식에는 늘 개선의 여지가 존재한다. 간단히 말해, 예술가의 눈으로 차분히 관찰해볼 때 풍경의 '구성' 속에 거슬리는 요소가 존재하지 않는 지점은 자연의 광활한 대지 그 어디에도 없다. 하지만 이 얼마나 영문 모를 소리란 말인가! 다른 모든 문제에서 우리는 응당 자연이 최고라고 배웠다. 개개의 자연물과는 경쟁할 생각조차 하지 않는다. 누가 감히 튤립의 색깔을 흉내 내거나 은방울꽃의 균형미를 개선하겠다고 나서겠는가? 조각이나 초상화를 놓고 자연을 모방하기만 할 것이 아니라 드높이고 이상화시켜야 한다고 말하는 비평은 잘못된 것이다. 회화나 조각으로 구현된 인간의 아름다움은 살아 숨 쉬는 아름다움에 결코 미치지 못한다. 이런 비평의 원리가 해당되는 분야는 오로지 풍경뿐이다. 그리고 여기서 그 말이 진실임을 느꼈다 하더라도, 이것이 예술의 모든 분야에 해당된다고 선언하는 것은 경솔한 일반화에 불과하다. 나는 여기서 그 말이 진실임을 **느꼈**다라는 표현을 썼다. 느낌은 허세도 망

29   프랑스 풍경화가 클로드 로랭.

상도 아니기 때문이다. 예술이 예술가에게 주는 느낌은 수학의 증명 못지않게 절대적이다. 겉보기에는 자의적인 것 같아도 이러이러한 배치만이 진정한 아름다움을 구성할 수 있다고, 예술가는 믿고 있을 뿐만 아니라 확실하게 알고 있다. 하지만 그 이유는 아직 충분히 표현될 단계에 이르지 못했다. 그 이유를 완전히 탐구해서 표현하는 것은 세상이 이제껏 보지 못한 심오한 분석력이 맡아야 할 과제다. 그래도 예술가의 본능적 의견은 모든 예술가 동료들이 하나같이 옳다고 증명한다. 어떤 '구성'에 문제가 있다고 치자. 수정은 그저 형식적 배치를 달리하기만 하면 가능하다고 하고 세상의 모든 예술가에게 이 수정 작업을 맡겨보자. 모두가 그 필요성을 인정할 것이다. 그뿐만 아니라 구성의 결함을 고치는 문제에 이르면, 따로 떨어져 있는 예술가들 모두가 하나같이 똑같은 수정 방법을 제안할 것이다.

다시 말하지만, 물질적 자연의 고양은 풍경의 배치를 통해서만 가능하며, 따라서 이 한 가지 문제에서만 자연을 개선하는 것이 가능하다는 점이 내가 지금껏 풀지 못했던 수수께끼였다. 이 문제에 대한 내 생각은 다음과 같은 정도에서 멈춰 있었다. 태곳적 자연은 인간이 생각하는 아름다움, 숭고함, 생생함을 모든 면에서 완벽하게 구현하려는 의도를 가지고 대지의 표면을 배열했겠지만, 이 태곳적 의도는 알려진 지질학적 교란, 즉 형태와 색채 배치의 교란에 의해 좌절되었고, 이 교란을 교정하거나 완화하는 것이 예술의 핵심이라고 말이다. 하지만 이 생각은 그 교란이 비정상적이며 어떤 목적에도 맞지 않는다는 점을 고려하지 않고 있다는 점에서 크게 힘을 잃었다. 엘리슨은 그 교란이 죽음의 전조라는 의견을 내놓았다. 그의 설명은 이랬다. 최초의 의도에서 인간은 불멸의 존재였다는 것을 받아들여라. 그렇다면 대지의 태곳적 배치는 지복의 상태, 실제 존재하는 인간이 아니라 애초에 의도된 인간의 상태에 맞추어진 것이다. 태곳적 배치에 일어난 교란들은 그 이후 고안된 죽음의 상태에 대한 준비였다.

"자," 친구가 말했다. "우리가 풍경의 고양이라고 생각하는 것은 사실은 도덕적 혹은 인간적 관점에서만 본 그런 것일지도 모르지. 자연 풍경을 하나씩 수정할 때마다 어쩌면 그림에 흠집을 하나씩 만드는 것일 수도 있어. 대기권을 벗어나는 정도는 아니라 해도 지상에서 멀리 떨어진 곳에서 본다면 말일세. 자세히 관찰해서 미세한 부분 하나를 개선하는 것이, 그와 동시에 전반적인, 혹은 거시적 관점에서 본 그림을 망가뜨릴 수도 있다는 것을 쉽게 이해할 수 있잖나. 한때는 인간이었지만 지금은 인간에게는 보이지 않는 존재들이 있을지도 몰라. 저 멀리 있는 그들의 눈에는 우리의 무질서가 질서로 보이고, 우리의 추함이 아름다움으로 보일 수도 있어. 한마디로 이 지구 위의 광대한 풍경이라는 정원은 신께서 우리보다는 그 지상천사들을 위해, 죽음을 통해 정련된 그들의 미감에 맞게 배치해놓았을지도 모른다는 거지."

토론 도중 친구는 풍경 가꾸기에 대한 책의 한 구절을 인용했는데, 이 주제를 잘 논한 작가인 듯했다.

풍경 가꾸기는 제대로 볼 때 두 가지 방식, 즉 자연 방식과 인공 방식밖에 없다. 전자는 전원에 있는 것들을 주변 경치에 어우러지게 함으로써 원래의 아름다움을 되살리려고 한다. 나무를 주변의 언덕이나 평원과 조화되게 가꾸고, 보통 사람의 눈에는 보이지 않지만 자연을 연구하는 눈으로 보면 어디서나 눈에 띄는, 크기와 비율, 색채의 미묘한 관계를 알아채고 실천하는 식이다. 자연스런 식으로 자연을 가꿨을 때의 결과는 특별히 놀랍다거나 기적적인 풍경이라기보다는 흠이나 부조화가 없고 건강한 조화와 질서가 가득한 풍경이다. 인공적인 방식은 서로 다른 취향의 수만큼이나 다양하다. 이는 다양한 건축 양식과 대체로 관련이 있다. 위풍당당한 대로와 조용한 은거지가 있는 베르사이유식, 이탈리아식 테라스, 영국식 고딕 양식이나 엘리자베스 양식과 약간 관련된 다양한 혼합 양식의 옛 영국식이 있다. 인공적 정원의 남용에 대한 반대론에도 불구하고, 정원 풍경에 순수한 인공미를 첨가할 때 그 풍경에는 굉장한 아름다움이 더해진다. 질서와 구상이 드러나는 경치는 눈에도 즐겁지만 정신도 즐겁게 해준다. 오래된 이끼로 뒤덮인 난간이 있는 테라스는 과거 그곳을 지나다녔을 아름다운 이들을 당장 떠올리게 한다. 아주 살짝 드러나는 인공미는 고심과 인간적 관심의 증거이다.

"앞서 한 이야기를 들었으니," 엘리슨이 말했다. "여기 적혀 있는, 전원의 원래의 아름다움을 되살리려고 한다는 생각에 내가 반대한다는 것을 알 수 있을 걸세. 원래의 아름다움은 절대 거기 도입할 수도 있는 아름다움만큼 대단하지 않아. 물론 모든 것은 가능성 있는 장소를 고르는 데 달려 있네. 크기와 비율, 색채의 미묘한 관계를 알아채고 실천한다는 이야기는 정확히 정립되지 않은 생각을 은폐하기 위한 모호한 소리에 불과해. 인용한 말은 모든 것을 의미할 수도 있고 아무 의미도 없을 수도 있네. 어떤 방향성도 없는 거지. 자연스런 식으로 자연을 가꿨을 때의 진정한 결과가 특별히 놀랍다거나 기적적인 풍경이라기보다는 흠이나 부조화가 없고 건강한 조화와 질서가 가득한 풍경이라는 말도 천재의 열정적 꿈보다는 대중의 수준 낮은 이해력에나 들어맞는 진술일세. 제시된 소극적 장점은 문단의 경우라면 애디슨을 떠받들어 신격화할 절름발이 비평에 속해. 사실 악을 단순히 피하는 것만으로 구성되는 덕이 이해력에 직접적으로 호소하고 따라서 **법칙**으로 정의될 수 있는 것이라면, 창의성이 불타오르는 더 고결한 덕은 오로지 결과로만 이해될 수 있는 걸세. 법칙은 그저 잘 거부하고 탁월하게 자제하는 데만 적용될 뿐이지. 이를 넘어서서는 비판적 예술은 그저 암시밖에 할 수 없네. 지시에 따라 〈카토〉[30]를 지을 수 있을지는 모르겠지만, 파르테논 신전이나 〈지옥〉[31]을 구상하는 **법**은 우리가 들어 봤자 무슨 소용이 있겠나. 하지만 일단 만들어지고 나면, 일단 경 이로운 작품이 완성되고 나면 그제야 이해가 보편화되는 걸세. 창 조할 능력이 없어서 창조를 비웃었던 부정적 학파의 궤변론자들 이 그때는 가장 큰 박수를 보내지. 법칙이 아직 완성되지 않고 번 데기 상태에 있을 때는 그들의 점잖은 이성에 안 맞았던 것이 성숙 해서 완성되고 나니 본능적으로 그 아름다움을 알아보고 찬사를 보내지 않을 수 없게 되는 걸세."

엘리슨은 계속해서 말했다. "인공적 방식에 대한 작가의 고찰은 그보다는 반대할 거리가 없어. 정원 풍경에 순수한 인공미가 첨가 할 때 그 풍경에는 굉장한 아름다움이 더해진다는 말은 맞는 말이 야. 인간적 관심에 대한 언급도 맞는 말이고. 여기 표현된 원리에는 논쟁의 여지가 없지만, 이걸 넘어서는 뭔가가 있을 수는 있네. 그 원리에 부합하는 목적이 있을 수도 있어. 평범한 개인이 소유한 자 산으로는 절대 이룰 수 없는 목표이지만, 혹시라도 이루어진다면 풍경 정원에 단순한 인간적 관심에 대한 이해가 줄 수 있는 것을 훨씬 능가하는 매력을 더해줄 그런 목표 말일세. 보통이 넘는 막대 한 재산을 가진 시인이라면 예술이나 문화, 혹은 이 작가가 말한

30   조지프 애디슨의 비극.
31   단테의 《신곡》 중 1부.

관심 같은 필수적 생각들을 잊지 않으면서도 자신의 구상에 광대하고 새로운 아름다움을 당장 불어넣어 영혼을 뒤흔들어놓는 느낌을 전달해줄 수도 있겠지. 그런 결과를 가져오는 데 있어 시인은 관심 혹은 구상의 모든 이점은 굳게 지키면서도 세속적 예술에서 거슬리거나 형식적인 부분은 덜어낼 걸세. 창조주의 예술은 분명 가장 거친 황무지 속에, 순수한 자연의 가장 원시적 풍경 속에 담겨 있어. 하지만 이 예술은 심사숙고해야만 분명하게 보일 뿐, 명백하게 감정을 뒤흔드는 힘은 절대 가지고 있지 않네. 자, 이런 전지전능한 구상을 한 단계 낮춰서, 그러니까 인간의 예술 감각과 조화 또는 일치되는 것 안으로 들여와서 둘 사이의 중간을 만든다고 가정해보세. 예를 들어, 광활하면서도 한정된 풍경, 아름다움과 장엄함, 기이함이 하나로 합쳐져 인간보다 우월하지만 비슷한 존재들에게 인간적 관심이나 만듦새, 관리의 느낌을 전달해주는 풍경을 상상해보세. 그러면 관심을 기울인다는 느낌은 보존되면서 이 속에 녹아든 예술은 중간적, 혹은 이차적 자연의 분위기를 띠게 되겠지. 신이 아니고 신에게서 나온 것도 아니지만 인간과 신 사이에서 맴도는 천사들의 작품이라는 느낌을 풍기는 자연 말일세."

엘리슨은 이런 이상의 구현에 자신의 막대한 재산을 바치고, 그 계획을 옥외에서 직접 감독하여 확실하게 자유로이 실행하며, 이 계획들이 내놓는 부단한 목표와 그 목표의 고결한 신성, 야심에 대한 진정한 경멸, 그 영원히 마르지 않는 샘 속에서 자신의 영혼을 지배하는 단 하나의 열정, 아름다움에 대한 갈망을 싫증날 일 없이 만족시켰다. 무엇보다도 아름다움과 애정으로 그의 존재를 낙원의 자줏빛 대기로 감싸 안는 여인이 보여주는 여자다운 공감 속에서 엘리슨은 자신이 인간의 평범한 관심사를 면제받을 거라고 생각했고, 실제로 면제받았으며, 그 대신 드 스탈[32]의 황홀한 백일몽 속에서 타올랐던 행복보다 더 어마어마한 양의 행복을 얻었다.

내 친구가 실제로 이뤄낸 경이로운 구상을 독자들에게 정확히 전달할 수 없다는 게 절망스럽다. 그 구상을 묘사하고 싶지만 너무나 어려운 일이라 자신감을 잃고 세부론과 개괄론 사이에서 망설이게 된다. 어쩌면 양극단을 결합하는 게 더 나을 것 같다.

엘리슨이 처음으로 한 일은 물론 장소 선정이었다. 이 점을 고민하기 시작하자마자 그의 관심은 풍요로운 태평양 섬들로 향했다. 사실 남태평양으로 떠나기로 이미 결심까지 한 상태에서 하룻밤 고민해보더니 그 결심을 버렸다. "내가 염세주의자라면," 그는 말했다. "그런 장소가 어울리겠지. 완벽히 단절되고 고립된 데다 들고 나가기도 어려우니 그런 경우에는 매력이 넘치는 장소이겠지만, 나는 티몬[33]이 아니야. 혼자 있는 평온함을 바라지만 우울은 싫네. 내 휴식의 범위와 시간에 대한 통제권은 반드시 나한테 있어야 해. 내가 이

32   유럽 낭만주의 작가이자 이론가.
33   셰익스피어의 〈아테네의 티몬〉의 주인공.

루어놓은 것에 대해 시적 감수성을 가진 사람들이 가끔 공감도 해줬으면 좋겠고. 그렇다면 도시 근처가 내 계획을 실행하기에 가장 적절할 테니, 혼잡한 도시에서 멀지 않은 장소를 찾아봐야겠어."

엘리슨은 그런 위치의 적절한 장소를 찾아 몇 년 동안 돌아다녔고, 나도 동행했다. 내가 매료된 수많은 장소들을 그는 단호하게 거절했고, 결국에는 늘 나를 납득시켰다. 우리는 마침내 에트나 산 못지않은 전망을 자랑하는 비옥하고 아름다운 고원에 이르렀다. 그림 같은 풍경의 진정한 요소를 생각할 때 그곳 전망이 에트나 산의 그 유명한 전망을 능가한다는 데 엘리슨도 나도 의견이 일치했다.

그는 이 풍경에 취해 거의 한 시간 가까이 넋을 잃고 바라보다 기쁨의 한숨을 내쉬며 말했다. "세상에서 가장 까다로운 사람이라도 열에 아홉은 이 풍경에 만족할 거라는 걸 알고 있네. 이 파노라마는 정말로 장엄하군. 그게 지나치지만 않았어도 나도 기뻐했을걸세. 내가 아는 모든 건축가들은 멋진 '전망'을 위해 언덕 꼭대기에 건물을 짓지. 그 실수는 명백해. 어떤 분위기건 장엄함은, 특히 광대한 장엄함은 사람을 깜짝 놀라게 하고 흥분시키지만, 그러다가 피로가 몰려오고 급기야 우울해지네. 간혹 보는 경치라면 더 바랄 게 없겠지만, 계속 보는 풍경이면 최악이야. 매일 보는 풍경에서 가장 좋지 않은 장엄함은 광대한 장엄함이고, 그중 최악은 원경의 장엄함일세. 은둔 생활의 정서와 느낌, '시골로 은퇴'하며 바라는 정서와 느낌과 대립되는 그런 장엄함이지. 산꼭대기에서 바라볼 때는 세상에 나와 있다는 느낌을 받지 않을 수가 없어. 비탄에 잠긴 사람은 저 먼 곳을 바라보는 전망을 역병처럼 피하지."

탐색을 시작한 지 4년이 다 되어서야 우리는 엘리슨의 마음에 드는 장소를 찾아냈다. 그곳이 어디였는지는 물론 말할 필요가 없다. 최근 내 친구의 죽음으로 그의 영지가 일부 방문객들에게 공개되면서 아른하임은 엄숙하진 않아도 차분하면서도 비밀스러운 명성을 얻게 되었다. 오랜 세월 유명세를 누려온 폰트힐[34]과 종류는 비슷해도 훨씬 더 격이 높은 명성이었다.

아른하임에 가기 위해서는 보통 강을 이용했다. 방문객은 이른 아침 도시를 떠났다. 오전 내내 양쪽 기슭에는 고요하고 익숙한 아름다운 풍경이 펼쳐졌고, 그 굽이치는 초원 위에서는 수많은 양들이 선명한 녹색과 대조되는 하얀 털을 뽐내며 풀을 뜯었다. 잘 가꿔진 풍경은 점차 일상적 노동의 손길이 느껴지는 단순한 목축지로 바뀌어갔고, 여기에 서서히 은둔지의 느낌이 몰려오다가, 어느덧 고독을 의식하게 되었다. 저녁이 다가올수록 강은 더 좁아지고, 강둑은 더 가팔라지면서 칙칙한 빛깔의 무성한 잎으로 빼곡하게 뒤덮였다. 물은 점점 더 맑아졌다. 강은 천 번이나 굽이굽이 돌아 흘러 그 반짝이는 수면은 한순간도 1펄롱[35] 이상 보이지 않았

---

34 윌트셔의 폰트힐 수도원. 이 수도원의 폐허는 그림같이 장엄한 풍경으로 유명했다.

35 약 200미터.

다. 매 순간 배는 절대 빠져나갈 수 없는 나뭇잎 벽과 군청색 공단 지붕, 존재하지 않는 바닥으로 이루어진 마법의 원 안에 갇혀 있는 것 같았다. 용골은 어쩌다 뒤집혀버린 유령 배의 용골과 절묘하게 균형을 맞추며 이를 지탱하기 위해 실제 배와 끊임없이 발 맞춰 함께 떠갔다. 강은 이제 **골짜기**로 변했다. 표현이 딱 들어맞지는 않지만—가장 독특하다고는 할 수 없어도—놀랍기 이를 데 없는 이 풍경을 나타내기에 더 적당한 단어가 없어서 쓰는 것뿐이다. 골짜기라고 할 수 있는 것은 오로지 양쪽 기슭이 높고 나란히 가고 있기 때문이며, 다른 점에서는 닮은 데라고는 없었다. (맑은 강물이 여전히 고요히 흐르는) 협곡의 양쪽 벽은 100피트, 때로는 150피트 높이로 솟은 채 대낮의 햇빛을 가릴 정도로 서로를 향해 상당히 기울어져 있었고, 머리 위에 얽혀 있는 관목에서 빽빽하게 늘어져 내린 기다란 깃털 같은 이끼가 협곡 전체에 장례식 같은 음울한 분위기를 던지고 있었다. 강은 점점 더 자주 복잡하게 굽이치고 때로는 마치 제자리에서 맴도는 것만 같아 여행자는 이미 방향감각을 잃은 지 오래였다. 게다가 절묘하고 기이한 느낌이 여행자를 감쌌다. 이곳이 자연이라는 생각은 여전히 남아 있지만, 그 성격은 변한 것 같았다. 이곳에는 기묘한 대칭, 섬뜩한 획일성, 마법 같은 적당함이 있었다. 죽은 가지 하나, 시든 이파리 하나, 굴러다니는 조약돌 하나, 갈색 흙더미 하나 찾아볼 수 없었다. 수정처럼 맑은 물이 깨끗한 화강암이나 흠 하나 없는 이끼 위로 솟아나 그 선명한 윤곽을 바라보는 눈을 어리둥절케 하면서도 즐겁게 해주었다.

시시각각 점점 더 음침해져가는 이 미로 같은 해협을 몇 시간 동안 헤치고 나가다 느닷없이 배가 획 틀자, 갑자기 하늘에서 뚝 떨어진 것처럼 협곡의 폭에 비해 상당히 큰 둥그스름한 못이 나타났다. 직경은 200야드 정도 되었고, 딱 한 군데─들어왔을 때 배와 정면으로 마주 보는 곳─를 제외하고는 협곡의 벽과 특징은 완전히 다르지만 높이는 같은 언덕에 둘러싸여 있었다. 이곳 사면은 못 가장자리에서 45도 정도로 기울어져서 바닥에서 꼭대기까지─한 군데도 빠짐없이─아름답기 그지없는 꽃들로 뒤덮여 있었다. 향기롭게 요동치는 색채의 향연 속에 초록 잎사귀는 거의 보이지 않았다. 못은 수심이 굉장히 깊었지만 물이 너무나 맑아서 자잘하고 동그란 흰 조약돌이 두껍게 깔린 바닥이 흘끗흘끗 또렷하게 보였다. 그러니까, 못에 고스란히 비친 뒤집힌 하늘과 꽃이 흐드러지게 핀 언덕 저 아래를 굳이 쳐다보고 있지 않을 때마다 말이다. 언덕에는 나무는 고사하고 크기를 막론하고 어떤 관목도 없었다. 이 광경을 보는 사람은 풍요롭고 따뜻하고 다채롭고 고요하고 한결같고 부드럽고 섬세하고 고상하고 육감적이며 기적의 극치와도 같은 만듦새, 근면하고 멋을 알고 장대하며 까다로운 새로운 요정 종족이 꾸는 꿈같은 느낌을 경험했다. 하지만 못이 사면과 만나는 뚜렷한 시작 지점에서부터 하늘에 드리워진 구름 사이에서 모호하게 끝나는 지점까지 무수한 색채로 물든 비탈을 눈으로 따라가다 보면, 정말이지 루비며 사파이어, 오팔, 금빛 오닉스들이 하늘에서 조용히 폭포처럼 쏟아져 내리는 장관을 상상하지 않기가 힘들었다.

음울한 협곡에서 돌연 이 만으로 튀어나온 방문객은 이미 수평선 저 아래 있을 거라 생각했던 태양이 둥그렇게 눈앞에 나타나 또 다른 협곡 같은 언덕 사이 틈 너머로 끝도 없이 펼쳐진 전망을 홀로 가로막으면서 지고 있는 광경에 기뻐하면서도 놀란다.

하지만 여기서 여행자는 지금까지 타고 온 배에서 내려 안팎에 모두 선명한 진홍색으로 아라베스크 문양을 그린 가벼운 상아 카누에 옮겨 탄다. 이 배의 이물과 고물은 수면 높이 뾰족하게 솟아 있어서 전체적으로 변칙적인 초승달 모양을 하고 있다. 배는 백조처럼 당당하고 우아하게 만 표면에 떠 있다. 담비 털이 깔린 카누 바닥에는 깃털처럼 가벼운 마호가니 노가 놓여 있지만, 사공이나 안내인은 보이지 않는다. 손님은 기분이 좋아진다. 운명이 알아서 해줄 것이다. 큰 배는 사라지고, 그는 호수 한가운데 미동도 없이 떠 있는 카누에 홀로 남겨진다. 하지만 손님이 어디로 갈지 생각하는 사이에 요정의 배가 부드럽게 움직이는 게 느껴진다. 카누는 천천히 흔들거리며 빙 돌더니 마침내 뱃머리가 태양 쪽을 향한다. 배는 부드럽게 전진하며 서서히 속도를 높이고, 상아질 뱃전에 부딪쳐 부서지는 잔물결들에서는 천상의 선율이 흘러나오는 것만 같다. 어리둥절한 여행자가 아무리 주위를 둘러봐도 어디서 나오는지 보이지 않는 편안하면서도 구슬픈 음악을 설명할 방법은 이것

뿐인 것 같다.

카누가 꾸준히 앞으로 나아가 저 멀리 뻗어 있는 전망이 시작되는 바위 입구에 가까워지자 그 거리의 심도가 더 명확하게 보인다. 오른쪽으로는 아무렇게나 무성하게 자란 나무들이 숲을 이루고 있는 언덕이 높이 솟아 있다. 하지만 강기슭이 물속으로 들어가는 지점의 절묘한 깨끗함은 여전하다. 강에서 흔히 보는 돌 부스러기 하나 찾아볼 수 없다. 왼쪽의 풍경은 더 부드럽고 명백히 더 인공적이다. 여기서 강기슭은 매우 완만한 경사로 올라가면서 벨벳처럼 부드러운 질감에다 가장 순수한 에메랄드와 비교해도 뒤지지 않을 정도로 찬란한 녹색을 띤 드넓은 초원을 이룬다. 이 고원은 10야드에서 300야드까지 폭을 달리해가며 강기슭에서부터 50피트 높이의 벽까지 이어지고, 이 벽은 수없이 굽이치면서도 대체로 강 방향을 따라가다 아득히 멀리에서 서쪽으로 사라진다. 벽은 하나의 바위로 이루어져 있는데, 한때 울퉁불퉁한 절벽이었던 강의 남쪽 기슭을 수직으로 잘라 만들어졌지만 노고의 흔적은 전혀 남아 있지 않다. 다듬어진 돌은 고색창연한 빛깔을 띠고 강 위로 커다란 몸체를 쑥 내민 채 담쟁이와 인동덩굴, 들장미, 클레마티스로 뒤덮여 있다. 한결같이 이어지는 벽 위쪽과 아래쪽 선의 단조로움을 덜어주는 것은 고원을 따라서나 벽 뒤 가까운 곳에서 홀로 혹은 조그맣게 무리 지어 선 까마득히 높은 나무들로, (특히 검은 호두나무) 가지들이 종종 벽을 넘어와 늘어진 끝부분을 물속에 담그고 있다. 저 멀리 안쪽 영지는 무성한 나뭇잎에 가려 보이지 않는다.

이것들이 내가 전망 입구라 부른 곳으로 카누가 점차 다가가는 동안 보이는 것들이다. 하지만 더 가까이 다가가면 협곡처럼 보였던 모습은 사라지고 만에서 나가는 새로운 출구가 왼쪽에 나타난다. 그쪽 방향으로도 벽은 여전히 대체로 강의 흐름을 따르면서 굽이굽이 계속 이어진다. 이 새로운 출구 너머의 풍경은 멀리까지 보이지 않는데, 강이 벽과 함께 왼쪽으로 굽어져 가다가 마침내 둘다 무성한 잎사귀에 가려져버리기 때문이다.

그럼에도 불구하고 카누는 굽이굽이 휘돌아가는 강 위를 마법처럼 미끄러져 간다. 여기서 벽 맞은편의 기슭과 일직선으로 뻗은 전망 속에 보이는 벽 맞은편의 기슭이 비슷하다는 게 눈에 띈다. 무성한 초목으로 뒤덮인 높은 언덕들은 때로는 높이 치솟아 산이 되기도 하면서 여전히 풍경을 가리고 있다.

부드럽게 떠가지만 조금씩 속도를 높여가며 전진하던 여행자는 여러 번 짧게 방향을 바꾼 끝에 더 이상의 전진을 가로막는 거대한 입구, 아니 그보다는 금빛으로 빛나는 문과 맞닥뜨린다. 정교한 조각과 격자무늬로 장식된 문이 이제 빠르게 저물어가는 태양의 빛을 정통으로 받아 찬란하게 반사해 주위 숲은 온통 화염에 휩싸여 있는 것처럼 보인다. 이 입구는 높은 벽에 나 있고, 여기서 그 벽이 직각으로 강을 가로막고 있는 것처럼 보인다. 하지만 몇 초만 바라보면 대부분의 물줄기는 여전히 부드럽고 크게 휘어지면서 왼쪽으로 흘러가고 벽도 전처럼 강을 따라가는 반면, 상당한 양의 물줄기는 본류에서 갈라져 나와 잔물결을 일으키며 문 아래로 흘러내려가 시야에서 사라지고 있다는 것을 알 수 있다. 카누는 작은 물줄기를 따라 문 쪽으로 다가간다. 문의 육중한 두 날개가 서서히 음악에 맞춰 펼쳐진다. 배는 그 사이를 미끄러져 지나가, 둥그렇게 이어진 산자락 전체를 반짝이는 강물에 담그고 있는 자줏빛 산으로 완전히 둘러싸인 거대한 원형 분지 안으로 급속히 하강하기 시작한다. 동시에 아른하임 낙원 전체가 갑자기 시야에 들어온다. 황홀한 선율이 용솟음쳐 나온다. 낯선 달콤한 향기가 감각을 짓누른다. 가늘고 키 큰 동양의 나무, 그늘에서 자라는 관목들, 황금색과 진홍색 새들의 무리, 백합에 에워싸인 호수, 제비꽃과 튤립, 양귀비, 히아신스, 월화향이 흐드러진 초원, 서로 뒤얽힌 기다란 은빛 실개천들이 눈앞에서 꿈처럼 뒤섞이고, 그 모든 것들 사이에 공기의 정령과 요정들, 수호신, 땅의 신령이 힘을 합쳐 만든 환상과도 같은 반고딕과 반사라센 양식 건물들이 수많은 퇴창, 첨탑, 뾰족탑들에서 붉은 태양빛을 반사해 빛내며 우후죽순 솟구쳐 올라와 기적처럼 허공에 떠 있다.

랜더의 집

-〈아른하임 영지〉 부록

지난여름 뉴욕 강변의 군 한두 지역을 도보로 여행하던 중 어느 날 날이 저물 무렵, 가고 있던 길이 좀 이상하다는 느낌이 들었다. 유별나게 길의 기복이 심했고 지난 한 시간 동안 계곡 안에서 벗어나지 않으려는 듯이 헷갈리게 계속 빙빙 돌고 있어서, 그날 밤 묵으려 했던 B마을이 도무지 어느 쪽에 있는지 알 수가 없었다. 해는— 엄밀하게 말해서—낮 동안 거의 비치지 않았지만, 그럼에도 불구하고 날씨는 불쾌하게 후덥지근했다. 인디언 서머 때의 안개와 비슷한 자욱한 안개가 사방을 온통 뒤덮고 있어서, 내 혼란도 더 가중됐다. 대단히 걱정이 되었던 것은 아니었다. 해가 저물기 전에, 심지어 어두워지기 전에 마을에 도착하지 못한다 해도, 조그만 네덜란드계 농가나 그 비슷한 게 곧 나타날 것이다. 하지만 사실 (아마 그림같이 아름다운 경치에 비해 토양이 비옥하지는 않아서인지) 그

부근은 인가가 거의 없었다. 여차하면 배낭을 베개 삼고 사냥개를 보초 삼아 야영을 하는 것도 재미있는 경험이 될 것 같았다. 그래서 나는 폰토에게 총을 맡긴 채 편안한 마음으로 느긋하게 걸었고, 그러던 중 여기저기로 이어지는 조그만 숲 속 빈터들이 사실은 길이 아닐까 하는 생각이 마침내 들기 시작했다. 그중 가장 그럴듯해 보이는 빈터로 들어가보니 의심할 바 없는 마차 바퀴 자국과 마주쳤다. 가벼운 바퀴 자국이 분명했다. 키 큰 관목과 너무 자란 덤불들이 머리 위에서 얽혀 있었지만, 그 아래는 막힌 데가 없어서 마차 중에서 높이가 가장 높은 버지니아 산악 마차도 지나갈 수 있을 정도였다. 하지만 그 길은—그런 가벼운 나무들만 모여 있는 걸 숲이라고 부르는 게 너무 과하지만 않다면—숲 속으로 뚫려 있고 마차 자국이 분명한 흔적이 있다는 점만 제외하면, 전에 본 어떤 길과도 닮은 점이 없었다. 내가 말한 바퀴 자국도 단단하지만 적당히 촉촉한, 어느 모로 보나 제노바산 벨벳처럼 보이는 표면 위에 찍혀 있어서 겨우 희미하게 보이는 정도에 불과했다. 거기 깔려 있는 것은 분명 잔디였지만, 영국 밖에서는 좀처럼 보기 힘든 품종으로, 몹시 짧고 두껍고 길이가 균일하고 색깔이 선명했다. 마차 길에는 장애물 하나 놓여 있지 않았다. 심지어 나무토막이나 잔가지 하나도 없었다. 한때는 진로를 방해했을 돌들은 세심하게 길을 따라 양쪽에—던져놓은 게 아니라—치워놓아서 적당히 정확하고 적당히 무심하지만 전적으로 아름다운 경계선을 이루고 있었다. 그 사이사이에는 야생화들이 사방에 흐드러지게 피어 있었다.

물론 나는 이 모든 것을 어떻게 받아들여야 할지 알 수 없었다. 이건 의심의 여지없이 인공적으로 만들어진 길이었다. 그건 놀랍지 않았다. 상식적으로 볼 때, 길이라는 건 모두 인공의 작품이니까. 인공적인 면이 과하게 드러난 것도 크게 놀랄 일은 아니었다. 이제 껏 해왔던 것 같은 모든 일들이 (풍경 정원 가꾸기에 관한 책에서 말하듯이) 너무나 자연스러운 '역량'으로 거의 힘과 비용도 들이지 않고 이곳에서 행해진 것 같았다. 아니, 내가 꽃이 만발한 돌 하나에 자리를 잡고 앉아 동화 속에 나오는 것 같은 이 길을 30분 이상 감탄하며 둘러본 것은 그 인공미의 양이 아니라 **특성** 때문이었다. 보면 볼수록 한 가지가 점점 더 분명해졌다. 그것은 이 모든 배치를 한 명의 예술가, 형태에 대단한 감식안을 가진 예술가가 감독했다는 사실이었다. 단정함과 우아함, 그리고 이탈리아 용어의 진정한 의미에 부합하는 '피토레스크^{pittoresque}' 사이에서 적절한 균형을 유지하기 위해 대단한 정성이 들어가 있었다. 어느 지점에서 바라봐도, 동일한 곡선이나 색채 효과가 더 자주는 아니지만 보통 두 번씩은 등장했다. 통일성 속의 다양성이 사방에 존재했다. 가장 까다로운 비판적 취향을 가진 사람도 수정할 곳을 거의 찾을 수 없는 '구성' 작품이었다.

나는 오른쪽으로 돌아 이 길에 들어왔고, 이제 자리에서 일어나 같은 방향으로 계속해서 걸었다. 길이 너무 구불구불해서 어디에서도 두서너 걸음 너머는 보이지 않았다. 길의 특성은 전혀 변하지 않았다.

곧 졸졸 물 흐르는 소리가 부드럽게 귀에 와 닿았고, 몇 초 뒤 지금보다 조금 더 크게 휘어진 길모퉁이를 돌자, 바로 앞에 나타난 완만한 경사길 밑에 건물 같은 것이 보였다. 아래의 조그만 계곡들을 온통 에워싼 안개 때문에 아무것도 또렷하게 보이지 않았다. 하지만 해가 떨어지기 시작하면서 부드러운 산들바람이 불어왔고, 내가 언덕배기에 서 있는 사이 안개가 서서히 소용돌이치며 흩어져 아래의 풍경 너머로 흘러갔다.

풍경이 이쪽의 나무 한 그루, 저쪽에 언뜻 보이는 강, 다시 이쪽의 굴뚝 꼭대기 식으로 하나하나 완전히 드러나며 **점차** 묘사가 가능해지자, 이 모든 게 '사라지는 그림'이라는 이름으로 가끔 전시된 교묘한 환상이 아닐까 하는 생각이 들지 않을 수 없었다.

하지만 안개가 완전히 걷힐 무렵, 태양이 완만한 언덕 아래로 다졌다가 거기서 슬쩍 샤세 스텝이라도 밟는 것처럼 남쪽으로 움직여 가서 다시 완전히 모습을 드러내더니, 서쪽에서 계곡과 만난 협곡 사이로 자줏빛 광채를 뿜어냈다. 그러자 갑자기 마법의 손이 건드리기라도 한 것처럼 계곡 전체와 그 안의 모든 것이 환하게 모습을 드러내기 시작했다.

앞서 말한 위치로 태양이 미끄러져 들어오면서 처음 나타난 풍경에 나는 어린 시절 잘 짜인 극적 구경거리나 멜로드라마의 마지막 장면을 보면서 감동했던 것처럼 깊은 감명을 받았다. 석양빛이 온통 주황색과 자줏빛으로 물들어 협곡 사이로 들어왔기 때문에 기괴한 색감마저 없지 않았다. 한편 계곡을 뒤덮고 있는 잔디의 선명한 녹색은 이렇게 황홀하게 아름다운 장관을 뒤로한 채 떠나버리기 싫은 듯이 여전히 공중에 떠 있는 안개의 증기 장막에 반사되어 사방 모든 것들을 푸르스름한 색조로 물들였다.

　이렇게 안개 지붕 밑에서 내려다본 조그만 계곡의 총 길이는 300야드가 채 안 됐고 폭은 50에서 150피트, 또는 200피트까지 다양했다. 북쪽 끝부분이 가장 좁았고 남쪽으로 내려오면서 점점 넓어졌지만 규칙성은 전혀 없었다. 폭이 가장 넓은 부분은 남쪽 끝부분에서 80야드 정도 떨어진 지점이었다. 계곡을 둘러싼 사면은 북쪽 사면을 제외하고는 딱히 언덕이라고 부를 수 없는 모양새였다. 하지만 북쪽 사면에서는 툭 튀어나온 화강암이 90피트 높이로 가파르게 솟아 있어서, 앞서 말했듯이 이 지점에서 계곡의 폭은 채 50피트도 되지 않았다. 하지만 절벽에서 남쪽으로 가면 오른쪽과 왼쪽 모두 그보다 낮고 가파르지도 않고 바위투성이도 아닌 내리막으로 변했다. 한 마디로 남쪽으로 갈수록 모든 것이 경사지고 부드러워졌다. 그래도 계곡 전체는 단 두 곳만 제외하고는 다소 높은 언덕에 둘러싸여 있었다. 그중 한 지점에 대해서는 이미 말했다. 그곳은 상당히 서북쪽에 위치한 지점으로, 앞에서 묘사했듯이 칼로 도려낸 것처럼 깔끔하게 갈라진 화강암 제방의 틈 사이로 석양빛이 원형 분지 안으로 들어온 곳이다. 틈의 폭은 눈으로 따라갈 수 있는 지점까지 넓어봤자 10야드 남짓 될 것 같았다. 틈은 자연적으로 만들어진 둑길처럼 위로, 또 위로 이어져 사람의 발길이 닿지 않은 후미진 산과 숲 속으로 사라져갔다. 또 하나의 틈은 계곡 바로 남쪽 끝에 있었다. 이곳은 사면이 아주 완만한 경사를 이루며 동쪽에서 서쪽으로 150야드 정도 뻗어 있었고, 그 한중간에는 계곡 평균 바닥 높이 정도로 움푹 꺼진 지점이 있었다. 다른 모든 것과 마찬가지로, 식물도 남쪽으로 갈수록 부드러워지고 점차 낮아졌다. 북쪽 바위투성이 절벽 위에는 가장자리에서 몇 걸음 안쪽부터 아름드리 히커리나무와 검은 호두나무, 밤나무가 즐비했고 그 사이사이에는 오크나무도 몇 그루 끼어 있었는데, 특히 호두나무에서 가로로 뻗어나온 단단한 가지들이 절벽 가장자리를 훨씬 넘어서까지 팔을 뻗치고 있었다. 남쪽으로 시선을 돌리기 시작하면 처음에는 같은 수종들이 보이지만 점차 키가 작아지면서 살바토르 풍[36]으로 변한다. 부드러운 느릅나무가 보이다가 사사프라스나무와 아카시아나무가 그 뒤를 잇고, 이번에는 더 부드러운 참피나무와 박태기나무, 개오동나무, 단풍나무가 등장했다가 또다시 더 우아하고 얌전한 나무들에게 자리를 비켜준다. 남쪽 경사면은 전체가 야생 관목으로만 뒤덮여 있고, 간혹 은빛 버드나무나 하얀 미

---

36   화가 살바토르 로사의 화풍에 대한 암시.

루나무가 보일 뿐이다. 계곡 바닥에는 (지금까지 말한 식물은 절벽 위나 언덕 사면에서만 자란다는 점을 기억해야 한다) 세 그루의 나무가 서로 절연된 채 서 있었다. 하나는 키가 크고 모양이 근사한 느릅나무로, 계곡 남쪽 입구를 지키고 서 있었다. 두 번째는 히커리나무로 느릅나무보다 훨씬 컸고, 두 나무 모두 극히 아름답긴 했지만 전체적으로 느릅나무보다 훨씬 멋졌다. 이 나무는 계곡 바닥의 바위들 사이에서 솟아 나와 원형 분지 저 안쪽에 비치는 햇살 속으로 45도 각도로 우아하게 기울어져 있었고, 북서쪽 입구를 책임지고 있는 것 같았다. 하지만 이 골짜기의 자랑이자, 어쩌면 이 치아터카니[37]의 삼나무들을 제외한다면, 이제껏 본 중 단연코 가장 장엄한 나무는 이 나무에서 동쪽으로 30야드 남짓 떨어진 곳에 서 있었다. 그 나무는 목련과의 하나인 튤립나무—리리오덴드론 튤립리페룸—로, 줄기가 세 갈래로 갈라진 나무였다. 나무의 줄기 셋은 바닥에서 3피트 정도 떨어진 곳에서 모체에서 갈라져 나와 매우 서서히 조금씩 벌어졌고, 서로 4피트 정도 떨어진 지점인 가장 큰 줄기에서 잎사귀가 돋아 나왔다. 잎이 난 지점이 높이 80피트 정도이고, 큰 가지의 전체 높이는 120피트였다. 튤립나무 잎사귀의 모양과 윤기, 생생한 녹색의 아름다움은 타의 추종을 불허했다. 이

---

37 조지아 주 베이커 카운티의 플린트 강으로 흘러 들어가는 이카웨이노카웨이 샛강으로 추정.

나무의 경우, 잎사귀 폭이 족히 8인치는 되었지만, 흐드러지게 핀 꽃들이 내뿜는 멋진 광채에 그 정도 장관은 완전히 빛이 바래버렸다. 빽빽하게 모인 수백만 송이의 큼직한 꽃들이 눈부시게 빛나는 광경을 상상해보라! 내가 전달하려는 모습을 독자들이 조금이라도 감을 잡을 수 있는 방법은 그뿐이다. 그리고 최대 직경은 4피트에 높이는 20피트 정도 되는 깨끗하고 미묘하게 까칠까칠한 원주형 줄기들의 당당하고 우아한 모습을 상상해보라. 그 수많은 꽃들이, 아름다움에서는 결코 뒤지지 않지만 위엄은 한없이 뒤떨어지는 다른 나무의 꽃들과 뒤섞여 계곡 전체를 아라비아 향료보다 더 아름다운 향기로 채우고 있었다.

원형 분지 바닥은 대체로 내가 길에서 본 것과 같은 잔디로 덮여 있었다. 그래도 다른 점이 있다면, 더 섬세하게 부드럽고 두껍고 부드럽고 불가사의할 정도로 선명한 초록색이었다. 어떻게 이렇게 아름다운 풍경을 이룰 수 있었는지 상상조차 할 수 없었다.

계곡으로 들어오는 두 군데 입구에 대해 앞서 말했다. 북서쪽의 입구에서 나온 조그만 개울 하나가 부드럽게 졸졸 소리를 내고 살짝 물거품을 일으키며 계곡 아래로 흘러 내려가, 마침내 히커리나무가 홀로 솟아나 있는 바위들에 가서 부딪혔다. 여기서 개울은 나무를 휘감으며 한 바퀴 돈 다음 살짝 동북쪽으로 방향을 틀어 튤립나무를 20피트 남짓 남쪽에 남겨둔 채 그 방향으로 계속 흘러 계곡의 동서 경계선 사이 중간지점을 향해 갔다. 이곳에서 여러 번

굽이치며 흐르다 직각으로 방향을 틀어 대체로 남쪽으로 구불구불 내려가다가 마침내 계곡 아래쪽 끝부분 근처에서 반짝이고 있는 (대충 타원형이기는 하지만) 불규칙한 모양의 조그만 호수 속으로 사라졌다. 이 작은 호수는 폭이 가장 넓은 부분이 100야드 정도 되어 보였다. 그 어떤 수정도 이 호수의 물보다 더 투명할 수는 없을 것이다. 선명하게 보이는 호수 밑바닥은 온통 눈부시게 하얀 조약돌들로 덮여 있었다. 앞서 말한 에메랄드색 잔디가 깔린 기슭은 호수를 향해 경사져 내려간다기보다 다듬어지며 마무리되어 그 아래 청명한 하늘 속으로 사라졌다. 이 하늘이 어찌나 깨끗하고 때로 호수 위의 모든 것들을 어찌나 완벽하게 반사하는지, 어디서 진짜 제방이 끝나고 어디서 가짜 제방이 시작되는지 도무지 알 수가 없었다. 호수에 불편할 지경으로 넘쳐나는 송어를 비롯한 다양한 수종의 물고기들은 다들 명실상부 날치 같은 모양새를 하고 있었다. 이 물고기들이 공중에 떠 있지 않다고는 거의 믿을 수가 없었다. 가벼운 자작나무 카누 한 척이 물 위에 고요하게 떠 있었는데, 호수는 가장 절묘하게 만든 거울도 따라잡지 못할 정도로 실낱같은 섬유질 하나에 이르기까지 카누의 모습을 고스란히 비추고 있었다. 호수 북쪽 기슭에서 멀지 않은 곳에는 새집처럼 보이는 그림 같은 집 하나가 겨우 들어갈 정도의 크기밖에 안 되는 조그만 섬이 활짝 핀 꽃들과 함께 미소 짓고 있었다. 상상하지 못할 정도로 가벼워 보이지만 굉장히 원시적인 다리가 섬과 기슭을 연결하고 있었다. 넓고 두꺼운 튤립나무 판자 한 장으로만 만들어진 다리였다. 다리 길이는 40피트로, 진동을 막기 위해 아주 살짝이기는 해도 뚜렷한 호를 그리며 기슭과 기슭 사이에 걸쳐져 있었다. 개울은 호수 남쪽 끝에서 다시 시작되어 30야드 정도 구불구불 흘러가다가 마침내 (앞서 묘사한) 남쪽 경사면 가운데 있는 '움푹 꺼진 지점'을 통과해 100피트 높이의 가파른 절벽 아래로 떨어진 후 눈에 띄지 않고 구불구불 허드슨 강으로 흘러갔다.

호수는―어떤 지점에서는 30피트가 될 만큼―깊지만, 개울 깊이는 3피트를 넘는 일이 거의 없었고 가장 폭이 넓은 곳도 8피트 정도였다. 바닥과 기슭은 연못과 같았다. 굳이 미학적인 면에서 흠을 잡자면 지나치게 깔끔하다는 정도였다.

넓게 펼쳐진 녹색 잔디밭의 단조로움을 가끔 여기저기 보이는 수국이나 평범한 불두화나무, 향기로운 파라고무나무가 덜어줬고, 꽃들이 근사하게 만개한 제라늄 덤불은 더 자주 보였다. 이 제라늄은 자생식물처럼 보이게 하기 위해 땅속에 세심하게 묻어놓은 화분에 심겨 있었다. 이 외에도 벨벳처럼 부드러운 초원 곳곳에서 양들이 그림처럼 풀을 뜯고 있었고, 계곡에는 커다란 양 떼가 잘 길든 사슴 세 마리와 눈부신 깃털을 자랑하는 오리 떼와 함께 어슬렁대며 노닐고 있었다. 덩치가 산만 한 마스티프 한 마리가 방심하지 않고 이 동물들을 하나하나 지키고 있는 것처럼 보였다.

원형 분지 위쪽 편으로 경계선이 다소 가팔라지는 동쪽과 서쪽 절벽은 담쟁이덩굴이 무성하게 뒤덮고 있어서 바위 표면이 드러난 곳은 여기저기 아주 조금씩밖에 없었다. 북쪽 절벽도 마찬가지여서, 절벽 아래 바닥에서부터 기어 올라오기도 하고 절벽 사면 바위 턱에서 자라나기도 한, 보기 드물 정도로 울창한 포도 덩굴이 거의 완전히 뒤덮고 있었다.

이 조그만 영지의 아래쪽 경계선을 이루고 있는 나지막한 언덕 위에는 사슴이 달아나는 걸 막기 충분한 높이의 돌담이 깔끔하게 쌓아 올려져 있었다. 이것 말고는 어디에서도 울타리 같은 것은 보이지 않았다. 인공적인 울이 필요한 곳이 그 외에는 없기 때문이다. 예를 들어, 무리에서 벗어난 양 한 마리가 협곡을 통해 계곡 밖으로 나가려고 하면 몇 야드도 못 가서 가파른 바위 턱에 막혀 더이상 앞으로 갈 수 없게 된다. 이 영지 근처에서 처음 내 시선을 사로잡았던 작은 폭포가 떨어져 내리는 바로 그 바위 턱이다. 간단히 말해서, 이곳의 유일한 출입구는 내가 경치를 둘러보느라 멈춰 섰던 지점 몇 발자국 아래 길에 있는 바위투성이 샛길에 난 입구뿐이다.

묘사한 것처럼, 개울은 처음부터 끝까지 내내 굉장히 불규칙하게 구불구불 흘러갔다. 말했다시피 물길은 대체로 두 개의 방향으로 흘러서, 처음에는 서쪽에서 동쪽으로, 그다음에는 북쪽에서 남쪽으로 흘러갔다. 방향이 바뀌는 지점에서는 뒤쪽으로 굽이치며 거의 원형에 가까운 고리 모양으로 흘러가 넓이가 16분의 1에이커 정도 되는, 섬이라 해도 무방할 정도의 반도를 형성했다. 이 반도 위에 집 한 채가 서 있었다. 바테크[38]가 본 지옥의 테라스처럼 "이 세상의 연대기에 알려지지 않은 건축물" 같은 집이었다. 그러니까, 새로움과 적절함이 결합된 전체적 조화로 강렬한 인상을 주었다는 의미다. 한 마디로 **시적**이라고 할까. (시의 추상적 의미를 정의하자니, 방금 쓴 단어들 이상으로 엄밀한 정의를 도저히 내릴 수가 없어서 쓰는 말이다.) 그저 기괴한 측면이 보인다는 의미에서 쓴 말이 아니다.

사실 이 집보다 더 수수하고 허세라고는 없는 건물도 없을 것 같다. 그 놀라운 **효과**는 전적으로 **그림** 같은 예술적 배치에서 나오고 있었다. 그 집을 보고 있노라면 어느 저명한 풍경화가가 붓으로 지어 올린 게 아닐까 하는 상상이 들 정도였다.

처음 계곡을 바라봤던 장소는 이 집을 관찰하기에 거의 최적이기는 했지만 완전히 최적의 지점은 아니었다. 그런 관계로, 나중에 원형 분지 남쪽 끝 돌담 위에서 바라본 모습대로 이 집을 묘사해 보겠다.

본채는 길이가 약 24피트, 폭은 15피트 정도 되어 보였고, 절대 그보다 더 크지는 않았다. 땅바닥에서 지붕 꼭대기까지의 총 높이는 18피트가 넘지 않아 보였다. 본채 서쪽 끝에는 그보다 모든 면에서 3분의 1 정도 더 작은 부속채가 붙어 있었는데, 전면은 본채

---

38   윌리엄 벡퍼드가 프랑스어로 쓴 고딕소설《바테크》의 주인공.

보다 2야드 정도 뒤로 물러나 있었고 지붕선도 물론 옆의 지붕보다 상당히 낮았다. 또 다른 건물 하나가 건물들과 직각을 이루며 본채 뒤—딱 한가운데는 아닌 지점—에서 뻗어나와 있었고, 그 크기는 대체로 서쪽 부속채보다 3분의 1 정도 더 작았다. 큰 건물 두 채의 지붕은 경사가 굉장히 가팔랐다. 마룻대에서부터 길게 오목한 곡선을 그리며 떨어진 지붕은 전면 벽보다 최소 4피트는 더 튀어나와 있어서 그 아래의 두 베란다에 지붕이 되어주고 있었다. 이 지붕들에는 물론 아무런 지지기둥도 필요 없었지만, 외견상의 필요에서, 아무런 장식도 없는 가느다란 기둥이 귀퉁이에만 세워져 있었다. 북쪽 부속채의 지붕은 본채 지붕의 일부가 연장된 것에 불과했다. 본채와 서쪽 부속채 사이에는 좁다란 사각형 굴뚝이 높이 솟아 있었는데, 단단한 네덜란드 적벽돌과 흑벽돌을 번갈아 쌓고 꼭대기에는 튀어나온 벽돌로 살짝 배내기 장식을 한 굴뚝이었다. 박공 위로도 지붕들이 많이 돌출되어 있어서, 본채에서는 동쪽으로 4피트, 서쪽으로 2피트 정도가 더 튀어나와 있었다. 정문은 정확히 가운데 부분이 아니라 약간 동쪽에 치우쳐 나 있었고, 창문 두 개는 서쪽으로 치우쳐 나 있었다. 창문은 바닥까지 내려오지는 않지만 보통 창문들보다 훨씬 길고 좁았다. 창에는 문처럼 하나짜리 덧문이 달려 있었고, 창유리는 마름모꼴로 꽤 컸다. 문 위쪽 절반도 마름모꼴 유리로 이루어져 있었는데, 밤에는 이동식 덧문으로 단단히 보호했다. 서쪽 부속채의 문은 박공벽에 나 있었고 매우 소박했다. 창은 남향으로 난 창 하나밖에 없었다. 북쪽 부속채에는 외부에서는 들어가는 문이 없었고, 여기도 창은 동향으로 난 창 하나뿐이었다.

아무것도 없는 동쪽 박공벽에는 (난간 달린) 계단이 벽을 대각선으로 가로지르며 올라가 밋밋함을 덜어주고 있었다. 넓게 튀어나온 처마 밑에 달린 이 계단을 오르면 다락방으로 들어가는 문이 나온다. 이 다락방에는 빛이라고는 북향으로 난 유일한 창문으로 들어오는 햇빛밖에 없었고, 창고로 쓰려고 만들어진 것 같았다.

본채와 서쪽 부속채의 베란다에는 흔히 그렇듯이 바닥이 깔려 있지 않았지만, 문과 창문 앞의 폭신한 잔디밭 위에는 여러 가지 모양의 크고 평평한 판석을 깔아 어떤 날씨에도 편히 발을 디딜 수 있도록 했다. 딱딱 맞춰서는 아니지만 같은 판석을 깔고, 가끔 간격이 넓게 뜬 부분에는 부드러운 잔디를 심어 만든 근사한 보도들이 집에서 여기저기로 이어져 있어, 다섯 걸음 떨어진 맑은 샘으로도, 길로도, 시내 건너 북쪽, 아카시아나무와 개오동나무 몇 그루에 완전히 가려져 있는 한두 채의 딴채까지도 편하게 갈 수 있었다.

정문에서 여섯 걸음도 안 떨어진 곳에 환상적인 배나무 고목이 서 있었는데, 머리부터 발끝까지 화려한 빅노니아 꽃에 파묻혀 있어서 척 보기만 해도 달콤해 보였다. 수많은 가지들에는 여러 종류의 새장들이 걸려 있었다. 꼭대기에 고리가 달린 커다란 원통형의 고리버들 새장 안에서는 앵무새가 시끄럽게 떠들어대고 있었고,

또 한 새장에서는 꾀꼬리가 지저귀고 있었고, 세 번째 새장에는 건 방진 쌀새가 퍼덕거리고 있었다. 더 약한 새장 서너 개 안에서는 카나리아들이 소리 높여 노래 부르고 있었다.

베란다 기둥들은 재스민과 달콤한 인동덩굴이 휘감고 있었고, 본채와 서쪽 부속채 전면 사이에 생긴 귀퉁이 공간에는 포도 덩굴이 전례를 찾아볼 수 없을 정도로 풍성하게 자라나 있었다. 덩굴은 모든 구속을 거부하고 먼저 낮은 지붕 위로 기어 올라갔다가 더 높은 지붕으로 올라갔고 지붕선을 따라 오른쪽 왼쪽으로 덩굴손을 던지며 꿈틀거리며 계속 뻗어나가 마침내 동쪽 박공까지 올라간 다음 계단을 타고 내려갔다.

부속채들을 포함해 집 전체가 넓고 모서리가 둥그런, 고풍스런 네덜란드 지붕널로 지어져 있었다. 이 자재로 지은 집은 이집트 건축물 비슷하게 위쪽보다 아래쪽이 더 넓게 보이는 게 특징이다. 이 집의 경우, 집 아랫부분을 거의 에워싸다시피 하고 있는 수많은 아름다운 화분들로 인해 더욱 극도로 그림 같은 효과를 발하고 있었다.

지붕널들은 흐린 회색으로 칠해져 있었는데, 이 무채색이 집 한쪽에 그늘을 드리우고 있는 튤립나무의 생생한 초록 잎사귀와 이루는 절묘한 조화는 예술가라면 쉽게 떠올릴 수 있을 것이다.

앞서 말했듯이, 그 건물들은 돌담에서 가까운 자리에서 가장 잘 보였다. 남동쪽 모서리가 앞으로 나와 있어서 두 건물의 전면과 그림 같은 동쪽 박공이 한꺼번에 보이면서 동시에 북쪽 부속채의 모습도 슬쩍 보였기 때문이다. 그뿐만 아니라 샘 위에 지은 냉장 오두막의 예쁜 지붕 일부와 본채 근처 시내 위에 놓인 가벼운 다리도 거의 절반은 보였다.

언덕 위에 오래 있지는 않았지만, 발아래 펼쳐진 경치를 충분히 살펴볼 시간은 있었다. 길에서 헤매다 마을로 들어온 게 분명하니, 어쨌거나 여행자라는 걸 핑계 삼아 문을 열고 길을 물어보면 될 일이었다. 그래서 나는 더 이상 지체하지 않고 그 집을 향해 걸어갔다.

입구를 지나자, 천연 바위 턱에 만들어진 듯한 길이 북서쪽 절벽 사면을 따라 서서히 아래로 이어졌다. 그 길을 따라가자 북쪽 절벽 아래로 내려와 다리를 건너고 북쪽 박공을 돌아 정문 앞에 도달했다. 이 길에서는 딴채들이 전혀 보이지 않는다는 것을 나는 알아차렸다.

박공 모퉁이를 돌자, 마스티프가 짖지도 않고 소리 없이 나를 향해 달려왔는데, 눈빛과 전체적 분위기가 완전히 호랑이 그 자체였다. 하지만 나는 우호의 표시로 손을 내밀었다. 이런 호의의 손길을 거부하는 개는 이제껏 한 번도 본 적이 없었다. 녀석은 입을 다물고 꼬리를 흔들었을 뿐만 아니라 내게 앞발까지 내밀었고, 나중에는 폰토에게까지 호의를 보였다.

초인종이 보이지 않아 나는 반쯤 열린 문을 지팡이로 두드렸다. 곧 문간에 사람이 나타났다. 28살 정도 되어 보이는 젊은 여인으로, 평균보다 키가 컸고 체격은 날씬한, 아니 오히려 마른 편이었다. 나로서는 묘사조차 할 수 없는 조신한 단호함이 담긴 걸음걸이로 다가오는 여인을 보면서, 나는 속으로 생각했다. '이거야말로 인공적인 우아함과는 대조되는 자연스런 우아함의 극치로구나.' 여인에게서 두 번째로 받은 인상이지만, 첫인상보다 단연코 더 강렬하게 와 닿았던 느낌은 열정이었다. 여인의 깊숙한 눈에서 번득이는, 로맨스라고 불러야 할지 세속에 물들지 않은 순수함이라고 해야 할지 모를 강렬한 눈빛, 그런 눈빛이 내 심장 가장 깊숙한 곳까지 쑥들어와 박힌 적은 처음이었다. 왜 그런지는 알 수 없지만, 내 경우는 이런 눈빛, 때로는 스르르 입술로 옮겨가곤 하는 이런 독특한 눈빛이 여인에게 관심을 집중하게 만드는, 유일한 매력은 아니라 해도, 가장 강력한 매력이다. 로맨스라는 단어로 무엇을 암시하고자 하는지 독자들이 완전히 이해한다면, 내게 '로맨스'와 '여자다움'은 서로 교환 가능한 용어 같다. 결국 남자가 여자에게서 진정으로 사랑하는 것은, 간단히 말해서, 여성성이다. 애니(안에서 누군가가 여인을 "애니, 여보!"라고 부르는 소리가 들렸다)의 눈은 '성스러운 회색'이었고, 그 머리카락은 밝은 갈색이었다. 내가 그사이 그녀에게서 관찰할 수 있었던 것들은 이게 전부다.

여인이 들어오라고 몹시 정중하게 청했고, 나는 상당히 넓은 현관을 지나 집 안으로 들어갔다. 집을 관찰하는 게 방문의 주된 목적이었던지라, 들어가면서 오른쪽에는 건물 전면에 있던 것 같은 창문이 있고 왼쪽에는 거실로 들어가는 문이 있다는 것을 눈여겨보았다. 맞은편에 열려 있는 문 너머로 현관 크기만 한 조그만 방이 보였는데, 서재로 꾸며져 있었고 커다란 활모양 내닫이창 하나가 북쪽으로 나 있었다.

응접실로 들어가자, 랜더 씨―이것이 그 사람 이름이라는 것은 나중에 알았다―가 나를 맞이했다. 그의 태도는 정중했고 심지어 따뜻하기까지 했지만, 그때는 집주인의 생김새보다는 너무 궁금했던 집 안의 모습을 살펴보느라 정신이 없었다.

이제 보니 북쪽 부속채는 침실이었고 입구가 거실로 나 있었다. 이 문의 서쪽에 개울을 바라보는 창이 하나 있었다. 거실 서쪽 끝에는 벽난로 하나와 서쪽 부속채로 이어지는 문이 있었는데, 아마도 부엌인 듯했다.

응접실 가구는 엄격할 정도로 간소했다. 바닥에는 흰 바탕에 작고 둥근 녹색 무늬가 염색된 고급 재질의 양탄자가 깔려 있었다. 창문에는 눈처럼 새하얗고 꽤 풍성한 무명 커튼이 걸려 있었는데, 날카롭게 주름이 잡힌 커튼은 딱 바닥까지 닿도록 단호하게, 어쩌면 다소 딱딱하게 걸려 있었다. 벽은 은색 바탕에 연두색 밧줄이 지그재그로 왔다 갔다 하는 무늬의 우아한 프랑스제 벽지로 도배되어 있었다. 넓은 벽의 단조로움을 덜어주는 것은 액자 없이 걸린 쥘리앵의 정교한 석판화 〈세 개의 크레용〉 중 세 점뿐이었다. 그중 하나는 동양의 향락, 혹은 관능을 담고 있었고, 또 하나는 더할 나위 없이 흥겨운 '축제 장면'이었으며, 세 번째는 얼굴은 신성할 정도로 아름답지만 도발적인 모호한 표정을 짓고 있는 그리스 여인의 두상으로, 전에는 한 번도 내 관심을 끌지 못했던 판화였다.

더 실질적인 가구로는 둥근 탁자와 (커다란 흔들의자를 포함한) 의자 몇 개, 긴 의자 하나가 있었는데, 이 긴 의자는 크림색으로 칠하고 녹색 줄무늬를 살짝 넣은 단풍나무로 만들어졌고 바닥 부분은 등나무로 엮여 있었다. 의자들과 탁자는 서로 '짝이 맞도록' 만들어져 있었지만, 이 모든 것의 형태가 '뜰'을 계획한 사람의 머리에서 나온 게 분명했다. 이보다 더 우아한 것은 상상조차 할 수 없었다.

탁자 위에는 책 몇 권과 신기한 향수가 담긴 커다랗고 네모난 투명한 병 하나, 이탈리아산 갓을 씌우고 수수한 반투명 유리로 만든 (아르강 등이 아닌) **무영등**[39] 하나, 눈부시게 활짝 핀 꽃들이 담긴 커다란 꽃병 하나가 놓여 있었다. 사실 화려한 색과 은은한 향기를 자랑하는 꽃들이 그 방의 유일한 **장식품**이었다. 벽난로는 아름다운 제라늄 꽃들을 담은 꽃병으로 거의 꽉 차 있었다. 방 귀퉁이마다 놓인 삼각 선반 위에도 사랑스러운 내용물만 다를 뿐인 비슷한 꽃병들이 놓여 있었다. 벽로 선반은 조그만 꽃다발 한두 개로 장식되고 있었고, 열린 창 주위에는 때늦은 바이올렛이 수북이

39　광원을 집중시켜 그림자가 생기지 않도록 만든 등.

피어 있었다.

랜더 씨의 집을 내가 본 대로 자세하게 묘사하는 것 이상의 일을 하는 것은 이 글의 목적이 아니다.

모노스와 우나의 대담[40]

이는 미래의 일들이다.
_소포클레스, 《안티고네》

우나 "다시 태어난다"고요?

모노스 그렇소, 세상에서 가장 사랑스럽고 아름다운 우나, "다시 태어나는" 거요. 사제들의 설명도 거부한 채 이 알 수 없는 말의 의미에 대해 얼마나 오랫동안 생각했는지 모르오. 그러다 결국 죽음이 내게 그 비밀을 풀어주었소.

우나 "죽음"이라고요!

모노스 사랑스러운 우나, 내 말을 되풀이하는 그대 목소리가 참으로 이상하오. 걸음은 휘청거리고 눈에는 기쁜 불안감이 가득하군. 영생이라는 장엄한 새로운 경험이 당황스럽고 너무 압도적인가 보오. 그렇소, 죽음이라고 했소. 예전에는 모든 사람들의 가슴에

---

40   두 이름은 그리스어와 라틴어로 모두 '하나'라는 의미다.

공포를 불러일으키고 모든 기쁨에 곰팡이를 피게 했던 그 단어가 여기서는 얼마나 신기하게 들리는지!

우나 아, 죽음, 온갖 축제에 자리 잡고 있던 그 유령![41] 모노스, 우린 너무나 자주 그 본질에 대해 정신없이 사색에 빠지곤 했었지요! 그것이 얼마나 수수께끼 같은 방식으로 인간의 지복을 저지했었는지, "이 정도까지만, 더 이상은 안 돼!"라면서! 나의 모노스, 우리 가슴에 불타오르던 그 진지한 사랑이 처음으로 싹틀 때, 사랑이 강해질수록 행복도 커질 거라며 얼마나 헛되이 우쭐해했던가요! 사랑이 커갈수록 우리를 영원히 갈라놓으려 서두르는 그 불길한 시간에 대한 두려움이 가슴속에서 커갔어요! 그래서 머지않아 사랑하는 게 고통스러워졌죠. 그때는 증오가 오히려 자비였겠죠.

모노스 그런 슬픔은 여기서 말하지 말아요. 사랑하는 우나. 이제는 영원한 나의 연인이여!

우나 하지만 지난 슬픔의 기억이 현재의 기쁨 아닌가요? 과거의 일들에 대해 아직 하고 싶은 말이 많아요. 무엇보다 당신이 어둠의 계곡과 그림자를 지나오면서 겪었던 일들이 너무나 알고 싶어요.

모노스 눈부시게 아름다운 우나가 청했을 때 이 모노스가 들어주지 않은 적이 있었소? 아주 자세하게 모두 이야기 해주리다. 하

41　'축제의 유령'은 사람들에게 불행하고 불안한 생각을 하게 만드는 사람이나 요인을 의미하는 표현.

지만 그 이상한 이야기를 어디서부터 시작해야 하오?

우나 어디서부터?

모노스 그렇소.

우나 모노스, 무슨 말인지 알겠어요. 죽음을 통해 우린 정의할 수 없는 것을 정의하려는 인간의 성벽을 알게 되었죠. 그러니 생명이 정지한 순간부터 시작하라고는 하지 않겠어요. 대신 그 슬프고도 슬픈 순간, 당신 몸에서 열병이 빠져나가고 당신이 호흡도 움직임도 없이 마비 상태로 빠져들어 내가 당신의 파리한 눈꺼풀을 열정적인 사랑의 손길로 감겼던 그 순간에서부터 시작해요.

모노스 먼저 이 시대 인간들의 일반적 상황에 대해 한마디 이야기하겠소, 우나. 우리 선조 중 현명한―세상의 존경을 받지는 않았지만 실로 현명했던―한두 선조들이 우리 문명의 진보에 '개선'이라는 용어를 사용하는 것이 과연 적절한지 용감하게 회의를 품었던 일을 당신도 기억할 거요. 우리가 죽기 직전 5, 6세기 만에 한 번씩은 대단한 지성이 등장해, 선거권을 잃은 지금 우리의 이성으로 볼 때는 너무나 명백한 원리, 즉 자연을 통제하려 하기보다 자연법칙의 안내에 따르라고 가르쳤어야 했던 원리를 놓고 논쟁을 벌였던 시기들이 있었소. 한참 만에 한 번씩은 실용과학에서의 진보가 진정한 공리에 있어서는 퇴보라고 보는 천재들도 나타났고. 가끔은―우리에게 가장 영속적 중요성을 가졌던 진실은 상상력에게만 정확하게 전달될 뿐 홀로 있는 이성에게는 어떤 영향력도 주지 못하는 유추를 통해서만 도달할 수 있었기 때문에, 지금은 우리가 가장 뛰어난 지성이었다고 느끼는—시적 지성이 모호한 철학 사상을 한 걸음 더 발전시키고, 지식의 나무와 죽음을 불러오는 금단의 열매에 대해 말하는 신비한 우화 속에서 유아적 상태의 영혼을 가진 인간에게 지식은 어울리지 않는다는 뚜렷한 암시를 발견했소. '공리주의자들'—제대로라면 그들에게 경멸받은 사람들에게 갔어야 할 직함을 사칭한 조야한 현학자들—의 경멸 속에서 살고 죽어간 이 사람들—시인들—은 고대를 갈망했지만, 그 연모는 분별없는 것이 아니었소. 그것은 욕구가 단순하지 않았던 것만큼 즐거움도 강렬하지 않았던 시절, 환희란 존재하지 않았고 행복은 너무도 엄숙하게 심오한 색채를 띠던 시절, 푸른 강물이 울창한 산 사이를 흘러 인간의 발길이 닿은 적 없는 향기로운 원시 숲의 고독 속으로 막힘없이 흘러 들어가던, 신성하고 당당하고 더없이 행복하던 시절에 대한 갈망이었소.

하지만 혼란이 판치는 세상에서 고고하게 예외를 자청하는 것은 오히려 그 대립으로 인해 혼란을 더 가중할 뿐이었소. 아아! 우린 그 어느 때보다 불운한 시대에 떨어졌던 것이오. 위대한 '운동'—그때 유행하던 말이었지—은 계속되었소. 정신적으로 육체적으로 병든 소동 말이오. 기술—기술들—이 최고가 되고, 이들은 일단 왕좌에 오르자 자신들을 권좌로 올려준 지성을 족쇄로 묶어버렸소. 인간은 자연의 위엄을 인정하지 않을 수 없었기 때문에, 자연력을 지배하게 되고 그 지배력이 계속 증가하자 어린아이처럼 기뻐 날뛰었소. 환상 속에서 신과 만날 때조차 유아적 저능함이 만연했지. 혼란의 근원에서부터 짐작할 수 있듯이 인간은 체계에, 그리고 추상에 감염되어갔소. 일반론으로 무장했소. 이상한 사상들 중 보편적 평등사상이 지지를 얻었고, 유추와 신에게 맞서―땅과 하늘의 만물에 뚜렷이 퍼져 있는 점진적 단계의 법칙이 커다란 목소리로 경고를 하는데도 불구하고―민주주의를 사방에 퍼뜨리려고 막무가내로 시도했소. 하지만 이것은 최고의 악인 지식에서 나온 필요악이오. 인간은 알면서 동시에 복종할 수 없었으니까. 그러는 사이 연기를 내뿜는 높은 거대한 도시들이 수도 없이 솟아났소. 푸른 잎사귀들은 용광로의 뜨거운 입김 앞에 움츠러들었소. 자연의 아름다운 얼굴은 혐오스러운 질병에 망가지듯이 흉물이 되어버렸소. 사랑스러운 우나, 억지스럽고 부자연스런 것에 대한 감각이 무뎌져서 우리가 여기 잡혀 있었던 게 아닐까 싶은 생각까지 했소. 하지만 이제는 감식안이 타락했거나 학파에서 이를 연마하는 것을 무작정 무시했기 때문에 우리가 파멸을 자초했던 것 같소. 사실 이런 위기에서는 감식안만이, 순수한 지성과 도덕관념 사이에서 중용을 지키기 때문에 결코 만만하게 무시할 수 없는 능력인 감식안만이 우리를 아름다움으로, 자연으로, 삶으로 부드럽게 다시 돌려놓을 수 있었을 거요. 하지만 안타깝게도 플라톤의 명상과 놀라운 직관은 사라졌소! 플라톤이 영혼의 교육용으로 완전히 충분하다고 생각했던 음악ᵐᵒᵘˢⁱᵏᵉ도 힘을 잃었소! 이 두 가지가 완전히 잊히고 경멸당했을 때야말로 그 어느 때보다 이들이 절실하게 필요했는데 말이오.⁴²

우리 두 사람이 사랑하는 철학자 파스칼은 이렇게 말했소. "우리의 이성은 직관에 따를 수밖에 없다." 얼마나 옳은 말이오! 시간만 있었다면, 자연스러운 정서가 학파들의 가혹한 수학적 정서를 누르고 다시 예전처럼 우위를 되찾을 수도 있었을지도 모르오. 하지만 그런 일은 일어날 수 없었소. 무절제한 지식에 너무 일찍 설득당한 나머지 세상에는 노년이 도래해버린 거요. 인류는 이를 보지 못했거나, 불행하지만 힘차게 살아가면서 못 본 체한 것이고. 하지만 나는 지구의 기록을 통해 완전한 파멸이 최고의 문명의 대가라는 것을 배웠소. 단순하고 영속적인 중국과 건축의 아시리아, 천

---

42 [원주] "수많은 세대의 경험이 이미 발견한 바 있는 것보다 더 나은 것[교육 방법]을 발견하기는 힘들 것이다. 이는 신체를 위한 체육, 영혼을 위한 음악으로 요약될 수 있다." 《국가론》 2권. "이런 이유로 음악 교육이 가장 중요하다. 음악은 리듬과 화성이 영혼의 가장 내밀한 곳까지 꿰뚫고 들어가 영혼을 강력히 사로잡고 아름다움으로 채우고 아름다운 마음을 지닌 사람으로 만들어주기 때문이다…… 인간은 아름다움에 감탄하고 찬양하고, 그 아름다움을 기쁨으로 영혼에 받아들이며, 아름다움을 먹고 살고, 자신의 상태를 아름다움과 융화시킬 것이다."_같은 책 3권. 하지만 아테네인들 사이에서 음악ᵐᵒᵘˢⁱᵏᵉ은 우리들 사이에서보다 훨씬 더 포괄적 의미를 지니고 있었다. 음악은 시간과 곡조의 조화뿐만 아니라 가장 광의의 의미에서 시어와 정서, 창작도 포함했다. 사실 그들에게 있어 음악 공부란 진실만을 다루는 이성과 대비되는 심미안—아름다움을 인지하는 능력—을 전체적으로 수련하는 것이었다.

문학의 이집트, 그 둘보다 더 능란하며 모든 기술을 떠들썩하게 태동시킨 누비아를 비교해봄으로써 우리의 운명을 미리 볼 수 있었소. 이들의 역사에서 나는 미래의 빛을 보았소. 아시리아, 이집트, 누비아 문명의 인공성은 지구가 국지적으로 겪은 병이었고, 그 각각의 멸망은 병이 국지적으로 치료되는 과정이었소. 하지만 전 세계가 감염되었을 때는 죽음 외에는 어떤 재생도 기대할 수 없었소. 하나의 종으로서 인간이 멸종하지 않기 위해서는 '다시 태어나야' 만 한다고 생각하오.

가장 아름답고 가장 사랑스러운 우나, 이제 우리는 매일 꿈으로 영혼을 감싸고 있소. 이제 우린 여명의 시간에 앞으로 올 날에 대해 이야기를 나누었소. 인공으로 상처 입은 지구의 표면이 역겨운 직사각형들을 없애버릴 수 있는 유일한 방법인 정화를 거쳐 낙원의 녹음과 산언덕과 웃음 짓는 강물의 새 옷을 갈아입고 마침내 인간에게 적합한 거처가 되는 그날 말이오. 죽음으로 정화된 인간, 지식이 더 이상 독이 되지 않는 새로이 고양된 지성을 갖춘 인간, 구원받고 갱생되어 지복을 누리는, 이제는 불멸이지만 여전히 **물질** 인 인간에게 말이오.

우나 이런 대화들 잘 기억나요, 사랑하는 모노스. 하지만 불같은 파괴의 시대는 우리가 믿었던 것처럼, 그리고 당신이 말한 타락이 확실하게 보장했던 것처럼 가깝지 않았어요. 인간은 각자 살고 각자 죽었어요. 당신도 병이 들어 무덤으로 들어갔고, 충실한 당신의 우나도 신속히 그 뒤를 따랐지요. 조금도 조급함을 보이지 않고 흘러가 잠든 우리의 감각마저 고문했던 시간은 한 세기가 흘러 결국 우린 이렇게 다시 한 번 만나게 되었지만, 나의 모노스, 그래도 아직 한 세기밖에 지나지 않았어요.

모노스 그러면 오히려 막연한 영원에서 한 지점을 짚어 말해봅시다. 분명 나는 지구가 망령이 나 있을 때 죽었소. 만연한 혼란과 타락에서 비롯된 불안에 지칠 대로 지친 나는 지독한 열병에 걸리고 말았지. 당신은 고통이라고 착각했지만 너무 기운이 없었던 나머지 내가 바로잡아주지도 못했던, 희열로 충만한 꿈결 같은 망상과 고통에 며칠 동안 시달린 끝에, 당신이 말한 대로 호흡도 움직임도 없는 마비 상태가 찾아왔소. 내 주위에 서 있던 사람들은 이를 **죽음**이라고 불렀지.

말이란 모호한 거요. 내 상태는 지각을 앗아가지 않았소. 내가 보기에 내 상태는 한여름 정오에 꼼짝도 않고 누워 길고 깊은 잠에 빠졌던 사람이 오로지 잘 만큼 잤기 때문에 외부의 자극 없이 서서히 의식을 회복하기 시작하면서 경험하는 극도의 정지 상태와 크게 다르지 않았소.

나는 더 이상 숨을 쉬지 않았소. 맥박도 고요했지. 심장도 박동을 멈췄고. 의지는 사라지지 않았지만 힘이 없었소. 감각은 이상할 정도로 활동적이었지만 이상한 식이어서, 다들 종종 제멋대로 상대방의 기능을 맡곤 했소. 미각과 후각은 서로 뒤엉켜 뒤죽박죽이 되어 비정상적이고 강렬한 하나의 느낌이 되었소. 당신이 마지막까지 다정하게 내 입술을 적셔주었던 장미수는 달콤한 꽃들의 환상을 불러일으켰소. 옛 지구의 그 어떤 꽃보다 훨씬 더 사랑스럽고 환상적인 꽃들, 지금 여기 우리 주변에 그 원형들이 피어 있는 꽃들 말이오. 투명하고 핏기 없는 눈꺼풀은 시야에 아무런 장애도 되지 않았소. 의지가 정지되어 있으니 눈동자를 안구 안에서 굴릴 수는 없었지만 시야 반구의 범위 안에 있는 모든 물체들이 대체로 또렷하게 보였고, 외부 망막 위나 눈꼬리 안으로 쏟아져 들어온 빛이 눈의 앞면이나 내부 표면에 닿은 빛보다 더 효과가 선명했소. 하지만 전자의 경우에는 그 효과가 지금까지 변칙적으로 나타나서 오로지 소리로만, 그러니까 눈꼬리 쪽으로 보이는 물체들의 색조가 환하거나 어둡거나, 윤곽이 곡선이거나 각이 져 있거나에 따라 달콤하거나 거슬리는 소리로만 식별되었지. 그러는 한편, 청각은 약간 흥분되어 있기는 해도 비정상적은 아니어서, 진짜 소리를 섬세함은 물론이고 지나칠 정도로 정확하게 평가했소. 촉각도 이상하게 변화했소. 느낌은 한발 늦게 전달되었지만 끈덕지게 남아서 언제나 최고의 육체적 쾌락을 선사했소. 그래서 당신의 사랑스러운 손가락이 내 눈꺼풀을 눌렀을 때, 처음에는 그 느낌이 시각을 통해서 인식되었지만 손가락이 떠나가고 한참이 지나자 형언할 수 없는 관능적 기쁨이 온몸을 채웠소. 그렇소, 관능적 즐거움이라고 했소. 모든 지각이 순수한 관능이었소. 감각이 수동적 뇌에 전달한 내용은 죽어버린 이해력으로는 전혀 모양이 잡히지 않았거든. 고통이 약간 있었지만, 쾌락은 아주 컸소. 하지만 정신적 고통이나 기쁨은 전혀 없었소. 그래서 당신이 격렬히 흐느낄 때 그 슬픈 운율이 다 내 귀에 흘러 들어왔고, 슬픈 음조라는 것은 알 수 있었지만 내겐 부드러운 음악 그 이상은 아니었소. 사멸한 이성은 그 음악에서 눈물의 원인인 슬픔에 대한 암시를 전혀 이해하지 못했소. 내 얼굴 위로 계속해서 떨어지는 굵은 눈물방울은 구경꾼들에게는 찢어지는 마음을 보여줬겠지만, 내게는 오로지 황홀한 흥분뿐이었소. 사실 이 구경꾼들이 숨을 헐떡이며 울부짖고 있는 당신에게 나지막이 경건하게 속삭인 말이 바로 **죽음**이었소.

사람들이 내게 수의를 입혔고, 서너 명의 검은 그림자가 이리저리 분주히 오갔소. 그 사람들은 내 시야 바로 앞을 지나갈 때면 형체로 인식되었지만, 옆으로 지나가면 그 이미지는 비명이나 신음, 공포나 두려움, 슬픔 같은 비참한 표현들로 감지되었소. 당신만 흰 옷을 입고 내 주위 사방을 감미로운 음악처럼 지나다니더군.

날이 저물고 빛이 희미해져가자, 나는 모호한 불안감에 사로잡히기 시작했소. 애처로운 진짜 소리가 끊임없이 귓가에 들려올 때 잠든 사람이 느끼는 불안감 말이오. 저 멀리서 한참 만에 한 번씩, 하지만 규칙적으로 들려오는 긴 종소리가 음울한 꿈과 뒤섞이는 느낌이었소. 밤이 찾아왔고, 그 그림자와 함께 괴로운 불편함이 찾아왔소. 뭔가 묵직한 물건이 내 사지를 누르고 있다는 느낌이 명백하게 드는 거요. 또 한탄 소리도 들려왔는데, 저 멀리서 울리는 파도 소리와 다르지 않았지만 더 지속적이었소. 황혼 무렵 때부터 들려오기 시작했는데 어둠이 내리자 더 커져가더군. 갑자기 방 안으로 빛이 들어오더니, 같은 소리이기는 하지만 덜 서글프고 덜 또렷한 소리가 단속적으로 자주 터져 나오면서 곧 이 울림을 방해했소. 묵직한 압박감도 크게 덜해졌고, (거기 있던 수많은) 등불 하나하나에서 감미로운 단조음이 계속해서 내 귓속으로 흘러 들어왔소. 그때 내가 누워 있는 침상으로 사랑스러운 우나, 당신이 다가와 내 옆에 살짝 앉더니 달콤한 입술에서 향기로운 숨을 내쉬며 내 이마에 입술을 갖다 대자, 그 상황에서 비롯된 단순한 육체적 감각과 뒤섞여 가슴 속에서 감정 비슷한 뭔가가 떨리며 일어났소. 당신의 진실한 사랑과 슬픔에 대한 감사와 응답이 반반씩 뒤섞인 감정이었지만, 맥박이 멈춰버린 심장에 뿌리를 두고 있지 않은 이 감정은 사실, 현실보다는 그림자와도 같아서 순식간에 희미해지면서 처음에는 완전히 정지 상태에 빠지더니 다음에는 전과 마찬가지로 순수한 관능적 쾌락으로 변해버렸소.

이제 파괴되고 혼란에 빠진 평상시 감각에서 제6의, 완벽한 감각이 생겨난 것 같았소. 그 감각을 사용하자 전율이 이는 기쁨이 느껴졌소. 하지만 그 기쁨은 이해력을 전혀 포함하지 않는다는 점에서 여전히 육체적인 것이었소. 육체의 움직임은 완전히 정지되었소. 근육은 미동조차 하지 않았고, 신경도 흥분하지 않았고, 동맥

도 고동치지 않았지. 하지만 머릿속에서는 단순한 인간의 지성에
는 그 어떤 말로도 희미한 개념조차 전달할 수 없는 무엇인가가가
솟아나는 느낌이 들었소. 그걸 정신의 진동이라고 부릅시다. 그건
인간이 가진 시간의 추상개념이 정신적으로 구체화된 것이었소.
이 움직임—혹은 이것 같은 움직임—이 완전히 균일해지면서 천
계의 천체들의 주기도 조정되었소. 그 도움으로 벽난로 선반 위의
시계와 수행원들의 시계가 불규칙하다는 것을 알았지. 째깍거리는
시계 소리가 낭랑하게 귀를 울렸소. 정확한 균형에서 미세하게 어
긋난—이런 일탈은 사방에 만연했소—그 소리가 지상에서 추상적
진실의 위반이 도덕적 감각에 영향을 끼치듯이 내게 영향을 미쳤
소. 그 방에 있던 시계들 중 초까지 서로 정확하게 들어맞는 시계
는 하나도 없었지만, 나는 조금도 힘들이지 않고 그 음조들을 다
따라가면서 각각의 찰나의 오류들을 감지할 수 있었소. 스스로 존
재하는 이 날카롭고 완벽한 시간의 흐름에 대한 감각, 어떤 사건들
과도 별개로 존재하는 (그 존재를 인간이 조금도 상상하지 못했
던) 이 감각, 이 생각, 다른 감각들의 재에서 솟아난 제6의 감각이
현세의 영원의 문턱에 선, 시간을 초월한 혼이 처음으로 내딛는 분
명하고 확실한 발걸음이었소.

　자정이 되었고, 당신은 여전히 내 옆에 앉아 있었지. 다른 사람
들은 나를 관에 눕혀놓고 다들 죽음의 방에서 떠났소. 등불이 깜
박거리며 타고 있었소. 단조롭게 떨리는 긴장감으로 알 수 있었소.

하지만 갑자기 이 긴장감의 강도와 크기가 모두 줄어들더니 마침내 완전히 멈추는 거요. 코에서 느껴졌던 향기도 사라졌고, 시야에는 어떤 형체도 보이지 않았소. 가슴을 짓누르던 어둠의 압박감도 사라졌소. 전기 같은 둔한 충격이 온몸에 스며들더니 접촉감이 완전히 사라졌소. 인간이 감각이라고 불러온 모든 것이 유일한 존재의 의식과 유일하게 남은 시간의 흐름의 감각 속에 합쳐졌소. 유한한 육체가 마침내 치명적인 부패의 손길에 내맡겨진 거요.

하지만 모든 감각이 다 떠나버린 것은 아니었소. 남아 있는 의식과 감각의 일부 기능들을 무기력한 직관이 대신했으니까. 나는 내육체에서 벌어지고 있는 무시무시한 변화를 인식하고 있었고, 꿈꾸는 사람이 자기 위로 몸을 숙이는 사람의 존재감을 때로 인식하듯이 당신이 내 옆에 있다는 것을 어렴풋이 느낄 수 있었소. 또한둘째 날 정오가 되었을 때, 당신을 내 옆에서 데려가고 나를 관 안에 집어넣은 다음 다시 영구차에 싣고 묘지로 데려가 무덤 안으로집어넣고 그 위로 무거운 봉분을 쌓은 후 암흑과 부패 속에, 벌레들과 함께하는 슬프고 엄숙한 잠 속에 내버려둔 채 떠나는 움직임들을 모두 다 의식하고 있었소.

세상에 밝힐 비밀도 거의 없는 이 감옥 속에서 며칠, 몇 주, 몇 달이 흘러갔고, 영혼은 날아가는 매초를 힘도 들이지 않고 면밀히 주시하며 그 시간의 흐름을 기록했다오. 노력할 필요도, 목적도 없이.

1년이 지났소. 존재한다는 의식은 매 시각 점점 더 희미해졌고,

그저 위치한다는 의식이 그 자리를 상당히 대신했소. 존재에 대한 생각은 장소에 대한 생각에 흡수되고 있었소. 한때 육체였던 것을 둘러싸고 있던 좁은 공간은 이제 육체 그 자체가 되어가고 있었고. 마침내 (죽음은 오로지 잠과 잠의 세계로만 이미지화할 수 있으니) 지상에서 잠들어 있는 사람이 종종 겪듯이, 스쳐 가는 불빛에 화들짝 놀라 반쯤은 잠에서 깼지만 반은 여전히 꿈속을 헤매고 있을 때처럼, 그림자에 완전히 둘러싸여 있던 나를 놀라게 할 수 있는 유일한 그 빛, 영원한 사랑의 빛이 나를 찾아왔소. 사람들은 내가 어둠 속에 누워 있는 무덤에서 분주히 작업을 하고 축축한 흙을 파냈소. 그러더니 썩어 흙이 된 내 뼈 위로 우나의 관이 내려왔소.

이제 다시 모든 것이 무無가 되었소. 흐릿한 불빛도 꺼졌소. 미약한 흥분의 떨림도 서서히 멈추었소. 수많은 루스트라[43]가 있었소. 먼지는 먼지로 돌아갔고, 벌레들의 먹이도 다 사라졌지. 존재한다는 감각은 마침내 완전히 사라졌고, 그 대신—모든 것 대신—장소와 시간이라는 강력하고 영원한 독재자가 지배했소. 존재하지 않고, 형체가 없고, 사고도 없고, 지각도 없으며, 영혼은 없지만 그렇다고 물질로 이루어지지도 않은, 이 무無이면서 불멸인 존재에게는 무덤이 여전히 집이며 잠식하는 시간이 친구요.

43   고대 로마에서 유래한 5년의 기간을 의미하는 '루스트룸'의 복수형.

그림자-우화

이 글을 읽는 당신은 아직 산 자들 사이에 있지만, 이 글을 쓰는 나는 이미 그림자의 영역에 들어선 지 오래되었을 것이다. 실로 불가사의한 일들이 벌어지고, 비밀이 알려지고, 수많은 세기가 흐른 뒤에야, 이 기록이 세상에 공개될 것이다. 그때조차 이 기록을 믿지 않는 사람들도, 의심하는 사람들도 있겠지만, 몇몇 사람들은 철필로 새긴 이 글을 읽으며 많은 생각을 하게 될 것이다.

그해는 공포의 해, 세상 그 어떤 언어로도 표현할 수 없는, 공포보다 더 무시무시한 감정이 요동쳤던 해였다. 수많은 불가사의한 조짐과 징후가 나타났고, 역병이 검은 날개를 활짝 펼쳐 땅과 바다를 막론한 온 세상을 뒤덮었다. 별자리를 잘 아는 사람들은 하늘이 홍조를 띠고 있다는 것을 모르지 않았다. 다른 누구보다 나, 그리스인 오이노스에게는 양자리의 등장과 함께 목성이 끔찍한 토성

164

의 붉은 고리와 합쳐지는 때가, 794년 주기의 교체 시기가 도래했다는 게 명백하게 보였다. 내 큰 착오가 아니라면, 하늘의 기묘한 기운은 지구의 물리적 천체에서뿐만 아니라 인류의 영혼과 상상력, 명상에서도 분명히 나타났다.

우리 일곱 사람은 프톨레마이스[44]라는 어스레한 도시의 한 장대한 홀 안에서 키오스 적포도주 몇 병을 마시며 밤을 보내고 있었다. 이 방에 들어오는 입구라고는 높다란 황동문밖에 없었고, 그 문을 제작한 장인 코리노스의 보기 드문 솜씨 덕에 문은 안에서 단단히 잠겨 있었다. 또한 이 우울한 방에는 검은 휘장이 둘러져 있어서 달과 소름 끼치는 빛을 발하는 별들, 인적 없는 거리를 시야에서 차단하고 있었다. 하지만 불길한 징조와 불행의 기억은 그런 식으로 몰아내지지 않았다. 뭐라 형언할 수 없는 것들, 물질적이고 정신적인 것들이 우리를 온통 에워싸고 있었다. 무거운 공기, 질식할 듯한 답답함, 불안감, 무엇보다 감각은 날카롭게 살아서 깨어 있지만 사고의 힘은 잠들어 있을 때 예민한 신경이 경험하는 끔찍한 존재감이 사방에 감돌았다. 무지막지한 무거움이 우리를, 우리의 팔다리를, 집 안 가구들을, 우리가 들고 있는 술잔을 짓누르고 있었다. 모든 것이 우울하게 축 처지고 풀이 죽어 있었다. 술자리를 밝혀주는 일곱 개의 철제 등불에서 나오는 불꽃들만이 예외였

[44]   이집트 북부 나일 강변 도시.

다. 불꽃은 길고 가느다란 빛을 내뿜으며 미동도 없이 핼쑥하게 타올랐다. 그 빛이 우리가 앉아 있는 흑단 원형탁자를 거울로 만들었고, 그 자리에 모여 앉은 우리는 거울 속에서 자신의 창백한 얼굴과 친구들의 내리깐 눈에 비치는 불안한 눈빛을 보았다. 그래도 우리는 웃었고, 우리 나름의 적절한 방식으로 유쾌하게 즐겼다. 히스테릭한 모습이었다. 아나크레온의 노래를 불렀다. 광기였다. 마구 마셔댔다. 하지만 보랏빛 포도주는 피를 연상시켰다. 왜냐하면 우리 방에는 또 한 명의 거주자, 젊은 조일루스가 있었기 때문이다. 그는 죽은 채로 수의를 입고 반듯이 누워 있었다. 그 방의 수호신이자 악령이었다. 아아! 그는 우리의 환락을 조금도 함께하지 못했지만, 역병으로 일그러진 그 얼굴과 죽음으로 역병의 불길이 반만 꺼진 그 눈만은 우리의 환락에 관심을 보이는 것 같았다. 죽은 자가 앞으로 죽게 될 자의 환락에 어쩌다 보일 정도의 관심을. 나, 오이노스는 망자의 눈들이 나를 보고 있다는 것을 느꼈지만, 그 비통한 눈길을 애써 외면한 채 흑단 거울만 물끄러미 내려다보면서 테이오스의 아들의 노래들을 커다랗고 낭랑하게 불렀다. 하지만 점차 내 노래도 멈췄고, 방 안 저 멀리 검은 휘장 사이에서 울리던 메아리 소리도 잦아들어 들릴락 말락 해지더니 스르르 사라졌다. 보라! 노랫소리가 사라진 그 검은 휘장들 사이에서 뭔지 알 수 없는 검은 그림자가 나왔다. 달이 하늘에 낮게 걸렸을 때 생기는 사람의 그림자와도 비슷했지만 사람도, 신도, 익숙한 어떤 것의 그림자도 아니었다. 그림자는 방의 휘장들 사이에서 잠시 떨고 있다가 마침내 황동문 표면 위에 온전히 모습을 드러냈다. 하지만 그림자는 흐릿하고 형체도 없고 불분명했다. 사람의 그림자도, 신의 그림자도 아니었다. 그리스의 신도, 칼데아의 신도, 이집트의 신도 아니었다. 그림자는 문 수평부 아치 아래 황동문 표면에 정지하더니 움직이지도 않고 말 한 마디 없이 가만히 거기서 머물렀다. 그림자가 머물고 있던 문은, 내 기억이 맞다면, 수의를 입은 젊은 조일루스의 발과 맞닿아 있었다. 하지만 그 자리에 모인 우리 일곱 사람은 그림자가 휘장 사이에서 나오는 것을 보았으면서도 감히 계속 쳐다볼 엄두도 내지 못하고 눈을 내리깐 채 흑단 거울만 계속해서 응시했다. 마침내 나, 오이노스가 그림자에게 사는 곳과 이름을 조그만 목소리로 간단히 물었다. 그림자가 대답했다. "나는 그림자, 내가 사는 곳은 프톨레마이스 지하 묘지 근처, 불결한 카론 수로와 맞닿아 있는 어스레한 헬루시온 평야 바로 옆이오." 그러자 우리 일곱은 기겁해서 벌떡 일어나 몸서리를 치며 덜덜 떨었다. 그림자의 목소리가 한 사람이 아닌 여러 사람의 어조로 음절마다 억양을 달리하며 세상을 떠난 수천 명 친구들의, 기억에도 생생한 익숙한 어투로 우리 귀에 음산하게 내려앉았기 때문이다.

침묵-우화

우리 세상은 말로 이루어진 세상이다.
우리는 고요를 침묵이라고 부른다.
이는 그야말로 모두의 언어이다.
_알크만

산봉우리는 잠들어 있다. 골짜기와 바위, 동굴들은 침묵한다.

"내 말 들어봐," 악마가 내 머리에 손을 올리며 말했다. "내가 말하는 곳은 리비아의 자이르 강 접경 지역에 있는 황량한 지대야. 거기는 고요도, 침묵도 없어.

강물은 사프란같이 노랗고 역겨운 색인데, 바다로 흘러 들어가지도 않고 거세게 경련을 일으키면서 태양의 벌건 눈 아래에서 끝없이 고동치고 있어. 질척한 강바닥 양안으로는 거대한 수련들이 창백한 사막처럼 몇 마일이나 펼쳐져 있고, 그 고적한 곳에서 서로에게 한숨을 쉬어대며 하늘을 향해 송장 같은 긴 목을 뻗고 머리를 영구히 앞뒤로 까딱거리고 있지. 수련들 사이에서는 희미하게 중얼거리는 소리가 들려오는데, 마치 지하에서 흐르는 물소리 같

아. 그러면서 서로에게 한숨을 쉬어대지.

하지만 수련의 영토에도 경계가 있어. 어둡고 소름 끼치고 높다란 숲이 만든 경계선이야. 숲에서는 나지막한 덤불들이 헤브리디스 제도[45]의 파도처럼 끊임없이 요동치고 있어. 하지만 하늘에는 바람 한 점 없지. 태곳적부터 자리를 지키고 있는 키 큰 나무들은 우레 같은 굉음과 함께 이리저리 영구히 흔들리고 있어. 그 까마득한 꼭대기에서는 마르지 않는 이슬이 한 방울 한 방울씩 떨어지고, 나무뿌리에는 독을 품은 괴상한 꽃들이 뒤숭숭한 꿈자리에 몸부림치며 누워 있어. 머리 위에서는 회색 구름이 요란하게 바스락거리며 끝도 없이 서쪽으로 몰려가 불같이 타오르는 수평선 벽 너머로 폭포처럼 굴러떨어지지. 하지만 하늘에는 바람 한 점 없어. 자이르 강 유역에는 고요도, 침묵도 없어.

밤이었고 비가 내렸지. 하늘에서 떨어질 때는 비였지만, 떨어지고 나서 보면 피였어. 나는 키 큰 수련들이 빼곡하게 자란 늪지에 서 있었고, 머리 위로는 줄기차게 비가 쏟아졌지. 수련들은 장엄한 적막을 못 이겨 서로에게 한숨을 쉬어댔고.

갑자기 소름 끼치는 엷은 안개를 뚫고 달이 떠올랐어. 심홍색 달이었지. 시선이 달빛을 받으며 강가에 서 있는 커다란 잿빛 바위에 가닿았어. 바위는 잿빛에다 섬뜩했고 높다랗게 치솟아 있었어.

---

45 스코틀랜드 북서쪽에 있는 제도.

잿빛 바위 앞면에 글자가 새겨져 있더군. 글자를 읽으려고 강기슭 가까이로 수련을 헤치며 늪지를 가로질러 걸어갔어. 하지만 무슨 소리인지 알 수가 없더군. 다시 늪지로 돌아가고 있는데, 달빛이 더 새빨갛게 변하는 거야. 그래서 돌아서서 다시 바위를, 그리고 그 위 글자를 쳐다보았지. 적막이라는 글자였어.

위쪽을 쳐다보니 바위 꼭대기에 한 남자가 서 있더라고. 나는 남자의 행동을 보려고 수련들 사이로 몸을 숨겼어. 남자는 큰 키에 체격이 당당하고 어깨부터 발끝까지 고대 로마의 토가를 두르고 있었어. 전체 윤곽은 똑똑히 보이지 않았지만, 이목구비는 신의 것이었어. 밤과 안개와 달과 이슬의 장막이 그 얼굴의 이목구비만은 뒤덮지 않았거든. 드높은 이마에는 생각이 가득했고, 눈에는 근심이 휘몰아치고 있었어. 뺨에 팬 몇몇 주름 속에서 나는 슬픔과 피로, 인간 혐오, 고독에 대한 갈망을 읽었지.

남자가 바위에 앉아 손으로 얼굴을 괴고 적막한 황무지를 바라보더군. 어수선하게 흔들리는 나지막한 덤불을 내려다보고, 태곳적부터 서 있던 키 큰 나무들도 올려다보고, 그 위 바스락거리는 하늘을, 그리고 선홍빛 달도 쳐다보았어. 나는 수련의 은신처에 몸을 숨기고 남자의 행동을 지켜보았지. 남자는 고독에 몸부림쳤어. 하지만 밤은 깊어가고, 남자는 바위 위에 앉아 있었지.

남자는 하늘에서 시선을 돌려 황량한 자이르 강과 섬뜩하게 샛노란 강물, 창백한 수련 군단을 바라보았어. 남자는 수련의 한숨

소리를, 그 사이에서 올라오는 중얼거림을 들었지. 나는 은신처에 꼭꼭 숨어 남자의 행동을 지켜보았지. 남자는 고독에 몸부림쳤어. 하지만 밤은 깊어가고 남자는 바위에 앉아 있었지.

그러자 나는 늪지대 깊숙한 곳으로 내려가 끝없는 수련들을 헤치며 멀리멀리 힘겹게 걸어가 늪지대 깊숙한 곳에 사는 하마를 불렀어. 하마는 내가 부르는 소리를 듣고 거수巨獸와 함께 바위 밑으로 나오더니 달빛 아래에서 무시무시하게 큰 소리로 포효했어. 나는 은신처에 꼭꼭 숨어 남자의 행동을 지켜보았지. 남자는 고독에 몸부림쳤어. 하지만 밤은 깊어가고 남자는 바위에 앉아 있었지.

그러자 나는 폭풍우에게 소동을 일으키라는 저주를 내렸어. 그전에는 바람 한 점 없던 하늘에 무시무시한 비바람이 모여들었어. 격렬한 비바람이 몰아치면서 하늘은 납빛이 되었지. 빗줄기가 남자의 머리를 때리고, 강물이 홍수가 되어 흐르고, 고통에 못 이겨 거품이 부글부글 끓어오르고, 수련은 하상河床에서 비명을 질러대고, 숲은 바람 앞에서 무너지고, 천둥은 으르렁대고 벼락이 내리치고, 바위는 근저까지 뒤흔들렸지. 나는 은신처에 꼭꼭 숨어 남자의 행동을 지켜보았지. 남자는 고독에 몸부림쳤어. 하지만 밤은 깊어가고 남자는 바위에 앉아 있었지.

그러자 나는 화가 나서 강과 수련과 바람과 숲과 하늘과 천둥과 수련의 한숨에 **침묵**의 저주를 내렸어. 모두 저주에 걸려 **조용해졌**어. 달은 비틀거리며 하늘로 올라가기를 멈췄고, 구름은 꼼짝도 하지 않고 걸려 있었고, 강물도 제 수위로 되돌아가 가만히 있었고, 나무들도 휘청거리기를 멈췄고, 수련도 더 이상 한숨짓지 않았고, 그 사이에서는 더 이상 중얼거림도 들리지 않았고, 끝없이 광대한 사막 전체에 소리의 그림자조차 보이지 않았지. 바위에 새겨진 글자를 보았더니, 글자들이 변해 있더군. 침묵이라는 글자였어.

내 시선이 남자의 얼굴에 가닿자, 그 얼굴이 공포로 창백하게 질렸어. 남자는 허둥지둥 손으로 괴고 있던 고개를 들고 바위 위에 서서 귀를 기울였어. 하지만 끝없이 광대한 사막에는 어떤 목소리도 들리지 않았고, 바위 위의 글자는 침묵이었지. 남자는 부르르 떨더니 고개를 돌리고 서둘러 멀리멀리 달아나버렸어. 그래서 더 이상은 그 남자를 보지 못했지."

*　　*　　*

쇠로 장정한, 마기족의 음울한 책들에는 재미있는 이야기가 많이 들어 있다. 천상과 지상, 위대한 바다의, 또 바다와 땅, 높은 하늘을 다스리는 귀신들의 영광스런 역사가 실려 있다. 무녀들의 이야기 속에도 많은 전승담들이 있다. 도도나[46] 주변에서 흔들리던 어슴푸레한 잎사귀들은 오래전의 신성하고 신성한 이야기들을 들었다. 하지만 알라신께 맹세코, 무덤 그늘 밑에서 악마가 내 옆에 앉아 들려준 우화가 단연코 최고였다! 악마는 이야기를 마치고 뒤

46　　제우스의 신탁을 듣던 성지.

로 넘어져 무덤 구멍 속으로 곤두박질치며 웃었다. 나는 악마와 함께 웃을 수 없었고, 내가 웃지 못하자 악마는 나를 저주했다. 영원히 무덤 속에서 사는 스라소니가 무덤에서 나와 악마의 발치에 앉더니, 그 얼굴을 빤히 쳐다보았다.

폰 켐펠렌과 그의 발견

모리 중위가 막 발표한 상세한 성명서와 《실리먼스 저널》에 실린 요약본뿐만 아니라 극히 정밀하고 정교한 아라고의 논문까지 나온 마당이니, 폰 켐펠렌의 발견에 대해 황급히 몇 마디 한다고 해서 내가 이 문제를 과학적 관점에서 보려는 의도를 가지고 있다고는 물론 생각하지 않을 것이다. 내 목적은 우선 그저 (몇 년 전 개인적으로 조금 알게 된 영광을 누린) 폰 켐펠렌 본인에 대해 몇 마디 하려는 것이다. 현재로서는 그에 관한 것이라면 무엇이든 흥미로울 수밖에 없는 상황이니까. 그리고 두 번째 목적은 그 발견의 결과를 전반적으로 추리하며 살펴보는 것이다.

하지만 내가 내놓을 피상적 관찰에 전제를 달아두는 게 좋을 것 같다. 내 관찰은 (이런 경우 보통 그렇듯이 신문에서 조금씩 수집해서 얻은) 일반적 인상, 즉 이 의문의 여지없이 놀라운 발견을 누구도 예측하지 못했다는 생각을 단호히 부정한다.

《험프리 데이비 경의 일기(런던 코틀앤먼로 출판사, 150쪽)》의 53쪽에서 82쪽을 보면, 이 저명한 화학자가 현재 논의되는 그 아이디어를 생각해냈을 뿐만 아니라 현재 폰 켐펠렌이 의기양양하게 성공시킨 것과 완전히 똑같은 분석을 통해 실제로 실험상 상당한 진전을 이루었다는 것을 볼 수 있을 것이다. 폰 켐펠렌은 이를 조금도 언급하지 않지만, 적어도 그 연구의 최초의 힌트는 《일기》에서 얻은 것이 분명하다(이는 어떤 주저함도 없이 말하는 바이며 필요하다면 증명도 할 수 있다). 약간 전문적인 내용이기는 하지만, 《일기》에서 두 부분을 첨부하지 않을 수 없다. [필요한 대수학 부호도 없고 《일기》는 아테네움 도서관에서 찾아볼 수 있으니, 포 씨의 원고 일부는 여기서 생략하도록 하겠다.—편집자]

그 발명이 메인 주 브룬스윅 출신 키삼 씨의 업적이라고 주장하는 〈쿠리어 앤 인콰이어러〉지의 단평이 현재 언론에 널리 퍼지고 있는데, 그 주장이 불가능하다거나 몹시 있을 법하지 않은 건 아니지만, 내가 보기에는 몇 가지 이유에서 출처가 의심스럽다. 자세한 이야기는 하지 않겠다. 그 단평에 대한 내 의견은 주로 글의 태도에 근거를 두고 있다. 그 글은 진실하게 보이지 않는다. 사실을 말하는 사람들은 키삼 씨처럼 날짜와 요일, 정확한 장소를 그렇게 시시콜콜하게 쓰지 않는다. 게다가 키삼 씨가 주장하는 것처럼 지명된 시기—거의 8년 전—에 실제로 그런 발견을 했다면, 세상 전체는 아니라 해도 자신에게 얼마나 어마어마한 이익이 올지 한낱 시골뜨기라 해도 알았을 텐데 왜 키삼 씨는 그 어마어마한 이익을 거둬들일 조치를 그 즉시 취하지 않았던 걸까? 상식을 갖춘 사람이 키삼 씨가 주장하는 발견을 해내고도 그 후에 키삼 씨가 인정하듯 그렇게 아기처럼—올빼미처럼—행동할 수 있었다는 것은 내가 보기에는 정말 믿기 힘들다. 그건 그렇고, 키삼 씨는 누구인가? 〈쿠리어 앤 인콰이어러〉의 단편 전체가 '이야깃거리를 만들어내기' 위해 만들어진 조작이 아닐까? 글에 사기의 분위기가 농후하다는 걸 인정하지 않을 수 없다. 내 변변찮은 의견으로 그 글은 신뢰성이 거의 없다. 과학자들이 자신의 연구 영역을 벗어난 문제에 있어서는 얼마나 쉽게 미혹되는지 경험을 통해 잘 알지 않았다면, 드레이퍼 교수처럼 대단한 화학자가 이 발견을 자기가 했다고 주장하는 키삼 씨(혹은 퀴젬 씨)의 말을 그렇게 진지하게 논의하는 걸 보고 엄청나게 놀랐을 것이다.

험프리 데이비의 《일기》 이야기로 다시 돌아가자. 이 소책자는 사람들에게 공개하기 위해 쓴 것이 아니다. 심지어 작가가 사망한 후에도 공개할 목적이 아니었다. 작가를 조금이라도 아는 사람이라면 문체만 조금 봐도 당장 이 사실을 알았을 것이다. 예를 들어, 13쪽 중간쯤에 보면 질소 초급 산화물에 대한 연구 이야기가 나온다. "30초도 지나지 않아 호흡이 계속되면서 점차 줄어들었고 모든 근육에 살짝 압박을 가하는 것과 비슷한 뒤를 이었다." 호흡이

"줄어든" 것이 아니라는 사실은 뒤이은 문장의 문맥상 분명할 뿐더러, 호흡은 뒤이은 문장의 주어로도 맞지 않다. 이 문장의 의도는 분명 이러하다. "30초도 지나지 않아, 호흡이 계속되면서 [이런 느낌들은] 점차 줄어들었고 모든 근육에 살짝 압박을 가하는 것과 비슷한 [감각이] 뒤를 이었다." 비슷한 수많은 예들로 볼 때, 이렇게 배려라곤 없이 출판된 원고는 작가가 자기 혼자만 보려고 대충적은 필기장에 불과하다는 것을 알 수 있다. 생각이 있는 사람이라면 거의 누구든 소책자를 살펴보는 것만으로도 내 가정이 옳다고 납득할 것이다. 사실 험프리 데이비 경은 과학적 주제에 헌신할 사람이 절대 아니었다. 그는 사기꾼 같은 짓을 유독 싫어했을 뿐더러, 경험주의자로 보이는 것을 병적으로 두려워했다. 그래서 지금 논의되는 문제에 있어 자신이 올바른 방향으로 가고 있다는 것을 아무리 확신했다 하더라도, 가장 실제적으로 증명할 준비가 확실하게 완료되기 전까지는 절대로 입 밖에 내지 않았을 것이다. (조야한 추측으로 가득 찬) 이 《일기》를 태우라는 소원이 제대로 이행되지 않을 수도 있다는 의심을 품었더라면, 분명 데이비 경은 비참한 심정으로 눈을 감았을 것이다. 사실 그렇게 된 것 같으니 말이다. '소원'이라고 한 이유는, '태우라'는 지시를 내린 잡다한 글들에 이 공책을 포함시키려고 했던 게 의심의 여지없이 분명하기 때문이다. 공책이 불길을 피한 게 다행인지 불행인지는 앞으로 두고 볼 일이다. 나는 위에서 인용한 구절들과 그 비슷한 구절들이 폰 켐펠렌에게 힌트를 주었다고 굳게 믿는다. 하지만, 다시 말하는데, (어떤 상황에서도 **중대한**) 이 중대한 발견이 인류 전체에 도움이 될지 손해가 될지는 두고 봐야 할 문제이다. 폰 켐펠렌과 그의 가까운 친구들이 커다란 이익을 거두게 되리라는 것은 불 보듯 뻔한 일이다. 조만간 집과 땅, 그 외 **실질적 가치**를 지닌 재산을 대거 구입함으로써 '현금화'하지 않을 정도로 둔해빠진 사람들일 리가 없다.

《홈 저널》에 실렸다가 이후 널리 퍼진, 폰 켐펠렌에 대한 짧은 기사는 번역가가 프레스부르크《슈넬포스트》최근호에 실린 글을 가져왔다고 하는데, 독일어 원문 몇 군데를 잘못 이해한 것 같다. '필레viele'는 (흔히 그렇듯이) 오해한 게 분명하고, 번역가가 '슬픔'이라고 해놓은 것은 아마 '리덴lieden'일 텐데, 이 단어를 원본에서처럼 '고난'으로 했으면 글 전체의 모양새가 완전히 달라졌을 것이다. 물론 대부분은 그저 내 추측일 뿐이다.

하지만 폰 켐펠렌은 절대 '염세가'가 아니었다. 실제로는 어떨지 몰라도 적어도 겉으로는 아니었다. 나는 그저 안면이 있는 정도에 불과해서 폰 켐펠렌을 안다고 말할 근거가 거의 없다. 하지만 그렇게 막대한 유명세를 얻은, 혹은 며칠 후 얻게 될 사람을 만나 이야기를 나눴다는 것이 사소한 일은 아니다.

《리터러리 월드》는 (아마도《홈 저널》에 실린 기사에 호도되어) 폰 켐펠렌이 프레스부르크 출생이라고 자신 있게 말하지만, 본인 입으로 직접 들은 내가 **분명히** 말하는데 부모님은 모두 프레스부르크 출신이지만 폰 켐펠렌은 뉴욕 주 유티카 태생이다. 이 집안은 자동체스기사의 기억을 남긴 멜첼과 약간 연관이 있다. [우리 착오가 아니라면, 체스기사 발명가 이름은 켐펠렌, 폰 켐펠렌 아니면 그 비슷한 이름이었다.—편집자] 폰 켐펠렌은 키가 작고 억센 체격에 크고 불룩하고 파란 눈, 엷은 갈색 머리와 구레나룻, 크고 유쾌한 입과 고른 치아, 매부리코를 가지고 있다. 한쪽 발에는 뭔가 문제가 있다. 말하는 품이 솔직하고 태도는 눈에 띄게 상냥하다. 요컨대, 외모로 보나 말로 보나, 행동으로 보나 '염세가' 같은 모습은 거의 찾아볼 수 없다. 우리는 6년 전쯤 로드아일랜드 프로비던스에 있는 얼즈 호텔에서 일주일 동안 함께 묵었고, 여러 번에 걸쳐 총 서너 시간 정도 이야기를 나눴다. 그는 주로 그날의 화젯거리에 대해 이야기를 했고, 자신의 과학적 성취를 알아채게 할 만한 이야기는 전혀 하지 않았다. 폰 켐펠렌은 뉴욕에 갔다가 거기서 브레멘으로 간다며 나보다 먼저 호텔을 떠났다. 그의 위대한 발견이 처음으로 알려진 곳이 브레멘이었다. 아니, 그 발견을 했다는 낌새를 사람들이 가장 먼저 알아챈 곳이 그곳이었다. 이게 지금은 불후의 존재가 된 폰 켐펠렌에 대해 내가 개인적으로 알고 있는 사실 전부이지만, 이렇게 얼마 안 되는 정보에마저 대중들은 흥미를 보일 거라고 생각한다.

이 일에 대해 떠도는 놀라운 소문들 대부분이 알라딘의 램프 이야기만큼이나 신빙성이라고는 없는 날조된 이야기라는 데는 의

문의 여지가 없다. 그래도 캘리포니아에서 있었던 발견과 마찬가지로 이런 종류의 일에서는 진실이 허구보다 기이할 수 있다는 게 분명하다. 적어도 다음 일화는 진짜라는 게 입증되었으니 무조건 믿어도 좋다.

브레멘 거주 시절 폰 켐펠렌은 형편이 괜찮았던 적이 한 번도 없었다. 푼돈을 벌기 위해 극단적 궁여지책을 써야 하는 지경에 몰리는 일도 빈번했다는 것은 잘 알려진 사실이다. 구츠무스 사 위조 사건으로 세상이 떠들썩했을 때, 의심의 눈초리가 폰 켐펠렌을 향했다. 가스페리치 가에 상당한 땅을 사들여놓고는 구매 자금을 어떻게 구했는지 묻자 대답을 거부했기 때문이다. 결국 그는 체포되었지만 결정적 증거가 나타나지 않아 종국에는 풀려났다. 하지만 경찰은 그의 일거수일투족을 감시했고, 그 결과 그가 자주 집을 나가 항상 같은 길을 택해 '돈데르가트'라는 번지르르한 이름으로 알려진, 좁고 구불구불한 길로 이루어진 미로 같은 동네에서 감시자들을 따돌린다는 것을 알아냈다. 마침내 경찰은 엄청난 끈기로 플랫플라츠라는 골목에 있는 오래된 7층 집 다락방까지 그를 추적해서, 예상대로 위조 작업에 몰두하고 있던 폰 켐펠렌을 불시에 덮쳤다. 그가 어찌나 당황하던지 경찰은 그의 죄를 추호도 의심하지 않았다. 폰 켐펠렌에게 수갑을 채운 후 경찰은 그의 방, 아니 방들을 수색했다. 지붕 바로 아래층을 모두 쓰고 있는 것 같았기 때문이다.

폰 켐펠렌을 체포한 다락방 안으로 들어가자, 아직 용도가 파악되지 않은 화학 기구들이 들어 있는 너비 10피트, 높이 8피트 크기의 벽장이 있었다. 벽장 한쪽 구석에는 불이 타오르고 있는 아주 작은 화덕이 있었고, 불 위에는 이중 도가니, 즉 관으로 연결된 도가니 두 개가 놓여 있었다. 그중 하나에는 용해 상태의 납이 거의 가득 차 있었지만, 도가니 가장자리에 있는 관 구멍까지 올라오지는 않았다. 다른 도가니에는 어떤 액체가 들어 있었는데, 경찰이 들이닥쳤을 때 맹렬하게 김을 내뿜고 있는 것 같았다. 경찰의 말에 따르면, 폰 켐펠렌은 자기가 체포되리라는 것을 깨닫자 (나중에 알고 보니 석면 재질 장갑을 끼고 있던) 양손으로 도가니들을 들고 그 안의 내용물을 타일 바닥에 쏟아버렸다. 그 순간 경찰이 그에게 수갑을 채웠고, 가택 수색에 앞서 몸을 뒤졌지만 코트 주머니에 들어 있던 종이 꾸러미 외엔 특이한 것이 발견되지 않았다. 나중에 확인한 결과, 종이 꾸러미에는 안티몬과 정체를 알 수 없는 어떤 물질이 완전히 똑같지는 않지만 거의 비슷한 비율로 들어 있었다. 이 물질을 분석하려는 시도는 지금까지는 모두 실패로 돌아갔지만, 결국에는 틀림없이 분석이 이루어질 것이다.

피고인을 데리고 벽장에서 나온 경찰은 별다른 게 발견되지 않은 일종의 곁방을 지나 화학자의 침실로 갔다. 여기서 서랍과 상자들을 뒤졌지만 중요할 것 없는 서류 몇 개와 은화와 금화 몇 개를 발견하는 데 그쳤다. 마침내 침대 밑을 살펴보자, 경첩도, 걸쇠도,

자물쇠도 없는 흔한 커다란 모직 트렁크 하나가 뚜껑 부분이 바닥 부분 위에 아무렇게나 삐딱하게 걸쳐진 채 놓여 있었다. 트렁크를 침대 밑에서 꺼내려 해보았지만, (거기 있던 건장한 경찰 셋이) 다 같이 힘을 합쳐도 트렁크는 '1인치도 꼼짝하지 않았다.' 경찰은 깜짝 놀랐고, 그중 하나가 침대 밑으로 기어 들어가 트렁크 안을 들여다보더니 말했다.

"꿈쩍도 안 하는 게 당연하군. 오래된 놋쇠 조각이 가득 들어 있어!"

힘을 잘 받게 하기 위해 이제 그가 발을 벽에다 대고 힘껏 밀었고 동료들은 온 힘을 다해 끌어당겼다. 트렁크가 가까스로 침대 밑에서 끌려 나왔고, 그들은 내용물 조사를 시작했다. 트렁크를 가득 채우고 있는, 놋쇠로 추정되는 물질은 콩알만 한 것부터 1달러 동전에 이르기까지 다양한 크기를 한 작고 매끄러운 조각들이었다. 모양은 대체로 납작하기는 해도 불규칙해서, 전반적으로는 '녹은 상태로 땅에 떨어져서 그대로 식은 납과 매우 흡사하게 보였다.' 누구도 이 금속이 놋쇠가 아닌 다른 것일 거라는 의심은 단 한 순간도 품지 않았다. 그게 황금이라는 생각은 물론 절대 하지 못했다. 어떻게 그런 허무맹랑한 상상을 할 수 있겠는가? 콩알만 한 조각 하나 주머니에 챙길 생각조차 하지 않고 아무렇게나 경찰서에 실어왔던 그 '놋쇠 무더기'가 금—진짜 금—일 뿐만 아니라 화폐 주조에 쓰이는 금보다 훨씬 더 질 좋은 금, 불순물이라고는 조금도 섞이지 않은 완전히 순수한 금이라는 사실이 다음 날 브레멘 전역에 알려졌을 때, 그 경찰들이 얼마나 놀랐을지 가히 짐작할 수 있을 것이다.

폰 켐펠렌(이 한 만큼)의 자백과 석방 과정은 세상에 익히 알려진 사실이니 자세히 이야기하지 않겠다. 그가 현자의 돌이라는 터무니없는 망상을 문자 그대로 정확히는 아니라도 사실상 실제로 구현해냈다는 것은 제정신이 박힌 사람이라면 누구도 의심할 수 없다. 아라고의 의견도 물론 꼭 고려해볼 가치가 있긴 하지만, 아라고라고 절대 옳기만 한 것은 아니며 그가 학회에 제출한 보고서에 실린 비스무트에 대한 설명도 무조건 신뢰해서는 안 된다. 사건의 간단한 진상은 이러하다. 현재까지 모든 분석이 실패로 돌아갔으며, 세상에 알려진 이 수수께끼를 풀 열쇠를 폰 켐펠렌 본인이 내놓기 전까지는 이 문제는 앞으로 몇 년이고 현 상태 그대로 유지될 가능성이 농후하다. 지금까지 알아냈다고 말할 수 있는 사실이라고는 '납과 어떤 다른 물질을 모종의 방식과 비율로 결합시키면 원하는 대로 쉽사리 순금을 만들 수 있다'는 것뿐이다.

물론 이 발견의 즉각적, 궁극적 결과를 두고 온갖 추측이 난무하고 있다. 생각이 있는 사람이라면 누구나 이 발견을 최근 캘리포니아에서 벌어진 개발로 의해 금 전반에 대한 관심이 증가한 현상과 곧장 연결시킬 테고, 이 고찰은 필연적으로 또 다른 고찰, 즉 폰 켐펠렌의 분석의 시기가 몹시 좋지 않았다는 생각으로 이어질 것이다. 캘리포니아 광산에 금이 넘쳐나서 금 가치가 급격히 떨어진 나머지 금을 찾아 그렇게 먼 길을 가는 투기 행위를 회의적으로 여기게 되지 않을까 하는 염려만으로도 많은 사람들이 캘리포니아로 모험을 떠나지 않게 된다면, 폰 켐펠렌의 놀라운 발견 소식은 막 이주하려던 사람들, 특히 실제로 광산 지역에 사는 사람들에게 어떤 영향을 주게 될까? 금의 가치가 (그 가치가 어느 정도이건 간에) 제조 목적의 실질적 가치를 넘어서서 이제, 아니 (폰 켐펠렌이 그 비밀을 오랫동안 지킬 수 있을 것 같지 않으니) 적어도 조만간 납과 다름없고 은보다 훨씬 못해질 것이라고 공언하는 발견이니 말이다. 이 발견이 어떤 결과를 낳을지 예측하는 것은 실로 몹시 어려운 일이다. 하지만 한 가지는 확실하게 말할 수 있다. 그 발견이 6개월 전에 알려졌더라면 캘리포니아 정착 사업에 커다란 영향을 미쳤을 것이다.

아직까지 유럽에 나타난 가장 두드러진 결과는 납의 가격이 20퍼센트 올랐고 은의 가격도 거의 25퍼센트 올랐다는 것이다.

타원형 초상화

    심한 부상을 입은 내가 야외에서 밤을 보내게 할 수는 없다며 시종이 허락도 없이 마구 들어간 성은 오랜 세월 아펜니노산맥[47]에서 우울하면서도 장엄한 위용을 과시해온 거대한 성으로, 실제 존재하는 곳이라기보다 래드클리프 부인[48]의 상상에서나 나올 법한 곳이었다. 성은 어느 모로 보나 바로 얼마 전에 잠시 동안 비워둔 모양새였다. 우리는 그중 가장 작고 덜 화려한 방에 자리를 잡았다. 외딴 성탑에 있는 방이었다. 장식은 화려했지만 낡고 고색창연했다. 벽에는 태피스트리가 걸려 있고, 잡다하고 다양한 문장 기념품들로 장식되어 있었으며, 아라비아풍의 화려한 황금색 액자

---

47   이탈리아 반도를 종단하는 산맥.

48   고딕소설가 앤 래드클리프.

에 끼워진, 생기 넘치는 현대 회화들이 엄청나게 많이 걸려 있었다. 이 그림들은 반듯한 벽뿐만 아니라 성의 색다른 구조상 움푹하게 들어가 있는 공간들에도 걸려 있었는데, 섬망 증상이 서서히 나타나고 있어서인지 나는 이 그림들에 홀딱 빠져들었다. 그래서 페드로에게 벌써 밤이 되었으니 무거운 덧문은 다 닫고 침대 머리맡에 서 있는 키 큰 가지 촛대에 불을 붙이고 침대를 둘러싸고 있는 술 달린 검은 벨벳 커튼은 활짝 열어두라고 했다. 당장 잠은 자지 않더라도 적어도 이 그림들을 감상하거나, 베개 위에서 발견한, 이 그림들에 대한 비평과 묘사가 실린 작은 책을 읽으면서 쉬고 싶었기 때문이다.

나는 오래오래 책을 읽었고, 경건하고 또 경건하게 그림을 바라보았다. 찬란한 시간이 순식간에 흘러가 어느덧 한밤중이 되었다. 가지 촛대의 위치가 마음에 들지 않았지만 잠든 시종을 깨우고 싶지 않아 힘들게 손을 뻗어 불빛이 책에 좀 더 잘 비칠 수 있는 자리에 촛대를 옮겨 놓았다.

하지만 이 행동은 전혀 예상치 못했던 결과를 불러왔다. (초가 아주 많았기 때문에) 이제 수많은 촛불의 빛이 침대 기둥에 가려 짙은 어둠에 싸여 있던 구석에까지 가닿았다. 그리하여 지금까지 보지 못했던 그림 하나가 환하게 눈에 들어왔다. 막 여인으로 성숙하려 하는 소녀의 초상화였다. 나는 그림을 슬쩍 봤다가 눈을 감았다. 왜 그랬는지 처음에는 나 자신조차 분명히 알지 못했다. 하지만 그렇게 눈을 꼭 감고 있는 동안 이유가 떠올랐다. 생각할 시간을 벌기 위한 충동적인 행동이었다. 내가 헛것을 본 게 아니라는 걸 확인하고, 흥분을 가라앉혀 맑은 정신으로 더 똑똑히 보기 위해서 눈을 감은 것이었다. 몇 분 후 다시 그림을 뚫어져라 바라보았다.

이제 내가 제대로 보고 있다는 것은 의심할 수가 없었다. 의심할 생각도 없었다. 그 화폭에 불빛이 닿는 순간 감각을 무디게 하던 꿈결 같은 몽롱함이 사라졌고 너무 놀란 나머지 당장 정신이 번쩍 들었다.

이미 말했듯이 그 초상화는 어느 소녀의 초상화였다. 비네트[49] 형식으로 두상과 어깨만 그린 그림으로, 설리[50]가 잘 그리는 스타일의 두상이었다. 팔과 가슴, 심지어 빛나는 머리카락 끝부분조차 모호하면서도 짙은 배경 속으로 어느덧 스르르 녹아들며 사라졌다. 액자는 타원형으로, 화려한 금박에 무어식 줄세공이 되어 있었다. 그림의 예술성은 그 어느 것에도 비할 수 없이 훌륭했다. 하지만 내 마음을 그렇게 갑자기 격렬하게 움직인 것은 분명 그림을 그린 솜씨도, 그 얼굴에 담긴 불멸의 아름다움도 아니었다. 몽롱한 선잠에서 깨어나 상상 속에서 그 그림을 살아 있는 사람의 머리

---

49   배경을 흐리게 한 상반신 초상화.

50   미국 초상화가 토머스 설리.

로 착각했을 리는 더더구나 없었다. 디자인과 비네트, 액자의 특성상 그런 생각은 분명 즉시 사라졌을 게 뻔하다는 것을 당장 알 수 있었다. 심지어 한순간도 품을 수 없는 생각이었다. 이런 생각들에 골몰하면서 나는 반쯤은 앉고 반쯤은 누운 자세로 초상화에 시선을 고정한 채 한 시간 정도 바라보았다. 마침내 나는 그림이 자아내는 효과의 진정한 비밀을 알아내고 만족해서 침대에 누웠다. 그 초상화의 마력은 완전히 살아 있는 사람 같은, 처음에는 놀라웠지만 결국에는 혼란과 위압감, 섬뜩함을 안겨준 표정에서 나온다는 것을 알아낸 것이다. 나는 깊은 경외심을 느끼며 가지 촛대를 원래 자리에 갖다 놓았다. 내 마음을 그렇게 동요하게 만든 원인을 보이지 않게 해놓은 후, 나는 그림들과 그 뒷이야기에 대해 논하는 책을 급히 손에 들었다. 타원형 초상화에 대한 책장을 넘기자, 다음과 같은 막연하고도 기묘한 이야기가 실려 있었다.

그녀는 보기 드문 미인이었고, 사랑스러움 이상의 활력이 넘치는 처녀였다. 하지만 불행하게도 처녀는 화가를 만났고 사랑에 빠졌고 결혼했다. 화가는 열정적이고 학구적이고 엄격했고 이미 그림과 결혼한 남자였다. 처녀는 보기 드문 미인이었고, 사랑스러움 이상의 활력이 넘쳤다. 환하고 미소가 가득했고 새끼 사슴처럼 경쾌했다. 모든 것을 사랑하고 소중히 여겼지만, 경쟁 상대인 그림만은 미워했다. 연인의 얼굴을 볼 틈을 주지 않는 팔레트와 붓, 그 외 성가신 도구들만 두려워했다. 그러니 심지어 어린 신부까지 그리고 싶다는 화가의 바람은 신부에게는 끔찍한 요구였다. 그래도 그녀는 겸허하고 순종적이어서, 창백한 화폭을 비추는 빛이라고는 머리 위에서 떨어지는 빛밖에 없는 어둡고 높은 탑의 방에서 몇 주 동안 온순히 모델 노릇을 했다. 화가는 환희에 차서 그림을 그렸고, 작업은 시간이 가고, 날이 가도 계속되었다. 화가는 열정적이고 거칠고 변덕스러운 사람이어서 자신만의 몽상에 빠져들었고, 쓸쓸한 탑 안으로 소름 끼치게 들어오는 빛에 신부의 몸과 마음이 시들고 있음을 보려 하지 않았다. 신부가 수척해져가는 모습을 보지 못하는 사람은 화가뿐이었다. 그래도 그녀는 불평하지 않고 미소 짓고, 또 미소 지었다. (명성 높은) 화가가 작업에서 열렬한 기쁨을 느끼는 것을, 화가를 너무나 사랑하지만 나날이 기력이 쇠잔해져가는 자신을 낮이고 밤이고 그리고 있는 모습을 보았기 때문이다. 과연 초상화를 본 몇몇 사람들은 그림이 너무나 똑같다고 놀라움을 표하며 이렇게 탁월한 묘사는 화가의 능력이라기보다 신부에 대한 지극한 사랑을 증명하는 것이라고 소리 죽여 말했다. 하지만 마침내 작업이 마무리 단계에 접어들면서 누구도 탑 안으로 들어갈 수 없었다. 화가가 그림에 대한 열정에 사로잡혀 흥분한 나머지 화폭에서 좀처럼 눈을 떼지 않았기 때문이다. 신부의 얼굴조차 거의 보지 않을 정도였다. 자신이 화폭에 펼치는 색조가 옆에 앉은 신부의 뺨에서 가져온 것이라는 사실도 보지 않았다. 그렇게 여러 주가 지나고 입에 붓질 한 번, 눈에 색조 하나만 칠하면 그림이 거의 완성되려는 순간, 등불 안의 불꽃이 일렁거리듯이 여인의 기운이 다시 한 번 반짝 되살아났다. 그 순간 붓이 움직이고 색조가 입혀졌다. 잠시 동안 화가는 자신이 그린 그림 앞에 넋을 잃고 서 있었다. 하지만 다음 순간 그림을 뚫어져라 쳐다보더니 온몸을 덜덜 떨며 얼굴에서 핏기가 사라졌다. 기겁한 화가는 "이 그림은 정말로 살아 있구나!"라고 커다랗게 외치며 사랑하는 신부를 황급히 쳐다보았다. 그녀는 죽어 있었다!

요정의 섬

수호신이 없는 곳은 없다.
_세르비우스

   그 정신을 비웃기라도 하듯이 온갖 번역본에서 고집스레 '도덕 이야기'라고 불려온 《콩트 모로Contes Moraux》[51]에서 마르몽텔은 "음악은 그 자체만으로 즐거움을 주는 유일한 재능이다. 다른 재능들에는 모두 관객이 필요하다"라고 말한다. 여기서 그는 달콤한 음악에서 느끼는 즐거움과 음악을 창조하는 즐거움을 혼동하고 있다. 연주를 감상하는 타인이 전혀 없는 곳에서는 음악적 재능도 다른 모든 재능들과 마찬가지로 온전한 즐거움을 누리지 못한다. 또한 혼자일 때 완전히 즐길 수 있는 **효과**를 낸다는 것은 다른 재능들도 공통적으로 가진 특성이다. 생각을 명확하게 품지 못했든, 혹은 프

---

[51]   여기서 모로maraux는 'moeurs'에서 유래했는데, 이는 '당세풍의', 좀 더 정확히 말하면 '풍속의'라는 의미이다.

랑스 사람답게 논점을 강조하느라 표현하지 않고 희생시켰든 간에 이야기꾼의 생각은 고차원적 음악은 완전히 혼자 있을 때 가장 철저히 판단할 수 있다는 것이다. 칠현금을 그 자체로, 또한 그 정신적 효과로 인해 사랑하는 사람들은 이런 식의 주장에 당장 동의할 것이다. 하지만 혼자 있을 때의 정서에 심지어 음악보다 더 많이 의존하는 또 하나의, 어쩌면 유일한 즐거움이 타락한 인간에게 여전히 허락되어 있다. 바로 자연경관을 관조할 때 느끼는 행복이다. 사실 지상에 펼쳐진 신의 영광을 제대로 바라보고 싶은 사람은 그 영광을 홀로 바라보아야만 한다. 내게는 적어도 땅 위에서 소리 없이 자라는 초록색 생명을 제외한—인간을 포함한—어떤 생명들도 자연경관을 더럽히는 얼룩이자 그 풍경의 수호신과 싸움을 벌이는 존재일 뿐이다. 나는 어두운 계곡과 잿빛 바위, 고요히 미소 짓는 강물, 선잠에 뒤척이며 한숨짓는 숲, 이 모든 것을 주의 깊게 내려다보고 있는 당당한 산을 바라보는 것을 좋아한다. 그 자체로도 사랑하지만 지각 있고 살아 있는 거대한 전체의 거대한 구성원들로 바라보는 것을 좋아한다. 가장 완벽하고 가장 포괄적인 형태(구체)를 하고 동료 천체들 사이를 공전하는, 달을 온순한 하녀로, 태양을 중간 군주로 둔, 영원한 생명을 가진, 신의 생각을 가지고 지식을 즐거움으로 여기는, 광대한 공간 속에서 운명을 잃은 거대한 전체 말이다. 그 거대한 전체가 우리를 인식하는 방식은 우리가 우리 뇌에 기생하는 극미 동물을 인식하는 것과 비슷하고, 따라서 이 극미 동물이 분명 우리를 바라보고 있을 방식과 마찬가지로 우리는 이 거대한 전체를 완전히 무생물이나 물질로 여긴다.

망원경과 수학적 연구를 통해 우리는—무지한 성직자들의 위선적인 은어에도 불구하고—모든 면에서 우주를, 따라서 그 크기를 전능자가 중요한 고려 사항으로 여겼다고 확신하고 있다. 별들이 움직이는 주기는 최대한 많은 수의 천체들이 충돌하지 않고 선회할 수 있도록 최적으로 맞춰져 있다. 이 천체들은 주어진 표면 안에 정확하게 최대한 많은 물질을 수용할 수 있는 형태를 가지고 있지만, 표면 자체는 다른 식으로 배치된 같은 크기의 표면보다 더 많은 개체를 수용할 수 있도록 구성되어 있다. 이는 크기가 신의 목적이며 우주 자체가 무한하다는 주장을 반박하려는 게 아니다. 우주를 채울 물질은 무한할 수도 있으니 말이다. 물질에 생명을 부여하는 것이 신성의 작동 원리, 사실 우리가 판단할 수 있는 한 그 중 가장 **중요한** 원리가 분명하므로, 그 원리가 우리가 매일 추적할 수 있는 하찮은 영역에만 한정되고 존엄한 영역에는 미치지 않는다고 상상하는 것은 전혀 논리적이지 않다. 주기 안에 주기가 끝없이 존재하지만 모든 것이 저 먼 중심, 즉 신을 중심으로 회전하고 있는 것을 보면, 그와 같은 식으로 생명 속에 생명이, 더 큰 것 안에 더 작은 것이, 그리고 그 모든 것들이 신성 속에 있다고 유추해서 가정할 수 있지 않을까? 간단히 말해, 인간이 경작하며 업신여기는 광활한 '계곡의 토양'에 영혼이 보이지 않는다는 별로 심오하지도 않은 이유만으로 거기에 영혼이 없다고 부정하고, 현세의 운명에서든 미래의 운명에서든 인간이 그 계곡의 토양보다 더 중요하다고 믿는 자부심은 크나큰 실수다.

산과 숲, 강가와 바닷가에서 명상에 빠져 있을 때면, 내 명상은 언제나 이런 공상들에 의해 일상 세계에서는 당연히 환상이라 부를 색조로 물들었다. 나는 그런 풍경들을 한없이 홀로 쏘다녔다. 수도 없는 깊은 계곡을 배회하고 수도 없는 환한 호수에 비친 하늘을 응시하는 것에 대한 관심은 홀로 배회하고 응시하기 때문에 더 깊어져갔다. 짐머만의 유명 작품을 언급하며 "고독은 근사하지만, 고독이 근사하다고 말해주는 누군가가 필요하다"라고 했던 경박한 프랑스인이 누구였더라? 그 경구야 반박할 수 없지만, 그런 필요성은 존재하지 않는다.

산으로 첩첩이 둘러싸이고 구슬픈 강들이 꿈틀거리며 흘러가고 우울한 호수들이 잠들어 있는 머나먼 고장을 또 그렇게 홀로 여행하던 중, 나는 우연히 어느 작은 강과 섬에 다다랐다. 갑자기 유월의 신록이 펼쳐졌고, 나는 풍경을 바라보다 낮잠을 자려고 이름 모를 향기로운 관목 가지 아래 잔디에 누웠다. 그 풍경은 오로지 그렇게 봐야 할 것 같은 기분이 들었다. 그런 환상 같은 분위기가 주위를 감싸고 있었다.

(태양이 막 지고 있는 서쪽을 제외한) 사방에 초록색 숲의 벽이 솟아 있었다. 급히 방향을 틀더니 곧바로 시야에서 사라진 작은

강은 그 감옥에서 출구를 찾지 못하고 동쪽의 무성한 초록 잎사귀들에 흡수되어버리는 것처럼 보였다. 반대쪽(길게 드러누워 하늘을 바라보고 있던 관계로 내게는 반대쪽처럼 보였다)에서는 하늘의 석양 분수에서 쏟아진 진한 황금빛과 심홍색 폭포가 계곡 안으로 소리 없이 계속 쏟아져 내렸다.

꿈속을 헤매는 것 같은 내 눈앞에 짧게 펼쳐진 조망의 중간쯤에 녹음이 울창하게 우거진 작고 동그란 섬이 강의 품속에서 휴식을 취하고 있었다.

그곳 강둑과 그림자는 하나로 뒤섞여
허공에 매달려 있는 것 같았고

유리 같은 강물이 어찌나 거울처럼 맑은지 경사진 에메랄드빛 풀밭 어디서부터 수정같이 투명한 영지가 시작되는지 알 수 없었다.

내가 누운 위치에서 섬의 동쪽과 서쪽 끝이 한눈에 들어오기에, 그 모양에 있어 특이한 차이점을 관찰해보았다. 서쪽 끝에는 아름다운 정원이 궁전처럼 찬란하게 펼쳐져, 비스듬한 석양빛 아래서 붉게 빛나며 꽃들과 함께 웃고 있었다. 짧고 경쾌하고 향기로운 풀밭에는 여기저기 수선화가 피어 있었다. 동양의 자태와 잎사귀를 가진 환하고 가늘고 우아한 나무들이 낭창낭창하고 유쾌하게 쭉 뻗어 있었고, 다채로운 나무껍질은 매끈하고 윤기가 흘렀다. 모든 것에 한없는 활기와 기쁨이 넘치는 것 같았다. 천상에서 바람 한 점 불어오지 않았지만, 날개 달린 튤립으로 착각할 법한 무수한 나비들이 이리저리 부드럽게 스쳐 지나가 만물이 살랑거리며 움직였다.

반대쪽인 섬 동쪽 끝자락은 칠흑 같은 그림자에 잠겨 있었다. 음울하지만 아름다운 어둠이 이곳 모든 것에 스며들어 있었다. 쓸쓸한 형상과 자세를 한 진한 색 나무들이 슬프고 엄숙하게 유령처럼 얽혀 올라가 필멸의 슬픔과 때 이른 죽음에 대해 말하고 있었다. 짙은 삼나무 색 잔디는 풀잎을 축 늘어뜨리고 있었고, 그사이 여기저기에는 무덤처럼 보였지만 그 위와 주위 사방을 기어오르는 루타와 로즈메리[52]에도 불구하고 무덤은 아닌, 낮고 좁고 별로 길지 않은 꼴사나운 조그만 언덕들이 수두룩했다. 강물 위로 무겁게 드리워진 나무 그림자는 강물에 몸을 묻은 채 그 깊숙한 곳까지 어둠으로 물들이고 있는 것 같았다. 태양이 점점 내려올수록 그림자는 태어난 나무둥치에서 하나씩 실쭉하게 떨어져 나와 강물로 빨려 들어갔고, 다른 그림자들이 순간적으로 튀어나와 그렇게 매장된 전임자의 자리를 대신했다.

이런 생각이 일단 상상력을 사로잡자 상상의 나래가 걷잡을 수 없이 펼쳐져 나는 곧 백일몽에 빠져들었다. "마법에 걸린 섬이 있

52　　로즈메리는 죽음, 추억과 연결되는 식물이다.

다면," 나는 혼잣말을 했다. "이 섬이 바로 그곳이구나. 여기가 멸종되고 얼마 남지 않은 착한 요정들이 찾는 곳이야. 저 초록 무덤이 요정들일 것인가? 아니면 인간들이 목숨을 버리듯 요정들도 달콤한 삶을 버리는 건가? 요정들은 죽어갈 때 오히려 이 나무들이 그림자를 내놓고 또 내놓듯이 자신의 존재를 신에게 조금씩 조금씩 바쳐 본질을 남김없이 소멸시키며 쓸쓸하게 사라지는 것 아닌가? 죽어가는 나무의 그림자를 흡수하고는 그로 인해 더욱 검어지는 강물과 죽어가는 나무의 관계가 요정의 생명과 그 생명을 삼켜버리는 죽음의 관계와 같지 않을까?"

눈을 반쯤 감고 이런 생각에 빠져 있는 동안, 태양은 급속히 쉼터로 내려갔고 소용돌이치는 물살은 눈부시게 흰 커다란 삼나무 껍질 조각들을 품에 안은 채 섬 주위를 돌고 또 돌았다. 온갖 모양으로 물 위에 떠 있는 껍질 조각들은 상상력이 풍부한 사람이라면 그 무엇으로도 바꿔놓을 수 있었을 것이다. 그렇게 명상에 잠겨 있노라니, 내가 꿈꾸고 있던 바로 그 요정의 형상이 섬 서쪽 끝의 빛 속에서 어둠 속으로 천천히 다가오고 있는 것처럼 보였다. 요정은 이상할 정도로 연약해 보이는 카누 위에 똑바로 서서 보이지 않는 노로 배를 젓고 있었다. 뉘엿뉘엿 넘어가는 햇살 속에 있는 동안 요정의 태도는 즐거워 보였지만, 어둠 속으로 넘어오자 슬픔으로 변했다. 요정은 천천히 미끄러져 와서 마침내 작은 섬을 돌아 다시 빛의 영역으로 들어갔다. "방금 요정이 돈 한 바퀴는 요정의 삶에서 짧은 1년의 주기야. 겨울을 지나고 여름을 지나 떠간 것이지. 죽음에 1년 더 가까워진 거야. 어둠의 영역으로 들어왔을 때 요정의 몸에서 그림자가 떨어져 나가 검은 강물에 삼켜지고, 검은 강물이 더 검게 변하는 게 분명히 보였으니까." 나는 꿈꾸는 듯이 중얼거렸다.

또다시 배가, 그리고 요정이 나타났다. 하지만 요정의 태도는 더 조심스럽고 불안했고, 쾌활한 즐거움도 전과 같지 않았다. 또다시 요정이 빛에서부터 (시시각각 짙어지는) 어둠 속으로 흘러 들어왔고, 또다시 그림자가 그 몸에서 검은 물속으로 떨어져 어둠속으로 빨려 들어갔다. (태양이 휴식처를 향해 급속히 내려가는 동안) 요정은 다시, 또다시 섬 둘레를 회전했고, 빛의 영역으로 들어갈 때마다 슬픔은 더 짙어지고 몸은 점점 더 약해지고 희미해지고 불분명해졌다. 어둠 속으로 들어올 때마다 더 짙은 그림자가 떨어져 나와 더 검게 변한 어둠 속에 삼켜졌다. 하지만 마침내 태양이 완전히 지고 나자, 이제 요정은 예전 모습은 온데간데없이 유령처럼 변해 배와 함께 칠흑 같은 물살 속으로 쓸쓸히 사라졌다. 요정이 거기서 또다시 나왔는지는 알 수 없다. 어둠이 사방을 뒤덮었고, 그 마법 같은 형상을 나도 더 이상은 보지 못했기 때문이다.

말의 힘

오이노스 아가토스, 새롭게 불사의 존재가 된 영혼의 아둔함을 용서하십시오!

아가토스 오이노스, 자네는 용서를 구해야 할 말은 아무것도 하지 않았네. 여기서조차 지식은 직관적으로 얻는 게 아닐세. 지혜라면 천사들에게 마음껏 청하게. 그럼 얻게 될 테니!

오이노스 하지만 이런 존재가 되면 모든 걸 단번에 알게 될 거라고, 그래서 모든 것을 아는 행복을 당장 누릴 거라고 꿈꾸었습니다.

아가토스 아, 행복은 지식을 가지는 데 있지 않네. 지식을 얻어가는 과정에 있지. 영원히 알아가는 과정은 영원한 축복이지만, 모든 걸 안다는 것은 악마의 저주일세.

오이노스 하지만 지고의 존재는 모든 것을 아시지 않습니까?

아가토스 (그분이 지복의 존재이시니) 그것이야말로 그분조차 아직 알지 못하시는 유일한 것일세.

오이노스 하지만 우리의 지식이 매시간 커진다면 **결국에는** 모든 것을 알게 되지 않습니까?

아가토스 까마득한 저 아래 심연을 내려다보게! 별들 사이로 이렇게 휙 지나가면서 애써 시선을 내려 저 별들이 만드는 수많은 광경을 봐보게, 이렇게, 이렇게! 영혼의 시선마저 모든 곳에서 저 끝도 없는 우주의 황금빛 벽에 이끌리지 않는가? 셀 수 없는 수의 빛나는 별들이 하나로 어우러져 만든 저 벽들 말일세.

오이노스 물질의 무한성이 꿈이 아니라는 게 분명히 보입니다.

아가토스 에이덴에는 꿈이란 존재하지 않네. 하지만 이런 속삭임이 들리는군. 이 물질의 무한성의 유일한 목적은 영혼이 **지적** 갈증을 달랠 수 있는 무한한 샘들을 마련해주는 것이지만, 그 갈증은 영원히 풀 수 없는 갈증일세. 왜냐하면 그 갈증을 해소하면 영혼의 자아가 절멸될 테니까. 그러니 오이노스, 두려워 말고 마음껏 질문하게. 이리 오게! 우린 플레이아데스 성단의 요란한 조화를 왼쪽에 두고 지나가 왕좌에서 바깥쪽으로 급강하해 오리온좌 너머 별빛 가득한 초원으로 들어갈 걸세. 팬지와 바이올렛, 꼬까오랑캐꽃 대신 세 가지 색으로 물든 세 겹의 항성들이 꽃밭을 이루고 있는 곳으로.

오이노스 아가토스, 가면서 가르쳐주십시오! 지상의 익숙한 어조로 제게 말씀해주십시오! 필멸의 존재로 살아가던 시절 우리가 창조라고 불렸던 것의 양식이나 방법에 대해 방금 암시하신 바가 이해되지 않습니다. 창조자가 신이 아니라는 말씀이십니까?

아가토스 신은 창조하지 않는다는 말일세.

오이노스 설명해주십시오!

아가토스 오직 태초에만 신이 창조했네. 지금 온 우주에서 끊임없이 생겨나고 있는 피조물처럼 보이는 것들은 신의 창조력의 직접적이거나 즉각적인 결과가 아니라 중간적이거나 간접적인 결과로밖에 볼 수 없네.

오이노스 아가토스, 이런 생각은 인간들 사이에서는 있을 수 없는 이단으로 간주될 것입니다.

아가토스 천사들 사이에서는 그저 진실로 보일 걸세, 오이노스.

오이노스 지금까지는 이해가 됩니다. 우리가 자연 또는 자연의 법칙이라고 부르는 일부 작용들이 어떤 조건에서는 창조와 완전히 똑같아 보이는 현상을 일으킨다는 것이오. 똑똑히 기억이 납니다. 지구의 종말 직전, 일부 철학자들이 멍청하게도 극미 동물 창조라고 명명한 분야에서 굉장히 많은 실험들이 성공했었죠.

아가토스 자네가 말하는 경우들은 사실 이차적 창조이자, 최초의 말이 최초의 법을 존재하게 한 이래 유일한 종류의 창조의 예들이었네.

오이노스 무존재의 심연으로부터 매 시각 하늘로 뿜어져나가는 별들의 세계 말입니다, 아가토스. 이 별들은 신께서 직접 만드신 것이 아닙니까?

아가토스 오이노스, 내가 말하려는 개념을 차근차근 설명하도록 애써보겠네. 자네도 잘 알고 있듯이, 어떤 생각도 소멸할 수 없으니 모든 행동에는 무한한 결과가 따르게 되지. 예를 들어, 우리가 지상의 거주자였을 때 손을 움직이면 손을 둘러싼 공기에 진동이 일어났어. 이 진동은 무한히 확장되어 지구의 모든 공기 입자에 자극을 줬고, 공기 입자는 그때부터 영원히 움직였네. 한 번의 손짓에 의해서 말일세. 이 사실을 지구의 수학자들은 잘 알고 있었지. 그들은 정확한 계산을 통해 액체에 특별한 자극을 주어 특별한 효과를 만들어냈고, 그래서 주어진 정도의 자극이 정확히 어느 정도의 기간에 지구를 한 바퀴 돌아서 지구를 에워싼 대기의 모든 원자에 (영원히) 영향을 주는지 쉽게 결정할 수 있게 되었네. 역순으로, 주어진 조건에서 주어진 효과로부터 원래 자극값을 결정하는 것도 어렵지 않다는 것을 알게 되었어. 이제 수학자들은 어떤 자극을 주든 그 결과는 완전히 끝이 없고, 이 결과의 일부는 대수학적 분석을 통해 정확히 추적할 수 있으며, 그 역도 마찬가지라는 것을 알게 되었고, 동시에 이런 종류의 분석은 그 자체로 무한한 발전 능력을 가지고 있으며 그 진보와 적용 가능성에는 이를 진보시키거나 적용하는 사람의 지성을 제외하고는 어떤 한계도 없다는 것도 알게 되었지. 하지만 우리의 수학자들은 바로 이 지점에서 멈추었네.

오이노스 왜 계속 나아갔어야 하는 겁니까, 아가토스?

아가토스 그 너머에 몹시 흥미진진한 고찰 사항들이 있기 때문일세. 그건 수학자들이 알고 있는 바에서 추론 가능한 것이었지. 즉 무한한 이해력을 지닌 존재, 완벽한 대수학적 분석이 눈앞에 펼쳐지는 존재라면 공기와 공기 중의 에테르에 주어진 모든 자극이 만들어내는 결과를 어떤 시대, 무한히 까마득한 시대까지도 손쉽게 추적할 수 있을 거란 추론 말일세. 공기에 가해진 모든 자극이 결국 우주에 존재하는 만물 하나하나에 반드시 영향을 미친다는 것은 실로 입증 가능한 현상이며, 무한한 이해력을 지닌 존재, 그러니까 우리가 상상한 존재라면 멀리멀리 퍼져나간 자극의 파동을 추적해나갈 수 있을 걸세. 만물의 입자에 미치는 영향을 따라 위로, 앞으로 계속해서 추적하고, 옛 형태에서 변형되는 모습을 따라, 다시 말해 새로이 창조되는 모습을 따라 위로, 앞으로 무한히 추적해나갈 수 있겠지. 마침내 그 파동이 힘을 잃고 신성의 왕좌에서 다시 반사될 때까지 말일세. 그런 존재가 할 수 있는 일은 이것만이 아닐세. 시대를 막론하고 어떤 결과물이 주어지면, 그러니까 예를 들어 수많은 혜성들 중 하나가 조사 대상으로 주어지면, 이 존재는 역행 분석을 통해 최초의 자극이 무엇이었는지를 손쉽게 알아낼 수 있을 걸세. 이렇게 완전하고 완벽한 역행 분석 능력, 즉 모든 시대, 모든 결과물에서 모든 원인을 찾아낼 수 있는 능력은 물론 신만이 가진 특권이지. 하지만 그 절대적 완벽함에는 미치지 못

해도 천사들의 지성은 다양한 등급으로 이 능력을 행사하고 있네.

오이노스 하지만 공기에 가해진 자극에 대해서만 이야기하시는 군요.

아가토스 공기 이야기를 하면서, 나는 오직 지구에 대해서만 말했네. 하지만 일반 명제는 에테르에 가해진 자극을 언급하지. 모든 공간에 가득 스며들어 있는 물질은 에테르가 유일하기 때문에, 에테르가 창조의 위대한 매개가 되는 걸세.

오이노스 그렇다면 성질을 막론하고 모든 움직임이 창조를 하는 겁니까?

아가토스 반드시 그러하네. 하지만 진정한 철학은 모든 움직임의 근원은 생각이라고 오랫동안 가르쳐왔지. 그리고 모든 생각의 근원은······.

오이노스 신이지요.

아가토스 지금까지 나는 최근 사망한, 아름다운 지구의 아이인 자네 오이노스에게 지구 대기에 가해진 자극에 대해 말했네.

오이노스 그렇습니다.

아가토스 내가 말하는 동안, 말의 물리적 힘에 대한 생각이 머리에 떠오르지 않았나? 말 한마디 한마디가 공기에 가해진 자극이 아닌가?

오이노스 아니, 아가토스, 왜 우십니까? 이 아름다운 별, 지금까지 날아오면서 마주친 별들 중 가장 푸르지만 가장 끔찍한 이 별

위를 맴도는 지금, 왜 날개가 축 쳐지는 겁니까? 저 아름다운 꽃들은 요정의 꿈처럼 보이지만, 활활 타오르는 저 화산들은 사납게 끓어오르는 심장의 열정 같군요.

아가토스 그렇지! 그래! 이 거친 별…… 이곳은 3세기 전 내가 사랑하는 이의 발치에 앉아 손을 꼭 잡고 눈물을 흘리며 열정적으로 쏟은 몇 마디 말로 탄생한 별일세. 저 아름다운 꽃들은 이루어지지 못한 꿈들 중 가장 소중한 꿈이고, 저 분노한 화산들은 가장 사납고 죄 많은 심장의 열정일세.

열기구 사기

    노포크를 경유해 속달로 들어온 놀라운 소식! 사흘 만에 대서양 횡단! 몽크 메이슨 씨의 비행기구가 이뤄낸 괄목할 승리! 메이슨 씨와 로버트 홀랜드 씨, 헨슨 씨, 해리슨 에인즈워스 씨 외 네 명이 조타 장치를 장착한 기구 빅토리아 호를 타고 75시간 비행 끝에 바다 건너 사우스캐롤라이나 주 찰스턴 근처 설리번 섬에 도착! 상세 여행기 전격 공개!

    장엄한 대문자로 쓰고 군데군데 감탄부호를 넣은 위의 놀랄 만한 문구는 사실 원래 일간지 〈뉴욕 선〉의 증보판에 실렸고, 찰스턴에서 우편이 오기를 기다리는 몇 시간 동안 호사가들의 애를 죽어라고 태워놓았다. '이 소식을 단독 보도한 신문'에 쇄도하는 관심은 상상 그 이상이었다. 사실 (혹자들이 주장하듯이) 빅토리아 호가 신문에 실린 그 비행을 완벽하게 해내지 못했다면, 왜 그러지 못했는지 원인을 설명하기 힘들 것이다.

난제가 마침내 해결되었다! 이제 땅과 바다뿐만 아니라 하늘까지 과학에 정복되었으니, 하늘이 인류에게 일상적이고 편리한 도로가 되어줄 것이다. 기구를 이용한 대서양 횡단이 실제로 이루어진 것이다! 게다가 대단한 위험도 없이, 기계를 완벽하게 조종하여, 75시간이라는 상상할 수 없을 정도로 짧은 시간 만에 해안에서 해안까지 횡단했다! 본지는 사우스캐롤라이나 주 찰스턴에 소재한 기자의 활약으로 이 놀랍기 그지없는 여행의 상세한 소식을 처음으로 대중들에게 알릴 수 있게 되었다. 여행은 이달 6일 오전 11시부터 이달 9일 오후 2시 사이에 이루어졌으며, 참가자는 에버라드 브링허스트 경, 벤팅크 경의 조카 오즈번 씨, 기구 조종사로 유명한 몽크 메이슨 씨와 로버트 홀랜드 씨, 《잭 셰퍼드》의 저자 해리슨 에인즈워스 씨, 최근 비행기 제작 계획을 세웠다 실패한 헨슨 씨, 울위치 출신 선원 두 명, 총 여덟 명이다. 아래 기록된 상세 사항은 몽크 메이슨 씨와 해리슨 에인즈워스 씨가 공동으로 기록한 일지를 거의 고스란히 옮긴 것이므로 모든 면에서 확실하고 정확한 내용이라고 믿어도 좋다. 또한 이 두 사람이 기구 자체와 구조, 그 외 흥미로운 사항들에 대해 본지 기자에게 들려준 친절한 설명도 기사 작성에 크게 일조했다. 본 기사는 포사이스 기자가 급히 쓴 기사를 이해하기 쉽도록 조리 있게 고친 것 외에는 본지에 송고된 원고 그대로이다.

　기구.

　최근 두 번—헨슨 씨와 조지 케일리 경—의 시도가 결정적 실패로 끝나면서, 비행에 대한 대중들의 관심은 크게 시들해졌다. (처음에는 과학자들마저 굉장히 승산 있다고 생각했던) 헨슨 씨의 계획은 경사면의 원리에 기반한 것으로, 기계를 언덕 위에서 외부의 힘을 가해 출발시킨 뒤 풍차 날개와 숫자도 형태도 비슷하게 생긴 충돌형 날개를 회전시켜 계속 비행하게 하는 것이었다. 하지만 애들레이드 갤러리에서 한 모형실험 결과 이 날개들이 비행기에 추진력을 주기는커녕 오히려 비행에 방해가 된다는 사실을 알게 되었다. 비행기가 보여준 추진력이라고는 경사면을 내려가면서 얻은 관성이 다였고, 이 관성은 날개가 작동할 때보다 작동하지 않을 때 비행기를 더 멀리까지 날려 보냈다. 이 사실로 날개가 무용지물이라는 게 충분히 증명되었고, 추진력이자 부력이 없는 비행기는 당연히 하강하게 된다. 조지 케일리 경은 이런 점을 고려하여 독자적인 부력을 장착한 기계, 한 마디로 풍선에 프로펠러를 붙이는 방법을 생각해냈다. 하지만 이 발상은 새롭고 독창적이기는 했지만, 그 새로움은 조지 경이 이를 적용해서 실천하는 방법까지에만 해당되었다. 그는 자신의 발명품 모형을 과학기술 전문학교에 공개했다. 이 기계에서도 추진 원리 혹은 추진력은 절단된 면, 즉 바람개

비 날개의 회전에 달려 있었다. 이런 날개가 네 개 있었지만, 기구를 움직이거나 상승시키는 데 어떤 효과도 내지 못했다. 그래서 전체 계획은 완전히 실패로 돌아가고 말았다.

이 시점에 (1937년 기구 나소 호를 타고 도버에서 바일부르크까지 여행해 화제가 되었던) 몽크 메이슨 씨가 아르키메데스의 나선 원리를 이용해 공중에서 추진력을 얻으려는 구상을 떠올렸다. 그는 헨슨 씨와 조지 경의 실패가 독립된 날개의 면이 절단되어 있기 때문이라고 제대로 파악했다. 그는 첫 번째 공개실험은 윌리스 룸에서 했지만, 이후 모형을 애들레이드 갤러리로 옮겼다.

조지 케일리 경의 기구와 마찬가지로, 메이슨 씨의 기구도 타원형이었다. 길이는 13피트 6인치였고, 높이는 6피트 8인치였다. 풍선에는 320큐빅피트의 가스를 채울 수 있었는데, 순수 수소를 사용할 경우에는 가스의 질이 저하되거나 새어나가기 전인 최초 상승 시 21파운드의 무게를 지탱할 수 있다. 기구와 장치를 다 합한 무게가 17파운드여서 4파운드 정도 여유가 남았다. 풍선의 중심 아랫부분에는 길이 9피트 정도 되는 가벼운 목재 뼈대가 통상적 방식대로 그물망으로 풍선에 연결되어 있었다. 이 뼈대에 고리버들 바구니, 즉 곤돌라가 매달려 있다.

스크루는 18인치 길이의 속이 빈 놋쇠 관으로 만든 굴대로 이루어져 있는데, 이 굴대에 2피트 길이의 철사 살들을 경사 15도의 반나선형으로 관통시킨다. 그러면 살들이 굴대 양쪽으로 1피트씩 튀어나오게 된다. 살의 바깥 끝부분에 납작한 쇠테 두 개를 붙여 살들을 서로 연결시킨다. 그렇게 스크루의 골격을 만든 다음 기름 먹인 실크를 삼각형으로 잘라 씌우고 표면이 고르게 보이도록 탄탄하게 당기면 완성이다. 고리 부분에서 내려온 속이 빈 놋쇠 관 기둥들이 굴대의 양쪽 끝에서 스크루를 지탱한다. 이 관들 아래쪽 끝에 있는 구멍에서 굴대의 회전축이 회전한다. 곤돌라 옆에 있는 굴대 끝에서 나온 쇠막대가 곤돌라에 설치된 용수철 장치의 톱니바퀴와 스크루를 연결하고 있다. 이 용수철이 작동하면 스크루가 몹시 빠른 속도로 회전하면서 기구 전체를 전진하게 한다. 기구는 방향타를 이용해 어느 방향으로든 쉽게 방향을 바꿀 수 있다. 용수철은 크기에 비해 힘이 강해서, 처음 돌린 후에는 직경 4인치의 톱니바퀴 통 위에 45파운드 무게를 들어 올릴 수 있을 정도이고 돌릴수록 점점 힘이 증가한다. 전체 무게는 8파운드 6온스이다. 방향타는 가벼운 등나무 골조에 실크를 씌워 만든 장치로, 모양은 배틀도어[53]와 비슷하고 길이는 3피트 정도, 가장 넓은 부분 폭이 1피트 정도였다. 무게는 2온스쯤 됐다. 방향타는 수평으로 돌릴 수도 있고 좌우는 물론 상하로도 움직일 수 있어서, 기울어진 상태로 비행할 때 반드시 생기는 공기의 저항을 조종사가 원하는 쪽 아무데나 옮길 수 있게 해주고, 따라서 기구를 반대 방향으로 돌릴 수

53　배드민턴의 전신.

도 있다.

(시간이 부족한 관계로 완벽하게 설명할 수는 없었지만) 애들레이드 갤러리에서 이 모형으로 시험비행을 했을 때는 속도가 시속 5마일까지 나왔다. 하지만 이상하게도 이 기구는 그전 헨슨 씨의 복잡한 기계에 비해 거의 관심을 끌지 못했다. 세상은 단순한 모양의 기계를 너무나 단호히 무시했다. 간절한 소망이던 비행을 이루기 위해서는 대단히 심오한 역학원리를 극도로 복잡하게 적용해야 한다는 게 사람들의 일반적인 생각이었던 것이다.

하지만 메이슨 씨는 자기의 발명품이 결국 성공을 거둔 것에 크게 만족해서 가능하다면 즉시 충분한 용량의 기구를 제작해 어느 정도 긴 여행을 할 수 있는지 시험해보기로 결심했다. 원래의 계획은 이전 나소 기구 때와 마찬가지로 영국해협을 건너는 것이었다. 이 계획을 실행하기 위해 그는 과학 지식, 특히 경항공기 발전에 관심을 가진 것으로 유명한 에버라드 브링허스트 경과 오즈번 씨에게 후원을 요청하여 받아냈다. 오즈번 씨의 바람에 따라 이 계획은 극비에 부쳐졌다. 설계를 한 사람들만 실제로 기구 제작에 참여했고, 제작은 (메이슨 씨와 홀랜드 씨, 에버라드 브링허스트 경, 오즈번 씨의 감독하에) 웨일즈의 펜스트루덜[54] 근처 오즈번 씨의 저택에서 이루어졌다. 헨슨 씨는 지난 토요일 친구 에인즈워스 씨와

54   가상의 지명.

함께 비공식적으로 기구를 볼 수 있는 허락을 받았고, 여기서 두 신사도 여행에 합류하기로 마지막 결정을 내렸다. 선원 둘은 무슨 이유로 일행에 포함되었는지 들은 바가 없다. 하지만 하루 이틀 내에 이 놀라운 여행에 대한 상세한 내용을 독자들에게 알려드리도록 하겠다.

기구는 액체 생고무를 바른 실크로 만들어졌다. 크기가 어마어마해서 가스가 4만 큐빅피트 이상 들어가지만, 더 비싸고 불편한 수소 대신 석탄가스를 썼기 때문에 완전히 부풀렸을 때와 그 직후 지지력이 2,500파운드 정도는 되었다. 석탄가스는 훨씬 저렴할 뿐만 아니라 조달과 관리도 쉽다.

석탄가스를 경비행기에 흔히 사용하게 된 것은 찰스 그린 씨 덕분이다. 그린 씨의 발견 이전에는 풍선을 부풀리는 데 엄청난 비용이 들어갔을 뿐만 아니라 과정도 불안정했다. 풍선을 가득 채울 정도의 수소를 조달하는 데 종종 이틀, 심지어 사흘이 허비되었고, 수소의 밀도가 극히 희박한 데다가 주변 대기와 비슷해서 풍선에서 새어나가기 일쑤였다. 제대로 만든 풍선에 석탄가스를 채우면 6개월은 질적이나 양적 변화 없이 유지할 수 있지만, 같은 양의 수소는 같은 순도로 6주도 버티지 못할 것이다.

지지력은 2,500파운드로 추정되는데, 여행자의 몸무게를 합쳐도 총 1,200파운드밖에 되지 않아 아직 1,300파운드의 여유분이 남아 있었다. 이 중 1,200파운드는 다양한 크기의 주머니에 넣고 각각 무게를 표시해둔 바닥짐용 모래와 밧줄, 기압계, 망원경, 커피 데우는 기계를 포함한 보름치 식량을 담은 통들을 싣는 데 쓰였다. 커피 기계는 전혀 불을 쓰지 않고 살기 위해, 괜찮다고 판단될 경우 소석회를 사용해서 커피를 데우는 기계였다. 모래주머니와 몇몇 사소한 물건들을 제외한 이 물품들은 모두 머리 위쪽 고리에 달아놓았다. 곤돌라는 모형에 붙어 있던 것보다 비율상 훨씬 작고 가벼웠다. 가벼운 고리버들로 만든 곤돌라는 약해 보이는 겉모습 치고는 놀랄 만큼 튼튼했다. 테두리 깊이는 4피트 정도였다. 방향타는 모형의 방향타보다 비율상 훨씬 컸고, 스크루는 상당히 작았다. 기구에는 갈고리 닻과 조절 밧줄도 갖춰져 있었는데, 조절 밧줄은 절대 없어서는 안 될 중요한 장비다. 경비행기에 대해 자세히 모르는 독자들을 위해 여기서 조절 밧줄에 대해 약간의 설명을 해야 할 것 같다.

기구는 땅에서 떠오르자마자 여러 가지 환경의 영향을 받아 무게에 변화가 생기게 되고, 그에 따라 상승력이 증가하기도 하고 감소하기도 한다. 예를 들어, 풍선의 실크 표면에는 이슬이 심지어 몇백 파운드까지 맺힌다. 그럴 때 모래주머니를 버리지 않으면 기구가 하강할 수 있다. 모래주머니를 버리고 햇빛이 이슬을 증발시키는 동시에 풍선 안의 가스를 팽창시키면, 기구는 다시 빠른 속도로 상승한다. 이 상승을 막기 위한 유일한 방법(정확히 말하자면, 그린 씨가 조절 밧줄을 발명하기 이전까지의 유일한 방법)은 밸브에서 가스를 배출시키는 것이지만, 가스를 배출할수록 상승력도 전반적으로 약해진다. 그래서 최고로 잘 만든 기구라 하더라도 비교적 짧은 시간 사이에 가스를 다 소진할 수밖에 없고 결국 지상으로 내려가게 된다. 이것이 긴 여행에 가장 큰 장애물이었다.

조절 밧줄은 상상도 못할 단순한 방법으로 이 어려움을 해결한다. 조절 밧줄은 곤돌라에서 늘어뜨려 질질 끌리며 따라오는 굉장히 기다란 밧줄에 불과하지만, 기구의 급격한 고도 변화를 막아주는 역할을 한다. 예를 들어, 실크에 습기가 맺히는 바람에 기구가 하강하기 시작하면, 늘어난 무게를 해결하기 위해 모래주머니를 버리지 않아도 된다. 딱 그만큼의 밧줄을 땅에 늘어뜨려 상황을 수습하거나 중화시키면 되기 때문이다. 반대로 어떤 상황으로 기구가 지나치게 가벼워져 상승한다면, 땅에서 밧줄을 끌어올려 무게를 추가함으로써 원래 상태로 되돌리면 된다. 그래서 기구는 매우 한정된 범위 안에서만 상승하거나 하강하게 되고, 가스나 모래주머니 같은 물자들도 비교적 온전히 보존하게 된다. 광활한 바다 위를 지나갈 때는, 구리나 나무로 만든 조그만 통에 물보다 가벼운 액체를 담아서 사용한다. 이 통들이 물에 떠서 땅 위에서 밧줄이 하는 것과 같은 역할을 한다. 조절 밧줄의 가장 중요한 역할은 기구의 진행 방향을 알려주는 것이다. 밧줄은 땅에서든 바다에서든 끌려가지만 기구는 자유롭기 때문에, 어떤 식으로 전진해도 늘 기구가 앞장서게 된다. 따라서 나침반으로 두 물체의 상대적 위치를 비교해보면 언제나 항로를 알 수 있다. 마찬가지로, 기구의 수직 축과 밧줄이 이루는 각도는 속도를 나타낸다. 각이 없다면, 다시 말해 밧줄이 수직으로 늘어져 있으면 기구가 정지해 있는 것이다. 반면 각이 클수록, 그러니까 기구가 밧줄 끝보다 더 멀리 앞서 갈수록 속도는 더 빠르며, 그 반대의 경우도 마찬가지다.

원래 계획은 영국해협을 건너 가능한 한 파리 근처에 착륙하는 것이었기 때문에, 여행자들은 대륙의 전 지역에 갈 수 있고 나소 비행 때처럼 탐험의 성격이 설명되어 있으며 통상적 입국 절차를 거치지 않아도 되는 여권을 미리 준비해두었다. 하지만 예기치 않은 일이 생기는 바람에 이 여권들은 모두 필요 없어지고 말았다.

이달 6일 토요일 동틀 녘, 북웨일즈 펜스트루덜에서 1마일 정도 떨어진 오즈번 씨의 저택 월보 하우스의 안마당에서 풍선 부풀리기 작업이 조용히 시작되었다. 11시 7분에 모든 출발 준비가 끝났고, 기구는 땅에서 풀려나 거의 정남향으로 부드러우면서도 꾸준하게 상승했다. 처음 30분 동안은 스크루도 방향타도 쓸 필요가 없었다. 이제 본지는 몽크 메이슨 씨와 에인즈워스 씨가 공동으로 작성한 수기를 포사이스 기자가 베껴 쓴 일지를 소개하겠다. 작성된 일지의 본문은 메이슨 씨가 썼고, 에인즈워스 씨가 매일 덧붙여 쓴 글이 추가되어 있다. 에인즈워스 씨는 현재 이 여행기를 준비하고 있으며 곧 대중들에게 이 가슴 뛰게 흥미진진한 여행 이야기를 더 자세히 들려줄 것이다.

일지.

4월 6일 토요일. 만만치 않을 거라 생각했던 모든 준비를 하룻밤 사이에 마치고 우리는 오늘 새벽 풍선에 가스를 주입하기 시작했다. 하지만 짙은 안개 때문에 풍선의 구김이 제대로 보이지 않아 지장을 주는 바람에 작업은 거의 11시가 되어서야 끝이 났다. 우리는 한껏 들떠 줄을 끊고 산들거리는 북풍을 타고 서서히 꾸준하게 날아올라 브리스톨 해협을 향해 떠 갔다. 상승력은 예상보다 더 컸다. 더 높이 올라가 절벽을 벗어나고 더 많은 햇살을 받으니 상승 속도가 몹시 빨라졌다. 하지만 여행 초반부터 가스를 빼고 싶지 않아서 당분간은 계속 상승하기로 결정했다. 조절 밧줄이 이내 동났지만, 땅에서 밧줄을 다 끌어올렸을 때에도 상승 속도는 여전히 매우 빨랐다. 풍선은 이상할 정도로 흔들리지 않았고 굉장히 아름다웠다. 출발한 지 10분여 만에 기압계가 고도 15,000피트를 가리켰다. 날씨는 기가 막히게 좋았고, 아래의 시골 풍경—어디서 보아도 아주 낭만적인 풍경—이 지금은 유난히 숭고하고 아름다워 보였다. 협곡을 가득 채운 짙은 연무로 인해 수많은 협곡들이 호수를 끼고 있는 것처럼 보였고, 남동쪽에 복잡하게 뒤얽힌 산봉우리와 험준한 바위산들은 동양의 우화에 등장하는 거대한 도시들 같았다. 기구는 남쪽의 산맥 지대를 향해 급속히 접근했지만, 산맥을 안전하게 넘고도 남을 고도까지 올라와 있었다. 몇 분 만에 우리는 우아하게 산맥을 넘었고, 에인즈워스 씨와 선원들은 곧돌라에서 내려다본 산들이 너무나 낮아 보인다며 깜짝 놀랐다. 기구가 너무나 높은 고도에 있는 까닭에 아래쪽 지표면의 높낮이차가 없어지면서 거의 수평처럼 보이기 때문이다. 여전히 거의 남쪽 방향으로 떠가고 있던 11시 반 경, 브리스톨 해협이 처음으로 시야에 들어왔다. 그로부터 15분 후, 해안에 부딪쳐 부서지는 파도가 바로 발아래에 보이더니 우리는 완전히 바다로 나왔다. 이제는 조절 밧줄에 부표를 달아 바다에 내릴 때까지 풍선에서 가스를 충분히 빼기로 했다. 작업은 순식간에 끝났고, 기구는 서서히 하강하기 시작했다. 약 20분 만에 첫 번째 부표가 떨어지고 곧이어 두 번째 부표도 바다에 닿자, 기구가 상승을 멈추었다. 이제 우리는 방향타와 스크루의 성능을 시험해보고 싶어서 안달이 났고, 파리 방향에 맞춰 동쪽으로 방향을 돌리기 위해 당장 두 개를 다 작동시켰다. 방향타를 사용해서 금세 필요한 만큼 방향을 바꾸자, 우리 항로는 바람 방향과 거의 직각을 이루었다. 스크루의 용수철을 가동시키자 즉시 바라던 대로 추진력을 내기에, 다들 뛸 듯이 기뻐했다. 우리는 아홉 번 크게 함성을 지르고 이 발명의 원리를 간단히 적은 양피지를 병에 담아 바다에 떨어뜨렸다. 하지만 기쁨이 채 가시기도 전에 예기치 않은 사건이 발생해 다들 적지 않게 낙담했다. 용수철과 스크루를 연결하는 쇠막대가 (우리가 데리고 탄 두 선원 중 하나가 움직이면서 곤돌라를 흔드는 바람에) 갑자기 곤돌라 끝 제자리에서 툭 튕겨 나오더니 순식간에 스크루 굴대의 축에서 벗어나 손도 닿지 않는 곳에 매달려 대롱거리는 상황이 벌어진 것이다. 우리가 그쪽에만 관심을 온통 집중한 채 쇠막대를 다시 잡으려고 안간힘을 쓰고 있는 사이, 기구는 동쪽에서 불어온 세찬 바람에 휘말려 속도가 급속히 빨라지며 대서양 쪽으로 떠갔다. 쇠막대를 다시 찾고 대책을 강구해보려 했을 때는 이미 시속 50 내지 60마일은 족히 되는 속도로 바다 쪽으로 밀려가고 있어서 북쪽으로 40여 마일 떨어진 곳에 케이프클리어 섬[55]이 보였다. 그 순간에 인즈워스 씨가 놀라운, 하지만 내가 생각하기에는 절대 무분별하다거나 터무니없는 망상 같지 않은 제안을 내놓았고, 홀랜드 씨가 이에 즉시 찬성했다. 그러니까, 지금 우리를 밀어붙이고 강풍을 거스르며 파리로 갈 게 아니라 차라리 이 바람을 타고 북미 해안까지 가보자는 제안이었다. 잠시 생각해본 후, 나는 이 대담한 제안에 기꺼이 찬성했다. 반대하는 사람은 (이상하게도) 선원 둘뿐이었다. 하지만 우리는 다수파로서 그들의 두려움을 무시한 채 단호하게 항로를 유지했다. 방향을 정서로 잡았지만, 질질 끌려 따라오는 부표가 진행에 크게 방해가 되는 데다가 기구의 고도도 위로든 아래로든 자유자재로 조종할 수 있었기 때문에, 우선 모래주머니 50파운드를 내던지고 (윈치를 이용해) 부표가 바다에 닿지 않을 정도로 밧줄을 끌어올렸다. 이 조치의 효과는 즉시 나타났다. 속도가 급격히 증가한 것이다. 바람이 거세지면서 우리는 거의 상상할 수도 없는 속도로 날아갔다. 조절 밧줄이 출항하는 배의 색테이프처럼 곤돌라 뒤에서 휘날렸다. 말할 필요도 없이, 순식간에 해안이 시야에서 사라졌다. 우리는 온갖 종류의 수많은 배들 위를 지나갔는데, 몇 척은 부지런히 돌아다니고 있었지만 대부분은 정박 중이었다. 갑판 위의 사람들은 모두 우리에게 열렬한 환호성을 보내주었고, 그 환성에 우리도 한껏 기분이 좋아졌다. 특히 선원 둘이 그랬다. 제네바 진 한 모금에 취한 그들은 망설임이고 두려움이고 다 바람에 날려버리기로 한 것 같았다. 많은 배들이 신호포를 쐈고, 모든 배들이 (놀라울 정도로 또렷하게 잘 들리는) 커다란 환호성을 지르고 모자와 손수건을 흔들며 우리를 맞아주었다. 이런 식으로 우리는 낮 시간 내내 어떤 사고도 없이 계속 떠 갔고, 밤이 다가오자 이제껏 온 거리를 대략 계산해보았다. 적어도 500마일은 될 게 분명했고, 어쩌면 그보다 더 왔을 수도 있었다. 프로펠러는 계속 작동했고 전진하는 데 분명 큰 도움이 되었다. 해가 떨어지자 바람이 거세져 완전히 허리케인으로 변했고 인광이 어른거리는 바다가 발아래 또렷하게 보였다. 밤새 바람이 동쪽에서 불어와 성공의 조짐이 훤했다. 다들 추위로 심하게 고생했고 축축한 대기도 몹시 불쾌했지만, 곤돌라 안 공간이 충분해 모두 바닥에 누울 수 있었고 외투와 담요 몇 장으로 충분히 견딜 만했다.

덧(에인즈워스 씀).

지난 아홉 시간은 내 인생에서 단연코 가장 흥분되는 시간이었다. 이런 신기한 위험과 새로운 모험보다 더 근사한 일은 상상할 수가 없다. 신께서 부디 우리에게 성공을 허락하시기를! 이 비행의 성공을 바라는 것은 그저 보잘것없는 일신의 안전을 위해서가 아니라 인류의 지식과 거대한 승리를 위해서이다. 하지만 이 위업의 실현 가능성이 너무나 명백하게 보이다 보니 왜 이런 시도를 진작 하지 않고 주저했는지가 놀라울 뿐이다. 지금 우리를 돕고 있는 강풍 같은 거센 바람이 나흘이나 닷새 정도만(이런 강풍은 종종 더 오랫동안 지속되기도 한다) 기구를 밀어준다면, 그사이 여행객들은 바다를 횡단해서 쉽게 여행할 수 있을 것이다. 그런 강풍을 생각하면 드넓은 대서양도 그저 호수에 불과해진다. 지금 그 어떤 현상보다 나를 더 놀라게 하는 것은 요동치는 파도에도 불구하고 저 아래 바다를 지배하고 있는 궁극의 고요함이다. 바다는 하늘에 아무 소리도 내지 않는다. 너울대는 광활한 바다는 불평 없이 몸부림치고 고통스러워한다. 산더미 같은 파도는 속절없는 고통에 발버둥 치는 말 못하는 거대한 악마들 무리 같다. 내게 있어 이런 밤은 평범한 인생 한 세기를 하룻밤 사이에 살게 하는 밤이다. 하지만 평범한 인생을 한 세기 동안 사는 기쁨을 위해 이 황홀한 기쁨을 포기하지는 않을 것이다.

7일 일요일(메이슨의 수기).

오늘 아침 10시경에는 강풍이 (바다의 선박으로 치면) 8 내지 9노트 정도로 약해져서 기구는 시속 30마일 정도의 속도로 비행했다. 방향은 상당히 북쪽으로 틀어졌지만, 감탄스러울 정도로 제구실을 하는 스크루와 방향타 덕분에 해 질 녘인 지금은 정서로 항로를 유지하고 있다. 이 비행은 완전히 성공한 것이나 다름없고, (딱히 바람을 거슬러 가지만 않는다면) 어느 방향으로든 아무 문제없이 쉽게 비행할 수 있다고 생각된다. 어제 같은 거센 바람을 거슬러 비행할 수는 없었을지 몰라도, 필요한 경우 더 상승한다면 바람의 영향권에서 벗어날 수 있었을지도 모른다. 이 프로펠러로는 꽤 거센 바람에 맞서서도 비행할 수 있다는 확신이 든다. 오늘 정오에는 모래주머니를 버리고 거의 고도 25,000피트까지 올라갔다. 직항 기류를 찾기 위해서였지만 지금 타고 있는 기류가 최선이라는 것을 알았다. 가스의 양은 이 조그만 연못을 횡단하기에 충분했다. 비행이 3주 동안 계속된다 해도 너끈할 정도였다. 결과는 조금도 걱정되지 않았다. 어려움은 이상하게 과장되고 오해받았다. 우리는 기류를 선택할 수 있고, 혹시나 모든 기류가 온통 우리의 비행을 막는다 해도 프로펠러로 그럭저럭 나아갈 수 있다. 기록할 만한 사건은 없었다. 밤 동안 날씨는 좋을 것 같다.

덧(에인즈워스 씀).

(내게는 꽤 놀라운) 한 가지 사실을 제외하면 기록할 일은 거의 없었다. 코토팍시 산[56] 높이까지 올라갔는데도 혹독한 추위나 두통, 호흡곤란이 전혀 느껴지지 않았다. 메이슨과 홀랜드, 에버라드도 마찬가지였다. 오즈번은 가슴이 답답하다고 호소했지만, 이 증세도 곧 사라졌다. 낮 동안 굉장한 속도로 날아왔으니, 대서양을 반 이상은 건넌 게 분명하다. 여러 종류의 배들을 20~30척 지나왔는데, 다들 즐거워하며 깜짝 놀라는 것 같았다. 기구를 타고 대양을 횡단하는 것은 결국 별로 어려운 일이 아니었다. 옴네 이그노툼 프로 마그니피코.[57] 메모—25,000피트 높이에서는 하늘이 거의 검정색이고 별들은 매우 또렷하게 보이는 반면, 바다는 (흔히 추측하듯) 볼록하게 보이지 않고 완전히 그리고 아주 분명하게 오목해 보인다.[58]

8일 월요일(메이슨의 수기).

오늘 아침 또다시 프로펠러 막대에 조그만 문제가 생겼다. 심각한 사고가 생길 수도 있으니 완전히 수리해야 한다. 날개가 아니라 쇠막대 말이다. 날개 상태는 더할 나위가 없다. 바람은 하루 종일 북동쪽에서 꾸준히 세차게 불어오고 있다. 지금까지 행운은 우

---

56   에콰도르 북부의 산으로 정상 높이가 5,897미터에 달함.
57   '미지의 것은 모두 대단하게 보인다'는 의미로 타키투스의 《아그리콜라》에서 인용.

리 편인 것 같다. 해가 뜨기 직전 기구에서 이상한 소리가 나고 흔들림이 느껴지면서 기구 전체가 급속히 하강하는 바람에 다들 흠칫 놀랐다. 대기가 더워지면서 가스가 팽창하고 그에 따라 밤 동안 그물을 뒤덮은 미세한 얼음조각들이 부서지면서 발생한 현상이었다. 아래 지나가는 배들에 병 몇 개를 던졌다. 뉴욕 항로 정기선으로 보이는 커다란 배가 병 하나를 건지는 것을 보았다. 배 이름을 보려고 애써봤지만 잘 안 보였다. 오즈번의 망원경으로 보니 '아탈란타'와 비슷하게 보였다. 지금 시각은 자정이고, 우리는 여전히 빠른 속도로 거의 서쪽 방향으로 가고 있는 중이다. 바다가 인광으로 유난히 푸르스름하게 빛난다.

---

58 에인즈워스 씨는 이 현상에 대한 설명을 시도하지 않았지만, 제법 설명이 가능하다. 25,000피트 높이에서 지표면(이나 대양)으로 수직으로 줄을 떨어뜨려 직각삼각형의 수직면이라 치면, 거기서 직각으로 수평선을 향해 뻗은 선이 삼각형의 밑변을 이루고 지평선이나 수평선에서부터 기구까지가 삼각형 빗변이 된다. 하지만 고도 25,000피트는 전망의 범위에 비하면 미미하기 이를 데 없다. 다시 말해, 그 가상의 삼각형의 밑변과 빗변이 수직면에 비해 너무 길어서 밑변과 빗변이 거의 평행하게 여겨질 수 있다. 이런 까닭에 기구 비행사가 바라보는 지평선이나 수평선은 항상 곤돌라와 같은 높이로 보이는 것이다. 하지만 바로 아래 지점은 아주 멀리 떨어진 것처럼 보이고, 실제로도 그렇기 때문에, 당연히 지평선이나 수평선보다 한참 아래 있는 것으로 보인다. 그래서 오목한 느낌이 드는 것이다. 고도가 눈에 보이는 전망의 크기에 비례하도록 몹시 높아져서 밑변과 빗변이 평행하게 보이는 현상이 사라질 때까지 이런 느낌은 계속 남아 있을 것이고, 그제야 볼록한 지구의 진짜 모습이 분명해질 것이다.

덧(에인즈워스 씀).

지금은 새벽 2시이고 내 생각으로야 거의 고요한 것 같지만, 우리는 완전히 공기와 함께 움직이고 있기 때문에 몹시 판단하기 힘든 일이다. 월보를 떠난 이후 한숨도 안 잤더니 더 이상 버틸 수가 없다. 잠깐이라도 자야겠다. 미국 해안까지 얼마 안 남은 게 분명하다.

9일 화요일(에인즈워스의 수기).

사우스캐롤라이나 아래쪽 해안이 완전히 다 보인다. 어려운 과제를 완수한 것이다. 우리가 대서양을 횡단했다. 기구를 타고 완전히 쉽게 건넌 것이다! 하나님께 경배를! 이제부터 무엇이 불가능하다는 소리를 어찌 할 수 있겠는가?

일지는 여기서 끝난다. 하지만 에인즈워스 씨가 포사이스 기자에게 하강 때의 몇몇 일화를 들려주었다. 해안이 처음 보이기 시작했을 때는 사방이 거의 쥐 죽은 듯이 고요했는데, 가장 먼저 선원 두 사람이, 이어서 오즈번 씨가 해안을 알아보았다. 오즈번 씨의 지인이 몰트리 요새에 있어서 그 근처에 내리기로 즉시 결정이 내려졌다. 기구는 해안 위로 접근했고(썰물이 빠져나가서 모래가 단단하고 부드러워 착륙하기에 딱 적절했다), 갈고리 닻을 내리자 당장 땅에 단단히 고정되었다. 물론 섬과 요새의 주민들이 기구를 보러 몰려나왔지만, 아무도 실제 여행—대서양 횡단—을 믿으려 하지 않았다. 닻을 내린 시각은 정확히 오후 2시였고, 따라서 전체 여행은 75시간 만에 끝이 났다. 아니, 해안에서 해안까지만 치면 그보다 더 적게 걸린 것이다. 심각한 사고도 없었고, 실제로 위험을 걱정한 적도 한순간도 없었다. 기구는 어렵지 않게 가스를 빼서 잘 챙겨두었다. 이 이야기를 편집한 수기가 찰스턴에서 왔을 때, 여행자들은 여전히 몰트리 요새에 있었다. 앞으로의 계획은 확인되지 않았지만, 본지는 월요일이나 늦어도 그다음 날 중 독자들에게 추가 소식을 전하겠노라고 확실히 약속할 수 있다.

이 여행은 이제까지 인간이 이루거나 시도한 일 중 가장 엄청나고 흥미로우며 중요한 기획이다. 앞으로 어떤 대단한 일들이 벌어질지는 지금 결정하려 해봤자 소용없는 일이다.

최면의 계시

최면술의 근본원리에 대한 의심이 여전히 없지는 않지만, 그 놀라운 사실들은 이제 거의 보편적으로 인정받고 있다. 이를 의심하는 사람들은 그저 의심을 업으로 삼는 무익하고 추레한 족속에 불과하다. 오늘날 다음 사실들을 증명하려고 하는 것보다 헛된 시간 낭비는 없다. 즉 인간이 그저 의지의 힘만으로 다른 인간을 죽음과 매우 흡사한 현상을 보이는, 혹은 적어도 우리가 아는 어떤 정상적인 상태보다 죽음과 더 많이 닮아 있는 비정상적 상태에 빠뜨릴 수 있다는 사실, 이런 상태에 빠져 있는 동안 그 사람의 외부감각기관은 오로지 애를 써야만 쓸 수 있고, 그래 봤자 미약하게밖에 쓸 수 없지만, 그 대신 몹시 날카로운 인지력으로 알 수 없는 경로를 통해 신체 기관의 한계를 넘어선 것들을 인지한다는 사실, 게다가 지적능력도 놀랍게 높아지고 활기차진다는 사실, 영향을 주는 사람과 받는 사람 사이에 깊은 교감이 이루어진다는 사실, 횟수가 빈번해질수록 영향에 대한 감응도가 증가하며, 특유의 유발 현상들도 그에 비례해서 더 확대되고 뚜렷해진다는 사실 말이다.

말했다시피, 이 사실들—최면술 법칙의 일반적 특징들—은 증명하려고 해봤자 헛된 일이다. 오늘날에는 하등 쓸모없는 증명을 하겠답시고 독자들을 괴롭히지도 않겠다. 지금 나의 목적은 실로 매우 다르다. 세상의 편견에 맞서야 할지라도, 최면에 빠진 사람과 내가 나눈 너무나 놀라운 대담의 내용을 어떤 해석도 덧붙이지 않고 자세히 적고 싶을 뿐이다.

나는 문제의 인물(반커크 씨)에게 오랫동안 상습적으로 최면을 실시해와서 최면 인지력이 통상적으로 날카롭게 감응하며 높아져 있었다. 여러 달 동안 반커크 씨는 폐결핵으로 고통받고 있었는데, 내 최면요법이 그의 심한 고통을 완화시키는 데 효과가 있었다. 이 달 15일 수요일 밤, 나는 반커크 씨의 침상으로 불려갔다.

환자는 심장 부위에 극심한 통증을 겪고 있어서, 천식의 일반적 증상들을 모두 보이며 몹시 힘겹게 숨을 몰아쉬고 있었다. 이런 발작을 일으킬 때면 보통은 신경중추에 겨자를 발라주면 증상이 완화되었지만, 오늘 밤은 그마저도 효과가 없었다.

방에 들어가자 반커크 씨가 기분 좋은 미소로 맞이했다. 분명 육체적 고통이 심할 텐데도 정신적으로는 꽤 편안해 보였다.

"오늘 밤 선생을 부른 이유는 육체의 병을 치료하기 위해서가 아니라 최근 내게 많은 불안과 놀라움을 준 어떤 정신적 느낌에 대해 답을 얻고 싶었기 때문입니다. 영혼의 불멸이라는 주제에 대해 내가 이제까지 얼마나 회의적이었는지는 굳이 말하지 않아도 잘 알 테지요. 하지만 마치 이제껏 부정해온 바로 그 영혼 안에 자신의 존재에 대한 어렴풋한 지각이 늘 존재해왔다는 것을 부정할 수가 없군요. 하지만 이 어렴풋한 지각이 절대 확신에 이른 적은 없습니다. 그건 내 이성과는 전혀 상관이 없어요. 사실 갖가지 논리적 탐구를 시도해봤지만 그럴수록 더 깊은 회의에 빠지기만 했어요. 쿠쟁[59]을 공부해보라는 조언을 듣고, 쿠쟁의 책뿐만 아니라 유럽과 미국의 추종자들의 책까지 읽어봤습니다. 예를 들어, 브라운슨 씨의 《찰스 엘우드》[60]도 손에 넣었어요. 온정신을 집중해서 읽었습니다. 전반적으로는 논리적이다 싶었지만, 전혀 논리적이지 않았던 부분은 안타깝게도 불신에 찬 주인공의 애초의 주장 부분이더군요. 주장을 요약하는 걸 보니 자기 자신조차 설득해내지 못한 게 분명했습니다. 주인공의 결말은 시작을 완전히 잊어버렸거든요. 트링큘로의 정부政府처럼 말입니다.[61] 간단히 말해, 나는 인간이 자신의 불멸성을 지적으로 확신하려면 그저 추상개념만으로는 절대

<hr />

59   프랑스의 절충학과 철학자.
60   이교도인 주인공이 쿠쟁의 철학의 영향으로 유니테리언교도가 되는 반자서전적 로맨스.

확신에 이를 수 없다는 것을 곧 깨달았습니다. 오랫동안 영국과 프랑스, 독일의 윤리학자들이 해왔던 식으로 말입니다. 추상개념은 흥미롭고 훈련도 되겠지만, 정신을 굳건히 사로잡을 수는 없습니다. 적어도 이곳 지상에서는 철학이 속성을 사물로 여기라고 청해도 언제나 소용없는 일이라는 확신이 듭니다. 의지로는 영혼을 받아들일 수 있을지 몰라도, 지성은 절대 아니거든요.

다시 말하지만, 어렴풋한 느낌이 있었을 뿐이지 절대 지적으로 믿지는 않았습니다. 하지만 최근 그 느낌이 다소 깊어진다 싶더니 마침내 거의 이성이 묵인하는 지경 비슷하게 되면서 둘을 구분할 수조차 없게 되었어요. 이 효과가 최면의 영향으로 나타났다는 것 또한 명백히 알 수 있게 되었습니다. 이걸 어떻게 설명해야 할지 모르겠지만, 최면으로 고양된 상태에서는 일련의 논리적 추론을 인지할 수 있다는 가설이 가장 그럴듯할 설명이 될 것 같군요. 그러니까, 비정상적 상태에서는 납득이 되지만, 최면 현상이 그렇듯이 정상 상태로 돌아오면 그 느낌만 남는 추론 말입니다. 최면 상태에서는 추론과 그 결론—원인과 결과—이 함께 있어요. 하지만 평상시 상태에서는 원인은 사라지고 오로지 결과만, 그것도 어쩌면 부분적으로만 남아 있게 되거든요.

61 '시작을 잊어버린 결말'은 셰익스피어의 〈템페스트〉에서 따온 표현이지만, 실제 안토니오가 한 말은 트링큘로의 정부가 아니라 곤잘로의 이상공화국에 대한 언급이었다.

이런 생각들을 하다 보니, 내가 최면에 빠져 있는 동안 잘 정리한 질문들을 던져보면 괜찮은 결과가 나올 수도 있겠다는 생각이 들었습니다. 선생께서도 최면에 걸린 사람이 보여주는 심오한 자기 인식, 그러니까 최면 상태 자체와 관련된 온갖 사항들에 대해 방대한 지식을 보여주는 것을 종종 관찰해보셨잖습니까. 이 자기 인식에서 적절한 질문 방식에 대한 암시를 추론해낼 수 있을 겁니다."

물론 나는 이 실험에 동의했다. 몇 번 손을 흔들자 반커크 씨는 최면에 빠졌다. 호흡이 즉각 편해졌고, 신체적 고통은 전혀 없어 보였다. 그리고 다음 대화가 이어졌다. 대화에서 V는 환자의 말, P는 내가 한 말을 나타낸다.

P 잠이 들었습니까?

V 네, 아니요. 더 깊이 잠들고 싶습니다.

P (손을 몇 번 더 움직인 다음) 이제는 잠이 들었나요?

V 네.

P 지금 앓고 있는 병의 결말이 어떠리라고 생각합니까?

V (한참 주저하다 힘겹게 말을 꺼내며) 죽는 거지요.

P 죽는다는 생각을 하면 괴롭습니까?

V (즉시) 아니요, 아닙니다!

P 그렇다면 좋습니까?

V 깨어 있다면 죽고 싶겠지만, 지금은 상관없습니다. 최면 상태

가 죽음이나 다름없어 만족스러우니까요.

P 이제 생각을 설명해주시지요, 반커크 씨.

V 그러고 싶지만, 제가 가진 힘보다 더 많은 노력이 필요합니다. 질문을 제대로 하지 않는군요.

P 그렇다면 무엇을 물어야 할까요?

V 처음부터 시작해야 합니다.

P 처음이라! 그런데 뭐가 처음입니까?

V 처음은 신입니다. (그 목소리는 낮고 떨렸고 극도의 존경심이 담겨 있었다.)

P 그렇다면 신은 무엇입니까?

V (몇 분 동안 망설이다) 말할 수 없습니다.

P 신은 영靈입니까?

V 깨어 있을 때는 무슨 뜻으로 '영'이라는 말을 쓴 건지 알겠지만, 지금은 그저 진실이나 아름다움 같은 단어에 불과해 보이는군요. 그러니까, 어떤 속성 말입니다.

P 신은 비물질적입니까?

V 비물질성이라는 건 없습니다. 그저 단어일 뿐이죠. 물질이 아닌 것은 아무것도 아닙니다. 속성이 사물이 아니라면 말이죠.

P 그렇다면 신은 물질입니까?

V 아니요. (이 대답에 나는 굉장히 놀랐다.)

P 그렇다면 뭐죠?

V (한참 동안 아무 말도 하지 않다가 중얼거리며) 알겠군요. 하지만 설명하기 어려운 일입니다. (침묵) 신은 영이 아닙니다. 존재하니까요. 선생께서도 알다시피, 물질도 아니죠. 하지만 물질에는 인간이 전혀 모르는 **점진적 단계**가 있습니다. 더 큰 것은 더 미세한 것에 추진력을 주고, 더 미세한 것은 더 큰 것에 스며들죠. 예를 들어, 대기는 전자 원소를 추진시키는 반면, 전자 원소는 대기에 퍼져 있는 것처럼요. 물질은 희박함 또는 미세함이 증가하며 이렇게 점진적으로 변화해나가서 마침내 입자가 없어서 더 이상 나눌 수 없는 **비입자** 상태에 도달합니다. 여기서 추진과 삼투의 법칙이 변화되죠. 궁극의 물질, 즉 비입자 물질은 모든 사물에 스며들 뿐 아니라 모든 사물에 추진력을 줍니다. 따라서 그것은 그 자체 안에 모든 사물을 품고 있는 물질입니다. 이 물질이 신이죠. 인간이 '생각'이라는 말로 구체화하려는 것은 이 물질이 움직이고 있는 상태이고요.

P 형이상학자들은 모든 작용은 움직임과 생각으로 환원되며 후자가 전자의 근원이라고 주장하죠.

V 맞습니다. 이제 그 생각 어디에 혼란이 있는지 알겠군요. 움직임은 정신의 작용이지, 생각의 작용이 아닙니다. 비입자 물질, 즉 신이 정지해 있는 상태가 (우리가 상상할 수 있는 최대치에서) 인간이 정신이라 부르는 것입니다. (사실상 인간 의지에 상당하는) 자가 운동력은 비입자 물질의 경우에는 단일성과 편재성의 결과이

죠. 어떻게 그렇게 되는지는 저도 모르고, 지금 분명히 알게 되었지만 앞으로도 절대 모를 겁니다. 하지만 그 자체에 존재하는 법칙이나 속성에 의해 움직이는 비입자 물질이 생각입니다.

　P　비입자 물질이라고 부르는 것에 대해 좀 더 정확히 설명해주실 수는 없습니까?

　V　인간이 인식하는 물질은 점차 감각을 벗어납니다. 예를 들어, 금속, 나뭇조각, 물방울, 대기, 가스, 열, 전기, 발광 에테르 같은 것들이 있다고 합시다. 우린 이 모든 것들을 물질이라고 부르고 모든 물질을 하나의 일반적 정의 안에 집어넣지요. 하지만 그럼에도 불구하고 금속에 부여하는 개념과 발광 에테르에 부여하는 개념은 분명 하늘과 땅만큼 다릅니다. 발광 에테르라고 하면 영이나 무無로 분류하고 싶은 기분이 거의 걷잡을 수 없을 정도로 들지 않습니까. 그렇게 하지 않는 유일한 이유는 에테르의 원자구조를 이해하고 있기 때문입니다. 여기서조차 우리가 원자에 대해 알고 있는 바, 즉 원자란 무한히 미세하고 견고하고 실체가 있으며 무게가 있는 물질이라는 사실에서 도움을 받아야만 하죠. 원자 구조에 대한 개념을 없애버리면 에테르를 실재하는 것, 적어도 물질로 생각할 수 없을 겁니다. 더 적절한 단어가 없는 관계로 영이라고 부를 수도 있겠죠. 이제 발광 에테르에서 한 단계 더 나아가봅시다. 에테르가 금속보다 더 희박하니까 에테르보다 훨씬 더 희박한 물질을 생각해보는 겁니다. 그러면 (온갖 학파들의 주장에도 불구하고)

당장 독특한 덩어리, 즉 비입자 물질에 이르게 됩니다. 원자 자체가 무한하게 작다는 것은 인정하는데도 불구하고, 원자들 사이 공간이 무한하게 작다는 것은 말이 안 되거든요. 원자들이 충분히 많아지면 그 사이 틈들이 사라지고 덩어리가 완전히 합체되는 정도로 희박해지는 그런 지점이 있을 겁니다. 그런데 원자구조에 대한 생각을 버리고 보면, 그 덩어리의 성질은 필연적으로 우리가 생각하는 영으로 슬며시 변하게 되죠. 그래도 이것이 전과 다름없이 완전히 물질이라는 것은 분명합니다. 사실, 존재하지 않는 것을 상상하기란 불가능하니 영을 상상하는 것도 불가능하죠. 그 개념을 만들었다고 우리가 우쭐해할 때는 그저 무한히 희박해진 물질을 생각하면서 자신의 지력을 기만하고 있을 뿐입니다.

P 완전한 결합이라는 생각에 대해서는 확실한 반대 의견이 있는 것 같습니다. 우주에서 공전하는 천체들이 경험하는 미세한 저항 말입니다. 사실 이제 그 저항은 어느 정도 존재한다고 규명되었지만, 그럼에도 불구하고 너무나 미약해서 뉴턴 같은 천재조차 간과했을 정도였죠. 천체들의 저항력은 주로 밀도와 비례한다고 알고 있습니다. 완전한 결합이란 완전한 밀도를 뜻하고요. 틈이 없는 곳에는 유연성도 있을 수 없어요. 완전한 밀도를 가진 에테르는 철이나 단단한 물질로 이루어진 에테르보다 별의 전진을 더 효과적으로 멈출 겁니다.

V 선생의 반대 의견은 그 의견에 대한 대답이 불가능해 보이는

만큼이나 쉽게 대답할 수 있습니다. 별의 전진에 대해서라면, 별이 에테르를 통과해서 가건 **에테르가 별을 통과해서** 가건 차이가 없습니다. 알려져 있는 혜성의 감속을 에테르를 통과하기 때문이라는 생각과 연결시키는 것보다 더 말도 안 되는 천문학적 오류는 없어요. 이 에테르가 아무리 희박하다 해도 자기들이 이해할 수 없는 문제를 못 본 척하고 넘기려 하는 천문학자들이 인정하는 것보다 훨씬 더 짧은 시간 사이에 별의 공전을 멈출 수 있기 때문입니다. 반면 실제로 별에서 일어나는 감속은 에테르가 천체를 순간적으로 통과할 때의 마찰에서 나온다고 볼 수 있을 겁니다. 감속을 일으키는 힘은 한편으로는 일시적이고 자체 내에서 완결되지만, 다른 한편으로는 끝없이 축적되지요.

P 하지만 신을 한낱 물질과 동일시하는 이 모든 의견이 불경스럽지는 않습니까? (반커크 씨가 내 말뜻을 완전히 이해하지 못해서 질문을 다시 한 번 되풀이해야만 했다.)

V 왜 물질이 정신보다 덜 숭배받아야 하는지 설명할 수 있습니까? 하지만 선생은 내가 말하는 물질이 뛰어난 능력에 관한 한 모든 면에서 학파들이 주장하는 바로 그 '정신'이나 '영'이라는 것을, 게다가 동시에 이 학파들에서 말하는 '물질'이기도 하다는 것을 잊고 있군요. 영에 귀속되는 모든 권능을 가진 신도 완벽한 물질일 뿐입니다.

P 그렇다면 움직이는 비입자 물질이 생각이라고 주장하시는 겁

니까?

V 일반적으로 이 움직임이란 보편적 정신의 보편적 생각이지요. 이 생각이 창조하는 겁니다. 모든 피조물들은 신의 생각일 뿐이고요.

P '일반적으로'라고요.

V 그렇습니다. 보편적 정신은 신입니다. 새로운 개체들에게는 물질이 필요하죠.

P 하지만 지금은 '정신'과 '물질'을 형이상학자들처럼 말하고 있군요.

V 네, 혼란을 피하기 위해서입니다. 내가 말하는 '정신'은 비입자, 즉 궁극의 물질을 뜻합니다. '물질'은 그 외의 모든 것들이고요.

P '새로운 개체들에게는 물질이 필요하다'고 하셨죠.

V 그렇습니다. 유형으로 존재하는 정신은 단지 신이니까요. 생각하는 개별 존재들을 창조하기 위해서는 신의 정신의 일부를 육화시켜야 했습니다. 그래서 인간이 개인으로 창조된 것입니다. 공동으로 부여된 것을 벗어버리면 인간이 신이겠죠. 자, 육화된 비입자 물질의 특정 움직임은 인간의 생각입니다. 전체의 움직임이 신의 생각인 것처럼요.

P 육신을 벗어버리면 인간은 신이 될 거라는 말입니까?

V (한참을 망설이다) 그렇게 말했을 리가 없습니다. 그건 엉터리예요.

P (메모를 참고하며) '공동으로 부여된 것을 벗어버리면 인간이 신일 것'이라고 **확실히** 말했습니다.

V 그건 맞습니다. 그렇게 벗어던진 인간은 신이 될 테고, 개체성을 잃어버리겠죠. 하지만 인간은 결코 그렇게 될 수도 없고, 적어도 결코 그렇게 **되지 않을** 겁니다. 그렇지 않으면 신의 행위가 스스로에게 회귀한다고 상상할 수밖에 없어요. 그건 무의미하고 헛된 행위입니다. 인간은 피조물입니다. 피조물들은 신의 생각이고요. 생각의 본질은 돌이킬 수 없는 겁니다.

P 이해가 안 되는군요. 인간은 절대 육신을 벗어버리지 않는다는 말입니까?

V 인간이 결코 육신 없이 존재하지 않을 거라는 뜻입니다.

P 설명해보십시오.

V 육신에는 두 가지가 있습니다. 애벌레와 나비라는 두 가지 상태에 해당되는 미숙한 육신과 완전한 육신이요. 우리가 '죽음'이라 부르는 것은 그저 고통스러운 변신일 뿐입니다. 현재의 육신은 예비적이고 일시적이며 진행 중이죠. 우리의 미래는 완벽하고 궁극적이며 불멸입니다. 궁극의 생명이 완전한 계획입니다.

P 하지만 애벌레의 변신은 우리가 명백하게 인지하고 있습니다.

V 우리야 물론 인지하죠. 하지만 애벌레는 아닙니다. 우리의 미숙한 육신을 구성하는 물질은 그 육신의 신체 기관의 시야 안에 갇혀 있습니다. 더 분명하게 말하자면, 우리의 미숙한 기관들은 미

숙한 육신을 이루는 물질에 적합하지, 궁극의 육신을 구성하는 물질에는 맞지 않습니다. 그래서 궁극의 육신은 우리의 미숙한 감각으로는 감지할 수 없으며, 우리는 그저 그 내부의 형태에서 썩어 떨어지는 껍질만을 인지할 뿐입니다. 내부 형태 그 자체가 아니라요. 하지만 이미 궁극의 삶을 얻은 자들은 껍질뿐만 아니라 이 내부 형태까지 감지할 수 있는 겁니다.

P 최면 상태가 죽음과 거의 흡사하다는 말을 종종 하셨죠. 어째서 그렇습니까?

V 최면 상태가 죽음과 닮았다고 한 것은 그것이 궁극의 삶과 흡사하다는 말입니다. 최면에 빠져 있을 때는 내 미숙한 육신의 감각들이 정지되고, 신체 기관이 아니라 궁극의 무기적 삶에서 사용하는 매개를 통해 외부의 사물들을 직접 인식하니까요.

P 무기적이라고요?

V 그렇습니다. 신체 기관들은 개인이 물질의 다른 종류와 형태를 배제하고 특정 종류와 형태와 합리적인 관계를 맺는 장치입니다. 인간의 신체 기관은 미숙한 상태, 오로지 거기에만 맞춰져 있어요. 무기적인 궁극의 상태에서는 한 가지만 제외하고 모든 것을 무한히 이해하게 됩니다. 신의 의지의 성격, 즉 비입자 물질의 움직임만이 그 예외이죠. 궁극의 육신을 전체가 뇌로만 이루어진 육신이라고 상상해보면 그 개념을 더 분명하게 이해할 수 있을 겁니다.

이게 궁극의 육신은 아니지만, 이런 식으로 생각해보면 그게 어떤 것인지 더 잘 이해할 수 있을 겁니다. 발광체는 발광 에테르에 진동을 전달합니다. 이 진동이 망막에 비슷한 진동을 전달하고, 망막은 다시 시신경에 비슷한 진동을 전달하죠. 시신경은 뇌에 비슷한 진동을 전달하고, 뇌 또한 뇌에 스며있는 비입자 물질에 비슷한 진동을 전달합니다. 이것이 미숙한 삶의 정신이 외부 세계와 소통하는 방식입니다. 미숙한 삶에서 이 외부 세계는 그 신체 기관의 특성으로 인해 제한되어 있습니다. 하지만 궁극의 무기적 삶에서는 외부 세계가 (말했듯이 뇌와 비슷한 물질로 이루어진) 발광 에테르보다 무한히 희박한 에테르만을 매개로 하여 몸 전체에 접해 옵니다. 그리고 이 에테르에—에테르와 하나가 되어—몸 전체가 진동하는 겁니다. 몸에 스며 있는 비입자 물질을 움직여서요. 따라서 궁극의 삶에서 가지게 될 거의 무한한 인식능력은 특유한 신체 기관이 사라졌기 때문이라고 봐야 합니다. 미숙한 존재들에게 신체 기관이란 날개가 다 자랄 때까지 갇혀 있어야 할 새장인 거죠.

P 미숙한 '존재들'이라고 하시는군요. 인간 말고도 사고력을 지닌 미숙한 존재들이 있습니까?

V 무수히 응집되어 성운과 행성, 태양, 그 외 천체들에 포함되어 있지만 성운도 태양도 천체도 아닌 희박한 물질의 유일한 존재 이유는 무한히 많은 미숙한 존재들의 개별 기관들의 특성에 맞는 **영양분**을 공급해주는 것입니다. 궁극적 삶 이전의 미숙한 삶에 필요하지 않았다면 이런 천체들도 없었을 겁니다. 각 천체마다 사고

력을 갖춘 미숙한 유기체들이 다양하게 살고 있어요. 대체로 신체 기관들은 거주 장소의 특성에 따라 다양합니다. 이 피조물들은 죽음, 즉 변신을 통해 궁극의 삶, 즉 불멸을 누리고 그 한 가지만을 제외한 모든 비밀을 인식하며 그저 의지만으로 무엇이든 하고 어느 곳이든 지나갑니다. 이들은 우리에게는 유일한 실체로 느껴지는, 이들을 담기 위해 우주가 창조되었다고 우리가 맹목적으로 생각하는 그 별들이 아니라 그 우주 자체에서 살고 있어요. 진실로 실체적인 광대함이 천사들이 보지 못하도록 별 그림자를 집어삼켜 존재하지 않는 것으로 지워버리는 그 무한 속에 말입니다.

P '미숙한 삶에 필요하지 않았다면' 이런 천체들도 없었을 거라고 하셨죠. 하지만 왜 필요한 겁니까?

V 대개 무기물뿐만 아니라 무기적 삶에 있어서도 신성한 의지라는 단순하고 유일무이한 법칙의 작용을 방해하는 것은 아무것도 없습니다. 방해물을 만들 목적으로 (복잡하고 견실하며 법의 저해를 받는) 유기적 삶과 유기물을 만든 겁니다.

P 그래도…… 왜 이 방해물을 만들었어야 하는 겁니까?

V 침해되지 않은 법의 결과는 완벽, 정의, 소극적 행복입니다. 침해된 법의 결과는 불완전, 부정, 적극적 고통이죠. 유기적 삶과 유기물의 법을 많이, 복잡하게, 확실하게 만들 때 생기는 방해물을 통해 법의 침해가 어느 정도까지 실제로 가능해집니다. 그리하여 무기적 삶에서는 불가능한 고통이 유기적 삶에서는 가능해지는

거죠.

P 하지만 그렇게 해서 고통을 가능하게 하는 게 무슨 소용이 있는 거죠?

V 모든 것은 상대적으로 좋고 나쁜 겁니다. 충분히 분석해보면 어떤 경우에든 즐거움은 그저 고통의 반대에 불과하다는 것을 알게 됩니다. 언제든 행복하기 위해서는 동시에 고통을 겪었어야 해요. 아무런 고통도 겪지 않는다는 것은 행복도 누려보지 못했다는 거겠죠. 하지만 알려졌다시피, 무기적 삶에서는 고통이 있을 수 없습니다. 지상에서 겪는 원시적 삶의 고통이 천국의 궁극적 삶에서 행복을 누리기 위한 유일한 조건입니다.

P 그래도 말씀하신 것 중 이해가 안 가는 표현이 하나 있습니다. '진실로 실체적인 무한의 광대함'이 뭡니까?

V 이건 아마 선생께서 '실체'라는 용어 자체의 포괄적 개념을 충분히 이해하지 못해서인 것 같습니다. 그건 속성이 아니라 감정으로 봐야 해요. 사고력을 가진 존재들에게 있어 그건 물질을 자신의 조직에 맞게 만드는 인식입니다. 지구상의 많은 것들이 금성의 거주자들에게는 아무런 쓸모도 없을 겁니다. 금성에서는 보고 만질 수 있는 많은 것들이 우리에게는 존재조차 감지되지 않을 수도 있지요. 하지만 무기적 존재, 즉 천사들에게는 비입자 물질 전체가 실체입니다. 다시 말해서, 우리가 '우주'라고 부르는 것 전체가 그들에게는 가장 진실한 실체인 거죠. 동시에 우리가 비물질성으로 여

기는 것으로 인해 비입자 물질이 유기적 존재의 감각을 피해가는 것에 비례해서, 우리가 물질성이라고 여기는 것으로 인해 별들이 천사들의 감각에는 감지되지 않는 겁니다.

최면에 빠진 사람이 힘없이 이 마지막 말을 했을 때, 나는 그의 얼굴에서 이상한 표정을 보고 깜짝 놀라 당장 최면에서 깨우기로 했다. 그렇게 하자마자, 반커크 씨는 온 얼굴에 환한 미소를 짓더니 베개에 털썩 쓰러져 숨을 거두었다. 시신은 1분도 지나지 않아 완전히 돌처럼 굳어졌다. 이마는 얼음처럼 차가웠다. 보통 때 같으면 아즈라엘[62]의 손이 한참 동안 누르고 나서야 보였을 현상이었다. 실로 이야기의 후반부에 반커크 씨는 망령의 영역에서 내게 말을 걸고 있었던 걸까?

---

62 이슬람교의 죽음의 천사.

대중문학의 지평을 넓힌 작가
에드거 앨런 포

권진아(서울대학교 강의교수)

"에드거 앨런 포가 사망했다. 그저께 볼티모어에서 사망했다. 이 소식에 많은 사람들이 놀라겠지만, 슬퍼할 사람들은 거의 없을 것이다"로 시작되는 1849년 10월 9일 자 〈뉴욕 트리뷴〉지의 포 사망 기사는 에드거 앨런 포 하면 떠올리게 되는 타락과 광기의 이미지를 구축한 출발점이자 오랫동안 끈질긴 영향력을 발휘한 글이다. "루드비히"라는 가명으로 이 사망 기사를 쓴 사람은 루퍼스 윌못 그리스월드로, 자신이 편찬한 '미국의 시인과 시 선집 시리즈'(1842~1850)의 성공으로 당시 문단에서 큰 영향력을 행사하던 인물이었다. 선집에 들어가는 시와 시인의 선정 기준을 비판한 포―비평가로서의 포는 "토마호크[63]맨"이라는 별명이 붙을 정도로 신

---

63   북아메리카 원주민들이 사용한 도끼.

랄한 비평을 쓰기로 유명했다—와 불화를 겪었던 그리스월드의 악의적 회상 속에서 포는 "친구가 거의 없거나 전혀 없"고 "광기와 우울에 휩싸인 채 저주의 말을 웅얼거리며 거리를 배회"하는 기괴한 인간, 남을 무시하기 위한 오만한 야심만 가득할 뿐 "도덕적 감수성이라고는 전혀 없는" 반사회적 인간으로 제시되고, 놀랍게도 이 글과 그 후속격인 〈작가 회상록〉이 이후 수십 년간 포 전기의 준거가 되면서 포를 자신의 기이하고 섬뜩한 작품들과 분리시켜 생각할 수 없는 악마적 광기에 휩싸인 작가로 신화화한다. 물론 부모의 죽음과 입양, 양부와의 불화, 도박, 음주, 미성년 사촌과의 결혼, 현재까지도 진실이 밝혀지지 않은 의문의 죽음에 이르기까지 기본적인 사실들만 놓고 봐도 극적인 일화로 점철된 포의 삶 자체가 이에 좋은 재료가 되어주었다는 것은 부정할 수 없는 사실이다. 결국 그리스월드의 과장과 왜곡을 폭로한 존 헨리 잉그램의 전기가 나온 것이 1875년, 사실에 입각해 제대로 쓴 전기로 현재까지 인정받는 아서 H. 퀸의 《에드거 앨런 포: 비평 전기Edgar Allan Poe: A Critical Biography》(1941)가 나온 것이 포가 사망한 지 거의 백여 년이 지나서였으니 그리스월드의 영향력이 얼마나 컸을지 짐작할 만하다. 포가 미국에서보다 더 큰 인기를 누렸던 프랑스에 포의 단편들을 번역, 소개한 대표적 포 추종자 보들레르 또한 포의 일인칭 화자들을 작가 포와 분리시키지 않는 대표적 "오독"을 한 독자 중의 하나였으니 말이다.

하지만 포에 관한 이러한 "신화적 통념"에서 그리스월드식의 과장이나 날조, 혹은 낭만적 신화화를 걷어내고 보면, 인간적 결함이 없지는 않지만 일찌감치 글쓰기를 자신의 소명으로 삼고 작가로 성공하기 위해 열악한 현실과 싸우며 고군분투한, 의외로 평범한 인물을 만나게 된다. 40세의 나이로 수수께끼의 죽음을 맞기 전까지 20여 년을 작가로 살며 네 권의 시집과 장편소설 한 편, 무려 60편이 넘는 단편, 그 외에도 잡지 편집자로서 무수한 논평과 에세이를 쓴 포는 (본인이 바란 바는 아니었겠지만) 글쓰기로만 생계를 유지한 최초의 미국 작가였다. "사도마조히스트, 약물중독자, 조울증, 성도착자, 병적 자기중심주의자, 알코올중독자라고? 포에게 언제 글 쓸 시간이 있었을까?"라며 포에 관한 속설들을 은근한 유머로 반박하는 포 박물관의 한 포스터 문구에 동의하지 않을 수 없게 만드는 작업량이다.

통념을 깨는 또 하나의 사실은 포의 기괴한 단편들이 당시의 "문학 시장"을 적극적으로 의식하며 쓴 작품이라는 점이다. 랄프 왈도 에머슨, 헨리 데이비드 소로, 월트 휘트먼, 허먼 멜빌, 너새니얼 호손, 에밀리 디킨슨과 함께 미국 문학의 르네상스(1830~1865)를 이끈 작가로 꼽히는 포의 작품들은 예술성과 시장성을 상충되는 개념으로 보는 흔한 이분법의 경계를 흐리게 만든다. 애초 포의 문학적 야심은 단편 작가보다는 시인이 되는 것이었다. 바이런과 셸리, 콜리지 같은 시인이 되기를 꿈꾸며《테멀레인 외 다른 시들Tamerlane and Other Poems》(1827)과 《알 아라프, 테멀레인 외 다른 시들 Al Aaraaf, Tamerlane and Minor Poems》(1829), 《시들Poems》(1831)까지, 시집도 일찍이 연달아 세 권을 내놓았다. 그랬던 포가 1830년대 초부터 갑자기 단편으로 방향을 전환한 것은 순전히 현실적인 이유에서였다. 세 권의 시집이 그에게 어떤 경제적 도움도 가져다주지 못했기 때문이다. 포는 성년이 되고 양부 존 앨런과 불화를 겪으면서부터 죽는 날까지 한 번도 넉넉한 생활을 해본 적이 없었지만, 이 시기에는 특히 지독한 가난에 시달렸다고 알려져 있다. 그는 웨스트포인트사관학교에서 (자청해서) 퇴학당한 후였고, 재혼으로 법적 친자를 얻었을 뿐 아니라 사생아까지 있었던 존 앨런과의 화해(와 유산 상속의) 가능성은 희박했다. 간절한 반성과 화해의 바람을 담은 편지들은 무시당했다. 소속도, 기댈 가족도 없었던 포에게 현실의 문제가 그 어느 때보다 절박했던 시기였다. 잘 팔리면서 예술적 가치도 있는, 즉 "대중과 평자의 취향을 동시에 만족시키는"(《작법의 철학》) 이야기를 쓰기 위한 포의 선택은 당대 인기 대중 장르들의 공식을 적극적으로 수용하는 것이었다. 대중문화 전반에 널리 영향을 미친 장르물의 대가 에드거 앨런 포가 탄생하는 순간이다.

포를 19세기 당시이건 지금 현재이건 대중에게 가장 각인시킨 장르는 두말할 것도 없이 고딕공포물이다. 포가 단편을 시작하면서 고딕공포물을 택한 이유는 명백했다. 최초의 고딕소설인 호레이스 월폴의 《오트란토 성》(1764)이 나온 이래 고딕공포물은 당시

대서양 양안에서 모두 상당한 인기를 누려온 장르였다. 영국에서는 포가 동경하던 낭만주의 시인들의 시를 싣던 유명 문예지 《블랙우드 에든버러 매거진》에서 꾸준히 지면을 차지하고 브론테 자매나 찰스 디킨스 등의 작가들에게 영향을 미치고 있었고, 미국에서도 고딕은 찰스 브록덴 브라운 등의 작가들을 통해 대중에게 익숙해져 있었다. 특히 미국에서는 고딕의 공포에서 한 걸음 더 나아가 극악한 범죄를 생생하게 묘사한 이야기들을 싣는 '페니프레스'[64]나 아예 범죄의 기록을 담은 《미국의 범죄 기록》(1833) 같은 범죄 팸플릿들이 센세이셔널한 자극을 추구하는 대중 사이에서 큰 인기를 끌고 있었다. 포의 작품 속에 거듭 등장하는 죽음, 살인, 부패, 생매장, 신체 훼손 등 섬뜩한 사건들이 포 작품만의 특징이 아니라 당시 쉽게 접할 수 있는 이야기들이었다는 말이다.

하지만 포의 고딕은 폭력의 생생한 묘사로 공포의 스릴을 추구하는 페니프레스의 이야기들과 달리 화자의 내면에 초점을 맞춰 인간 내면의 무의식과 불안, 광기를 탐구하는 계기로 삼음으로써 공포물을 세련된 심리물의 차원으로 끌어올렸다. 《기괴하고 기이한 이야기들Tales of the Grotesque and Arabesque》(1839)에 실린 단편들이 지나치게 고딕적이라는 평자들의 비판에 대해 그가 대답했듯이, 포의

---

64 6센트인 일반 신문과 달리 1센트라는 낮은 가격을 내세워 전 계층에서 널리 읽힌 저급 신문들.

고딕공포 이야기들은 통제할 수 없는 극단적 상황에서 "영혼이 느끼는 공포"를 통해 인간의 심리를 탐구하는 이야기들이다. 자신이 겪은 혹은 목격한 공포의 경험을 일인칭으로 전달하는 포의 화자들은 집착과 공포증(〈베르니스〉), 망상과 자기 분열(〈윌리엄 윌슨〉), 자기 파괴적 이상심리(〈심술의 악령〉, 〈검은 고양이〉, 〈고자쟁이 심장〉), 지각 과민과 우울증(〈어셔가의 몰락〉)으로 인해 점차 붕괴되어가는 내면을 종종 기이할 정도로 차분하거나 분석적인 어조로 전달하며 현실과 비현실, 이성과 비이성의 경계를 질문하게 한다. 고딕의 기존 장르 관습은 포의 심리 공포물에 절묘한 객관적 상관물을 제공한다. 로더릭 어셔의 심리적 붕괴와 조응하여 균열이 커져가다 결국 함께 허물어져 내리는 고색창연한 어셔가의 저택, 윌리엄 윌슨과 또 다른 윌리엄 윌슨의 기숙사 방을 잇는 종잡을 수 없이 꼬불꼬불한 복도, 이름 없는 화자가 아내와 고양이를 생매장한 축축한 지하실 등은 이야기에 음산함을 더하는 고딕적 배경으로서도 훌륭하지만 주인공들의 자기 분열과 억압, 내면의 어둠을 탁월하게 형상화한 심리적 상징물들이다. 고전어를 전공했고 잡지 편집자로서 온갖 종류의 글을 읽고 평론을 쓰며 그리스 로마 고전에서부터 페니프레스까지 당시 독서 대중의 취향을 두루 파악하고 있었던 포가 탄생시킨, 단순한 오락물로도 최고의 재미를 제공하지만, (포의 단편 이론에서 가장 중요한 요소인) "단일한 효과" 속에 감춰진 다층적 의미를 알아보는 독자들에게 한 차원 높은 독서의 재미를 제공하는 공포물들이다.

　포의 고딕은 인간 내면의 어둠을 들여다보는 데만 머물지 않았다. 포와 함께 '어둠'의 작가로 구분되는 동시대 작가 멜빌이나 호손처럼 본격적으로 다루지는 않지만, 미국 역사의 어두운 이면을 외면하지 않는다. "명백한 운명"의 기치를 내세워 서쪽으로 영토를 확장해나가고 자신들이 정복한 미국 원주민들은 보호구역으로 강제로 밀어 넣고 있던 19세기 초 미국 역사의 폭력성을 신랄하게 풍자하는 〈아무것도 남지 않은 남자〉가 그 예이다. 포의 기괴한 이야기의 또 하나의 특징인, 부조리에 가까울 정도로 현대적인 블랙유머가 빛을 발하는 이 단편에서 미국의 역사는 미국 원주민 토벌 전투에서 피와 살로 이루어진 "인간성"을 잃고 이를 기술의 힘으로 기괴할 정도로 완벽하게 대체한 스미스 명예준장의 모습으로 재구성되어 섬뜩한 희화화의 대상이 된다.

　열기구, 철로, 증기선, 전보, 인쇄술의 발전, 골드러시, 잭슨 민주주의, 심화되는 자본주의적 경쟁, 도시화 등 19세기 초 미국 사회에 불어닥친 급격한 변화들과 이에 대한 양가적 감정도 여러 단편들에서 다루는 소재들이다. 〈군중 속의 남자〉는 타인의 삶을 몰래 훔쳐보는 화자와 혼자 있는 것을 역병처럼 피하는 남자를 통해 익명의 자유와 군중 속의 고독이 공존하는 현대적 도시의 풍경을 그린다. 〈블랙우드식 글쓰기〉, 〈곤경〉, 〈작가 싱엄 밥 씨의 일생〉은 잡지 문학의 관행과 자본주의 시대의 글쓰기를, 〈사업가〉와 〈사기〉는 자본주의적 윤리와 경쟁을 코믹하게 풍자한다. 욥의 고난에 못지 않은 시련 끝에 결국 불신자가 어처구니없는 불행한 일들을 관장 하는 기묘천사에 대한 믿음을 얻는 〈기묘천사〉는 종교적 믿음이 흔들리는 시대의 초상을 그린 발군의 블랙코미디이다.

하지만 대중문학에 대한 포의 가장 큰 공헌은 뭐니 뭐니 해도 (포 자신은 "추론 이야기tales of ratiocination"라고 부른) 가장 커다란 독 자층을 자랑하는 현대의 대표적 장르 문학 중 하나인 탐정물을 만들어냈다는 것이다. 놀랍게도 《이야기들Tales》(1845)에 실린 세 편 의 뒤팽 이야기, 〈모르그 가의 살인〉, 〈마리 로제 수수께끼〉, 〈도둑 맞은 편지〉에서 포는 탐정소설의 공식과 탐정의 원형을 처음부터 완벽할 정도로 완성된 형태로 내놓는다. 범죄로 들끓는 대도시에 서 은둔자처럼 사는 천재적 탐정과 평범한 지성을 가진 화자로 구 성된 이인조, 시인의 상상력과 수학자의 논리로 사건을 해결하는 탐정과 관행과 본능에 기댄 수사로 번번이 사건 해결에 실패하는 경찰 집단의 대조는 아서 코넌 도일의 셜록 홈스 시리즈에서 고스 란히 카피되어 현대 탐정소설의 공식으로 자리 잡는다. 밀실 범죄 (《모르그 가의 살인》)와 암호 해독(《황금 벌레》), 영혼의 쌍둥이처럼 탐 정과 똑같은 비상한 사고 회로를 가진 숙적(《도둑맞은 편지》) 등 추리 ·범죄소설의 익숙한 장르 관습들까지 포가 고작 세 편의 단편 안 에서 모두 선보였다는 사실은 놀라울 뿐이다.

공상과학소설은 사기꾼이 전하는 믿을 수 없는 달나라 모험 이야기를 그린 〈한스 팔의 전대미문의 모험〉과 미래 사회/사후의 미래에서 과거 사회를 돌아보는 〈멜론타 타오타〉, 〈모노스와 우나의 대담〉, 〈에이러스와 차미언의 대화〉 네 편의 단편으로 포가 창시자로 거론되는 또 다른 장르이기는 하지만, 탐정소설처럼 포가 완성시킨 장르라고는 할 수 없다. 현대의 공상과학소설에 대한 포의 공헌이라면, 〈한스 팔의 전대미문의 모험〉의 마지막 부분에서 "과학적 원리를 통한 이야기의 핍진성"을 강조함으로써 공상과학소설이 풍자나 판타지와 구분되는 핵심 지점을 짚어준 것, 그리고 더 중요하게는 쥘 베른이나 H. G. 웰스, 아이작 아시모프 등 걸출한 공상과학 소설가들에게 큰 영향을 줬다는 것이다. 실제로 쥘 베른은 〈한스 팔의 전대미문의 모험〉에서 영감을 받아 《지구에서 달까지De la terre a la lune》(1865)를, 아서 고든 핌의 미완의 모험을 이어가 케르겔렌 제도에서부터 남극으로의 여행을 그린 《남극의 미스터리Le Sphinx des glaces》(1897)라는 후편을 쓰기까지 했다.

당대 대중의 취향과 관심사를 작품에 적극적으로 반영했던 에드거 앨런 포는 현재까지도 대중에게 가장 많이 읽히며 대중문화에 광범위한 영향을 끼치고 있는 19세기 작가이다. 자신의 문학 세계에 깊은 영향을 준 작가로 포를 꼽는 작가들은 공상과학소설의 대가 쥘 베른, 탐정소설의 대가 아서 코넌 도일, 공포소설의 대가 스티븐 킹, 남부 고딕소설로 고딕의 전통을 잇고 있는 조이스 캐롤 오츠 등 소위 "포의 장르"에서 활동하는 작가들만이 아니다. 실존주의 작가 프란츠 카프카, 포스트모더니즘 작가 존 바스와 호르헤 루이스 보르헤스, 문학을 넘어서서 화가 르네 마그리트의 그림, 포의 시 〈종들〉로 합창 교향곡을 작곡한 라흐마니노프, 포의 이야기와 시를 바탕으로 앨범 〈미스터리와 상상력의 이야기〉(1976)를 낸 영국 록밴드 '알란 파슨스 프로젝트'에 이르기까지 포에게서 영감을 받은 동료 예술가들을 일별해보면, 포의 영향력이 현대 문화 전반에 걸쳐 있다고 해도 과언은 아닐 것이다. 포의 이야기와 시에 대한 취향의 차이나 엇갈리는 평가는 과거에도, 지금도 늘 존재해왔다. 하지만 포처럼 대중문학의 지평을 넓히고 문학을 넘어서서 대중문화 전반에 거대한 영향을 미친 미국 작가를 또 만나기란 쉽지 않을 것이다.

1809   1월 19일 미국 보스턴에서 순회극단 배우 엘
       리자베스 아놀드 홉킨스 포와 데이비드 포
       주니어 사이에서 태어남. 형제자매로는 형
       헨리 레너드 포와 여동생 로절리 포가 있음.

1810   데이비드 포가 가정을 버리고 떠남.

1811   엘리자베스 포가 폐결핵으로 사망하고 데이
       비드 포도 얼마 안 가서 사망. 포와 형, 누이
       는 각각 흩어지고, 포는 버지니아 주 리치먼
       드의 부유한 상인 존과 프랜시스 앨런이 데
       려감. 법적으로 입양된 적은 없지만 이름은
       에드거 앨런 포로 바뀜.

1815   존 앨런이 자신의 사업체 '앨런앤드엘리스'의
       영국 지부를 내면서 가족이 영국으로 이주.
       처음에는 스코틀랜드에서, 후에는 런던에서
       학교를 다님. 런던 근교 스토크 뉴잉턴에서
       다닌 존 브랜스비 목사의 '매너Manor하우스

학교'는 훗날 〈윌리엄 윌슨〉에 등장하는 기숙
학교의 모델이 됨.

1820 존의 사업이 성공하지 못하면서 리치먼드로
돌아옴.

1825 존 앨런의 숙부 윌리엄 갈트가 사망하면서
막대한 유산을 남김.

1826 2월 버지니아 대학에 입학하여 고대어와 현
대어를 공부했지만 도박에 빠져 빚을 지면서
양부와 관계가 소원해짐. 존 앨런이 빚을 갚
아주기를 거부하면서 12월 학교를 그만두고
리치먼드로 돌아옴. 대학에서 첫사랑 세라
엘마이라 로이스터에게 보낸 편지들을 엘마
이라의 부모가 중간에서 가로챈 바람에 다
른 사람과 약혼했다는 것을 알게 됨.

《테멀레인 외 다른 시들》 1827 4월 양부와의 불화로 보스턴으로 감. 실명을
밝히지 않고 '보스턴 사람'이라고만 써서 첫
시집 《테멀레인 외 다른 시들》을 내지만 거의
주목받지 못함. 5월 '에드거 A. 페리'라는 가
명으로 나이를 속이고 육군에 입대. 〈황금 벌
레〉의 배경인 설리번 섬에서도 잠시 복무함.

1828 원사 계급까지 승진.

《알 아라프, 테멀레인 외 다른 1829 2월 양모 프랜시스 앨런 사망. 존이 프랜시
시들》 스의 상태를 알려주지 않은 탓에 포는 장례
가 끝난 후에야 무덤을 찾지만 양모의 죽음
을 계기로 잠시 존과 화해함. 존이 군에서 전
역해 웨스트포인트 육군사관학교에 들어가

254

고 싶다는 포를 도와주기로 약속. 4월 군에
서 전역. 하지만 존 앨런과의 화해는 오래가
지 않았고 포는 5월 볼티모어로 가서 할머니
와 형 헨리, 고모 마리아 클렘과 사촌여동생
버지니아와 함께 지내게 됨.《알 아라프, 테
멀레인 외 다른 시들》출간.

1830 5월 웨스트포인트 육군사관학교 입학. 10월
존 앨런 재혼. 존과 크게 다투고 파양당함.

《시들》 **1831** 1월 군대 생활이 맞지 않다고 일부러 명령에
불복종하고 퇴학당함. 사관학교의 관행과 인
물들을 겨냥한 익살스러운 시를 낼 것이라
는 기대를 하며 웨스트포인트 동기들이 모
아준 돈으로 "미국 사관생도들"에게 헌사를
쓴 《시들》 출간. 3월 볼티모어로 가서 친가
식구들과 함께 생활. 단편 집필 작업을 시작.
8월 형 헨리 사망.

1832 필라델피아의 《새터데이 쿠리어》 공모전에
단편을 냈지만 입상하지는 못함. 〈메첸거슈
타인〉, 〈예루살렘 이야기〉, 〈오믈렛 공작〉, 〈봉
봉〉, 〈호흡 상실〉 다섯 편의 단편이 처음으로
《새터데이 쿠리어》에 익명으로 실림. 공모전
에 제출된 작품을 자사 것으로 여기는 관행
에 따라 포에게 동의를 얻거나 고료를 지불
한 것은 아니라고 추측됨.

1833 10월 〈병 속의 수기〉가 《볼티모어 새터데이
비지터》 공모전에서 입상. 포의 작품을 마음
에 들어한 심사위원 중 하나인 존 P. 케네디
의 소개로 훗날 리치먼드의 토머스 화이트

가 창간한 새 잡지 《서던 리터러리 메신저》
에서 일하게 됨.

1834 3월 존 앨런이 포에게 유산을 전혀 남기지
      않고 사망.

1835 케네디의 소개로 리치먼드로 가서 《서던 리
      터러리 메신저》의 편집자로 일하기 시작. 10
      월 고모 마리아 클렘과 사촌 버지니아가 리
      치먼드로 와서 함께 거주.

1836 5월 13세인 사촌 버지니아 클렘과 결혼.

1837 1월 음주 문제와 화이트와의 의견 차로 《서
      던 리터러리 메신저》를 그만두고 가족들과
      함께 뉴욕으로 가지만 편집자 일을 구하지
      못함. 마리아 클렘이 하숙집을 운영해 가족
      의 생계를 꾸림.

《낸터킷의 아서 고든 핌 이야기》 1838 가족과 함께 볼티모어로 감. 7월 《낸터킷의
      아서 고든 핌 이야기》 출간. 볼티모어의 《아
      메리칸 뮤지엄》에 〈라이지아〉, 〈블랙우드식
      글쓰기〉, 〈곤경〉을 발표.

《기괴하고 기이한 이야기들》 1839 필라델피아의 《버턴스 젠틀맨스 매거진》의
      편집자가 되고 〈윌리엄 윌슨〉, 〈어셔가의 몰
      락〉 등을 발표. 12월 25편의 단편을 모은 《기
      괴하고 기이한 이야기들》 출간.

1840 버턴에게서 해고당함. 필라델피아의 《새터데
      이 이브닝 포스트》 광고란에 자신의 문예지
      《펜》(후에 《스타일러스》로 제목을 바꿈)을

창간하겠다는 계획을 발표하고 여러 가지 노력을 하지만 이 계획은 끝내 실현하지 못함. 〈군중 속의 남자〉 발표.

1841 버턴의 잡지사를 사들여 《그레이엄스 매거진》을 창간했던 그레이엄이 1월 포를 편집자로 앉힘. 4월 호에 〈모르그 가의 살인〉, 〈소용돌이 속으로의 하강〉 발표.

1842 3월 존 타일러 대통령 행정부에서 공직을 얻어보려고 워싱턴 디시에 갔으나 술에 취하는 바람에 기회를 날림. 이 시기에도 창작 활동은 계속하여 〈마리 로제 수수께끼〉, 〈구덩이와 추〉, 〈적사병의 가면극〉 등 단편들을 잡지들에 발표. 1월 버지니아가 처음으로 폐결핵 증세를 보이고 이후 계속 병에 시달림. 포는 절망으로 폭음에 빠져들고 5월 《그레이엄스 매거진》을 그만둠.

1843 〈고자쟁이 심장〉, 〈황금 벌레〉, 〈검은 고양이〉 등 단편들을 《파이오니어》를 위시한 잡지들에 발표.

1844 가족과 함께 뉴욕으로 가서 도시 외곽의 포덤에 정착. 10월 《뉴욕 이브닝 미러》에서 일자리를 구함. 〈도둑맞은 편지〉, 〈타르 박사와 페더 교수 요법〉, 〈생매장〉 발표.

《**이야기들**》 **1845** 1월 《이브닝 미러》에서 발표한 〈까마귀〉가 화
《**까마귀 외 다른 시들**》 제가 되면서 명성을 얻음. 〈까마귀〉를 어떻게 썼는지 설명한 에세이 〈작법의 철학〉을 발표. 2월 《브로드웨이 저널》의 편집자가 되고, 이

잡지에 많은 시와 단편을 발표. 7월《이야기들》출간. 10월《브로드웨이 저널》의 소유권을 얻음. 11월 시집《까마귀 외 다른 시들》출간. 롱펠로가 표절을 했다는 고발로 논쟁에 휘말림. 버지니아의 병세가 악화됨. 시인 프랜시스 S. 오스굿과 염문에 휩싸임.

1846 1월 우울증과 재정난으로《브로드웨이 저널》을 폐간.《고디스 레이디스 북》11월 호에 〈아몬티야도 술통〉 발표. 프랑스어 번역판 〈검은 고양이〉를 읽은 보들레르가 포의 작품에 매료되어 훗날 포의 작품들을 번역하면서 프랑스에서 굉장한 인기를 누리게 됨.

1847 1월 버지니아가 24세의 나이에 폐결핵으로 사망. 점점 정신적으로 불안정해짐.

《유레카》 **1848** 금주 서약을 하고 프로비던스의 시인 세라 헬렌 휘트먼과 약혼하지만 한 달 만에 서약을 깬 데다, 이 시기 리치먼드에서 애니 리치먼드에게도 구애했다는 것이 휘트먼의 귀에 들어가면서 약혼이 취소됨. 6월《유레카》출간.

1849 2월 〈절름발이 개구리〉 발표. 4월 〈폰 켐펠렌과 그의 발견〉 발표. 폭음과 망상으로 나날이 건강이 피폐해져감. 리치먼드에서 9월 17일과 24일 〈시의 원리〉로 두 번의 강연을 함. 어린 시절 첫사랑이자 지금은 부유한 미망인이 된 세라 엘마이라 로이스터를 다시 만나 약혼하고 잠시 포덤의 집으로 돌아갔다가 결혼하기로 약속. 9월 28일 리치먼드를 떠났다가 10월 3일 볼티모어 길거리에서 인사

불성 상태로 발견된 후 의식을 회복하지 못
하고 10월 7일 사망함. 어떻게 그곳에서 발견
되었으며 사인이 무엇인지에 대해서는 논란
이 분분함. 10월 9일 조촐한 장례식과 함께
웨스트민스터홀 묘지에 묻혔다가 1875년 새
로 이장되면서 기념비가 세워짐. 시 〈종들〉과
〈애너벨 리〉가 사후에 발표됨.

옮긴이 권진아

서울대학교에서 영문학을 전공하고 동 대학원에서 〈근대 유토피아 픽션 연구〉로 박사학위
를 받았다. 현재 서울대학교 기초교육원 강의교수로 재직하고 있다. 옮긴 책으로는 조지
오웰의 《1984년》《동물농장》, 어니스트 헤밍웨이의 《태양은 다시 떠오른다》《헤밍웨이의
말》, 로버트 루이스 스티븐슨의 《지킬 박사와 하이드 씨》, 더글러스 애덤스의 《은하수를 여
행하는 히치하이커를 위한 안내서》(공역) 등이 있다.

에드거 앨런 포 전집 3 | 환상 · 비행 단편선

한스 팔의 전대미문의 모험

초판 1쇄 발행일 2018년 11월 23일
초판 3쇄 발행일 2023년 2월 24일

지은이 에드거 앨런 포
옮긴이 권진아

발행인 윤호권
사업총괄 정유한

편집 황경하 **디자인** 김지연 **마케팅** 윤아림
발행처 ㈜시공사 **주소** 서울시 성동구 상원1길 22, 6-8층(우편번호 04779)
대표전화 02-3486-6877 **팩스(주문)** 02-585-1755
홈페이지 www.sigongsa.com / www.sigongjunior.com

ISBN 978-89-527-9488-8 04840
ISBN 978-89-527-9485-7 (세트)

*시공사는 시공간을 넘는 무한한 콘텐츠 세상을 만듭니다.
*시공사는 더 나은 내일을 함께 만들 여러분의 소중한 의견을 기다립니다.
*잘못 만들어진 책은 구입하신 곳에서 바꾸어 드립니다.

에드거 앨런 포 전집 1 _ 추리·공포 단편선

모르그 가의 살인 | 권진아 옮김

추리소설의 기틀을 완벽하게 마련한 세 편의 뒤팽 시리즈 〈모르그 가의 살인〉 〈마리 로제 수수께끼〉 〈도둑맞은 편지〉와, 인간 내면의 불안과 광기를 탐구함으로써 공포물의 차원을 높인 〈검은 고양이〉 〈어셔가의 몰락〉 〈윌리엄 윌슨〉 등 27편의 추리·공포소설 전편 수록

에드거 앨런 포 전집 2 _ 풍자·유머 단편선

타르 박사와 페더 교수 요법 | 권진아 옮김

급격한 시대 변화에 뒤틀려가는 인간성을 코믹하게 풍자한 〈작가 싱엄 밥 씨의 일생〉 〈기묘천사〉 〈사기〉와, 미국 역사의 폭력성을 신랄하게 희화화한 〈아무것도 남지 않은 남자〉, 허를 찌르는 전복이 놀라운 〈타르 박사와 페더 교수 요법〉 등 25편의 풍자·유머소설 전편 수록

에드거 앨런 포 전집 3 _ 환상·비행 단편선

한스 팔의 전대미문의 모험 | 권진아 옮김

공상과학소설의 창시라고 일컬어지는 기상천외한 달나라 모험기 〈한스 팔의 전대미문의 모험〉, 꿈속에서나 볼 법한 환상적인 자연경관을 담은 〈아른하임 영지〉, 죽음과 사후 세계, 무의식을 넘나드는 〈모노스와 우나의 대담〉 등 14편의 환상·비행소설 전편 수록